The Halberd at Red Cliff

Jian'an and the Three Kingdoms

田晓菲
作品系列

建安与三国

赤壁之战

三联书店

Simplified Chinese Copyright © 2022 by SDX Joint Publishing Company.
All Rights Reserved.
本作品简体中文版权由生活·读书·新知三联书店所有。
未经许可，不得翻印。

图书在版编目（CIP）数据

赤壁之戟：建安与三国／田晓菲著；张元昕译．—北京：生活·读书·新知三联书店，2022.3 （2023.5 重印）
（田晓菲作品系列）
ISBN 978 – 7 – 108 – 07309 – 9

Ⅰ.①赤… Ⅱ.①田… ②张… Ⅲ.①中国文学－古典文学研究－东汉时代②文化史－研究－中国－东汉时代 Ⅳ.① I206.342 ② K234.2

中国版本图书馆 CIP 数据核字（2021）第 231739 号

责任编辑	钟　韵
装帧设计	薛　宇
责任校对	常高峰
责任印制	董　欢

出版发行　生活·讀書·新知 三联书店
　　　　　（北京市东城区美术馆东街 22 号 100010）

网　　址	www.sdxjpc.com
经　　销	新华书店
印　　刷	河北鹏润印刷有限公司
版　　次	2022 年 3 月北京第 1 版 2023 年 5 月北京第 3 次印刷
开　　本	880 毫米 ×1092 毫米　1/32　印张 11
字　　数	220 千字　图 5 幅
印　　数	12,001－16,000 册
定　　价	68.00 元

（印装查询：01064002715；邮购查询：01084010542）

金 武元直 赤壁图
纸本水墨 台北故宫博物院

明 文徵明仿赵伯骕 后赤壁图卷（局部）
绢本设色 台北故宫博物院

宋 马和之 后赤壁赋图卷（局部）
故宫博物院

宋　乔仲常　后赤壁赋图卷（局部）
纳尔逊－艾特金斯艺术博物馆

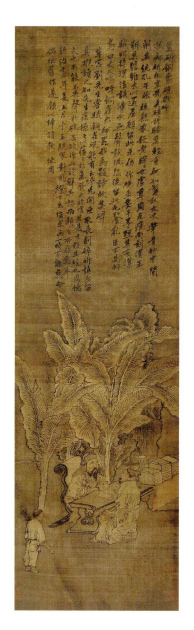

明　沈周　铜爵研
立轴　设色绢本
题有沈周所作《莫研铜爵研歌》

三联版序言

为自己的作品系列写序言,是一个不可避免的"回顾"的时刻。从2000年开始写作《尘几录》到现在,已经过去了二十年。在回顾中,因为时间的流逝和视角的改变,有一些东西变得更加清晰起来。

三联书店出版的这个作品系列,目前收入我2000年到2016年之间写的四部书:《尘几录:陶渊明与手抄本文化研究》《烽火与流星:萧梁王朝的文学与文化》《神游:早期中古时代与十九世纪中国的行旅写作》《赤壁之戟:建安与三国》。这些书,在主题和结构方式上,各有不同的侧重。在我眼里,一本学术论著的写作,不仅仅是收集材料、列举例证,把得出的结论写下来,也是对研究对象进行系统化思考的方式。写作一本书的过程,是一个探索和发现的过程,是思想得以成熟和实现的渠道。

《尘几录》从一个作者也是一位经典诗人的个案出发,讨论"抄本/写本文化"的特点,和它对文学史以及具体作家作品的巨大影响。相对于在书籍文化和出版文化研究里受到很多重视的印刷文化,这本书呼吁我们注意在抄本文化时代文本传播的特质,对中国写本文化研究与中世纪欧洲写本文化研究做出理论性的联系，提出"新式语文学或曰新考证派"的理念，指出被重新定义了范畴和意义的考证可以为古典文学研究"带来一场革命"。古今中外对写本的研究相当普遍，不过，以"手抄本文化"为题的《尘几录》，却大概是最早归纳"抄本文化"的抽象性质，并就它对作家形象、作品阐释和文学史书写的影响做出探讨的专著。虽然以陶渊明和陶集为中心，但是"写本文化"的意义是超越了个案的，它深深影响到经典的建构和解读。这些想法，在我后来的论著里陆续有所阐发。至于我对陶诗的赏爱，对我们没有一个权威的陶渊明却拥有多个陶渊明的强调，知音读者自能体会和领悟。如果不能，则也无庸再多做解释，就好比任何幽默，一旦需费唇舌进行分解，也就索然无味了。唯一值得一提的是，写《尘几录》的时候，在中国文学研究里还极少有人使用"抄本文化"这一词语，如今，对写本文化和文本流动性的研究和讨论在海内外比比皆是，无论赞同还是反对，都让人欣慰。有辩论，就说明存在着多元性；有不同意见，就说明存在着不同选择，这从哪个方面看起来都是好事。可以继续进行下去的工作，是对上古写本文化、中古写本文化，还有宋元以降印刷与写本的互动，做出更细致深入的区别对待，对"异文"的概念和处理，发展出更敏感、更富有层次感的意识。

《神游》是对中国文化传统中两大分水岭时代的勾勒和比较，同时，也集中讨论了一个我特别感兴趣的问题，也就是说，我们对世界的观看，如何不仅受到观看者的信仰和价值观的限制，而且受到语言——修辞手段、模式和意象——的中介。这里的张力，在观看者不仅遭遇异域，更遭遇到陌生异质文化的时候，表现得尤其突出。因此，这本书把六朝和晚清合在一部书里来写，希望超越对时代、文类和文体做出的孤岛式分隔，看到它们相似中的不似、不似中的可比，一方面细致深入地处理具体的时代和文本，另一方面庶可做出全景式综观。对这本书，曾有论者以为我想做的是所谓的"跨学科研究"，但我自己并不认同这一描述。如我在此书前言中所说，我采取的方法，是把通常被不同学科领域作为专门研究对象的文本放在一起进行考察，把这些文本还原到它们产生的语境中——在那个语境里，并不存在现代学科领域的分界，这么做的目的，是为了探索一个历史时代所共同面对的文化问题，共有的文化关怀。

《神游》一书的引言写道："在高等院校，在学术领域，古典和现代的分野常以各种机构化的形式表现出来……一方面，知识的专门化带来的好处是深与精；另一方面，它也造成学问、智识上的隔阂与孤立，妨碍学者对一个漫长的、连续不断的文化传统的延续和变化进行检视。当古典无法与现代交流，古典学者的研究和教学的重要性与时代相关性受到限制；当现代无法与古典通气，现代学者也不能深刻地理解和分析现当代中国。"这种希望贯通古今的理念，也体现在《赤壁之戟》一书中。《赤壁之戟》在时间跨度上和《神游》有相似之处，但是关注的问题性质不同，而且从建安时代一直写到当代大众文化，包括影视作品和网络同人文学。这部书在微观上试图重新解读某些文本,在宏观上则企图探讨某些具有内在关联的文化现象。"建安"与"三国"在历史时间上本来二而为一,后来却一分为二,二者作为文学和文化史现象,从它们各自的起源,直到今天,都在不断地被重新创造。检视一千余年以来这一传承与再造的过程,是这本书的一个基本出发点,也是我身为现代人,对我们自己的时代、我们当下的文化感到的责任。

《烽火与流星》一书的英文版出版于2007年。它集中讨论一个王朝也就是公元六世纪前半叶的萧梁王朝的"文学文化"(literary culture),被书评称为"西方语言里第一部聚焦于六朝之中一个特定时代的著作"。这本书的正式写作虽说是从2003年开始的,但早在上个世纪九十年代读书期间,南朝就是一个让我感到强烈兴趣的时代,并成为我博士论文的题目:直觉上,我感到它既是中国文化传统可以清楚辨识的一部分,又具有一些新颖的、异质的、和宋元明清一路传递下来的中国大相径庭的因素。它健旺、自信,充满了蓬勃旺盛的创造力与热情奔放的想象力,它也是一个最易受到贬斥与误解的时代;初唐史家对南朝文学特别是宫体诗的论断被"不假思索"地接受下来,一直重复了一千余年。我希望这本书能够帮助读者看到一些观念是如何生成的,并因为了解这些观念的生成过程,意识到很多被视为理所当然的理念并不是"自然的存在"和"历史的事实",而是出于人为的挤压与建构,出于各种服务于王朝意识形态或者纠结于当代文化政治的偏见,出于思想的懒惰或天真。

《尘几录》和《烽火与流星》都曾被视为"解构"之作。在一次学术访谈中,我曾谈到"解构"这个词在中文语境里面常被混用和滥用的情况。解构主义(Deconstruction)本是一种学术思潮和理论,有具体切实的所指;但在中文语境里,它却往往被错误地和"破坏、消除"(destruction)等同起来。展示一台机器的内在结构和它的组装过程是破坏和消除吗?如果是,那么唯一被破坏和消除的,只是这台机器原本"浑然天成"的迷思而已。

给人最大收获的研究,应该是带来的问题比提供的答案更多的研究,因为它不是自足自闭的,而是予人启发和灵感,给同行者和后来者打开一片新天地。它不是为一座孤零零的学术大厦添砖加瓦,而是旨在改变现状,继往开来。对于一个现象,从简单的接受变为复杂的认知,慧心者会在其中看到更加丰富无限的可能。归根结底,我们需要强大的历史想象力:不是像小说家那样天马行空的虚构想象,而是认识与感知和我们的时代完全不同的时代、和我们的世界完全不同的世界的能力。我希望能够和考古学家一样,照亮沉睡在幽暗古墓里的奇珍异宝,使人们能够重新听到一个时代的声音。而《烽火》中最早完成的,就是关于烛火与"观照诗学"的章节。

一般来说,一个年轻学者的第一本书总是基于自己的博士论文,我的情况却并非如此,因为在我看来,在论文刚刚完成之后,暂时转移视线,和论文产生一点时间的距离,多一些积累和沉淀,是一桩好事。但是,积累和沉淀未始不是一个更长期的过程。我目前写作的书，可以说是《烽火》的续篇，一方面回望刘宋与萧齐，一方面向前推进到隋代的宫廷政治与文学文化。这一项研究，与这些年来在专著之外陆续写作的论文，无不是对早期中古文学的继续探索和发现，构成一个带有内在连贯性的整体，借以实现我在博士论文开题前曾经一度想要写作"魏晋南北朝文学史"的心愿。至于《剑桥中国文学史》里我所撰写的"东晋—初唐"章节，由于出版社对篇幅的严格限制，和尊重主编对预期读者的设定，既可以说属于不同的文体（譬如五言绝句与长篇歌行的区别），也可说是"壁画的初稿"。

编辑工作至为重要，而编辑在幕后的辛勤劳动，又很少得到应有的光荣。所以，我要特别感谢三联书店的冯金红编辑对这一作品系列的支持，尤其感谢这几部书的责任编辑钟韵和她的同事宋林鞠细心与耐心的编校。也衷心感谢刘晨、寇陆、张元昕三位译者，特别是在疫情肆虐的时日翻译了《赤壁》全书、对书中"瘟疫与诗歌"章节深有感触的元昕。书中的任何错误，都是作者的责任。

我也想借着这几本书从英文到中文的"回家"的机会，向我在汉语学术界的朋友们表示感谢和致意：不仅为这些年来学术上的交流，更是为了超越时间与空间、年龄与性别的友谊。从北京到南京，从苏州到上海，从香港到台北，许多次畅谈与酣饮，留下了温暖的回忆和对未来的期待。

这些年来，很多读者，无论是青年学子、出版界人士，还是学术圈外的文学爱好者，都曾给我热情的支持和鼓励，包括在国内演讲时直接的互动，或者写来电子邮件。因为学术研究、行政工作和个人生活的繁忙紧张，我不能做到一一回复，但是我的内心充满感激。无论洞见还是偏见，这些书里的见解都是我自己的，代表了我在不同阶段的阅读、探究与思考所得；精彩纷呈的文本，带给我无限乐趣，如果我能通过这些文字和读者分享万一，就足以令我感到欣慰了。

田晓菲
2021 年 7 月

目 录

英文版致谢 1

导 言 5

第一部 瘟 疫

第一章　瘟疫与诗歌：重新思考建安 17

　　　　引言：回顾 17

　　　　"死亡诗社" 20

　　　　邺中"集" 35

　　　　诗论 39

　　　　怀旧的重演 57

　　　　不像"建安"的建安 68

　　　　结语 75

第二章　绕树三匝：主公、臣僚、群落 77

　　　　引言：王粲的玉佩 77

食物与宴饮 82

礼物·书信·交换 110

结语 136

第二部 铜 雀

第三章　南方视角："扇的书写" 147

引言：南方视角 147

羽扇 152

洛阳记 155

铜雀 161

羽扇同人 168

统一帝国的诗学 181

结语 189

第四章　台与瓦：想象一座失落的城池 191

引言：邺城面面观 191

登台：早期作品 196

台上远望中的变化景观 203

反讽与批判：后代的变调 220

碎片化：铜雀砚 230

结语 248

第三部 赤 壁

第五章 修复折戟 253

引言：折戟 253

地方与个人：出牧黄州 254

9世纪的南方转型 260

占有赤壁 270

东坡赤壁 283

小说家的眼光 290

银屏赤壁 300

结语 309

余论 被压抑者的复归 313

引用书目 327

短歌行

曹操（155—220）

对酒当歌，人生几何？譬如朝露，去日苦多。
慨当以慷，忧思难忘。何以解忧？唯有杜康。
青青子衿，悠悠我心。但为君故，沈吟至今。
呦呦鹿鸣，食野之苹。我有嘉宾，鼓瑟吹笙。
明明如月，何时可辍？忧从中来，不可断绝。
越陌度阡，枉用相存。契阔谈䜩，心念旧恩。
月明星稀，乌鹊南飞。绕树三匝，何枝可依？
山不厌高，海不厌深。周公吐哺，天下归心。

（李善本《文选》，郭茂倩《乐府诗集》）

英文版致谢

在过去的十几年里,我很幸运地得到很多同事与学生对我的建安与三国研究提出的问题与评论。第一章的前身,《饮食与回忆:重新思考建安》("Food and Memory: Reconsidering Jian'an")一文,于2010年田菱教授组织的哥伦比亚大学"中古文学工作坊"上发表,评议人吴妙慧教授做出了详尽的讨论。同年,该章的部分内容分别在北京大学和南京大学由陈平原教授和程章灿教授主持的论坛上发表。其后,演讲整理成题为《宴饮与回忆:重新思考建安》的中文论文,在《中国文学学报》2010年第1期发表。第二章部分内容于2012年在科罗拉多大学发表,嗣后以题为《物质交换与象征经济:早期中古时期的书信与礼物馈赠》的论文,收入李安琪(Antje Richter)教授主编的《中国书信文学与书信文化史》(*A History of Chinese Letters and Epistolary Culture*, Brill, 2015)一书。第三章部分内容,曾分别在2012年普林斯顿大学的学术研讨会上和2013年加州大学伯克利分校方葆珍教授主持的论坛上发表;后来《扇的写作:三到六世纪的南北文化交易》,收入王平教授与魏宁教授主编的《中国中古诗歌中的南方身份与南方疏离感》(*Southern*

Identity and Southern Estrangement in Medieval Chinese Poetry, Hong Kong University Press, 2015）一书。有关网络文学中三国同人小说的研究, 在2014年美国亚洲协会年会上由我组织的"东亚文化中的三国"小组专题讨论中, 我曾提交过发言, 也在同年和次年分别在由阮苏兰博士、吴存存教授于哈佛大学燕京学社组织的工作坊上发表。这些发言蒙邓腾克教授提出修改意见, 在整理补充之后, 以《耽美三国：中国网络同人文学生产的个案研究》("Slashing Three Kingdoms: A Case Study in Fan Production on the Chinese Web") 为题, 发表于《中国现代文学与文化》(*Modern Chinese Literature and Culture*, Vol. 27, No. 1, 2015)。在此, 谨向各位会议参加者、听众、主持者、编者以及匿名评审者表示衷心感谢。

哈佛大学曾特别容许我在2015年秋季有一个学期的额外学术假, 使我得以完成本书初稿的写作。时间是最宝贵的礼物, 为此, 也为学校出版基金所支付的索引编撰费用, 我要感谢前后几任大力支持人文学科的文理学院院长 William Kirby、Diana Sorensen、Robin Kelsey 教授, 特别是过世的 Jeremy R. Knowles 教授。感谢我的学生们, 特别是在2010、2012、2014年选修"建安与三国"研究生讨论课的博士生和硕士生们, 以及在2013年春季选修"三国世界"课的本科生同学们, 感谢他们做出了那么多精彩、热烈的发言。

感谢柯睿教授和李安琪教授仔细阅读全部书稿, 提出诸多有益的意见与建议；感谢哈佛燕京图书馆郑炯文和马小鹤两位先生在我的研究过程中提供的帮助和便利；感谢哈佛亚洲中心出版主任 Bob Graham 先生的热心鼓励和我的责任编辑 Kristen Wanner 女士对书稿修订付出的巨大心血。此书的一切讹误与不完美之处，都是我个人的责任。

在身为学者、教师、行政工作者和一个年龄尚幼的孩子的母亲的同时，写作一部书稿，很不容易。如果没有家人的爱与支持，是做不到的。谢谢所安和成吉，在生活中给了我这么多的支持，这么多的欢乐。我把此书献给成吉，我真佩服你把《短歌行》背诵得么声情并茂，谢谢你分享我对三国的热情。

导　言

在香港导演吴宇森 2008 年执导的电影《赤壁》的片头，从迷漫的雾气中出现一柄生锈的宝剑，伴随着片头字幕的播放，铁锈渐渐消失，直至再次焕然一新。当烟雾散去，我们也被带回到昔日的历史时刻。

对于熟悉欧美电影传统的观众来说，剑与雾的视觉符号营造出来的"中世纪氛围"不容错认，比如以亚瑟王传奇为题材的影片《神剑》（1981）就是一个很好的例子。但是，对一件兵器的磨洗与除锈，作为一个凝聚着怀旧情绪的纪念性行为，却是很有"中国特色"的。我们想到唐代诗人杜牧（803—852）的名作《赤壁》，这首诗就隐含在吴宇森同名电影开端的视觉速记中：

　　折戟沈沙铁未销，自将磨洗认前朝。
　　东风不与周郎便，铜雀春深锁二乔。

赤壁一战，周瑜（175—210）借助一阵及时的东风，用火船大败曹操（155—220）的水军。二乔姊妹是传奇性的美人，分别是孙策与周瑜的妻子。六百年后的诗人在赤壁古战场发现一支折断的铁戟，开始想象另一种历史可能：如果周瑜打败了，又该会如何呢？大乔小乔会被俘虏，被曹操带回北方，住进邺城的铜雀台。在那里，根据曹操的遗令，他的姬妾伎人在他去世之后都要永远住在台上。

诗人磨洗武器，就像出征之前的将士一样；但他不是要上战场厮杀，而是为了辨认历史的遗迹。战争与暴力转化为赤壁之战的另一种结局以及这一结局所指向的未来，转化为发生在想象中的丧失与憔悴，转化为欲望的压抑。东风是经常和春天联系在一起的，公元208年冬天刮起的那阵不合季节的东风标志着历史的偶然性。东风在诗的最后一句中含蓄地回归：诗人想象那些被封闭在铜雀台上的美人，而铜雀台在曹操死后则逐渐荒芜于被春风催生的草木。

杜牧的诗，以其具有煽动性的历史思考，第一次结合了东汉末年由两个不同空间地点所体现的方面；这两个地点，就是赤壁和铜雀台。它们分别代表着一个独特的传统。就像这首诗一样，本书把这两个传统带到一起，展示它们如何互相纠缠，不能分开对待。

建安（196—220）是东汉最后一个皇帝的年号。曹操之子曹丕（187—226）于220年称帝代汉之后不久，蜀主刘备（161—223）和吴主孙权（182—252）也相继称帝。换言之，严格地说曹丕建魏才是"三国时代"的正式开始。随着263年魏灭蜀、265年司马氏代魏立晋和280年晋灭吴，三国鼎立的局面逐渐瓦解。不过，在中国的文化想象中，三国时代通常被视为始于东汉末年的群雄四起，特别是以公元3世纪初二十年间魏蜀吴三国政权的形成作为标志。

因此,本书题目中的"建安"与"三国",在根本上指的是同一个历史时期,然而,它们唤起的联想却截然不同。"建安"令人想到一个文化繁荣的时代:不仅产生了大量的诗赋,而且也出现了多种多样文体的写作。在文学史中,建安时代是上古的《诗经》《楚辞》之后中国古典诗歌的真正源头,我们也在这时看到了对文学所做的最早的理论性思考。曹操与其子曹丕、曹植(192—232),还有围绕在他们身边的文士,在任何中国文学史叙述中都占有重要的地位。相比之下,提到"三国",人们则会主要想到汉末的军阀混战、合纵连衡、运筹决胜与武艺将略。在明清时代,"三国"特别与通俗传统联系在一起,以系于罗贯中名下的《三国演义》为中心:这部小说激发了多种多样的艺术想象,开启了无数继作,从戏曲和说唱文学作品,直到现代的电影、电视剧、漫画、电子游戏、卡牌游戏;此外,也在日本、韩国、越南得到广泛传播和改编,使"三国热"成为一个东亚现象。而时至今日,随着日本三国电子游戏的流行,吴宇森的影片《赤壁》的全球放映,还有网络上粉丝们的创作,"三国"已进入到国际视野中。

如此一来,3世纪初期便对于中国文学与文化传统具有双重意义:其文字书写奠定了古典诗歌与文学批评的根基,其人物事件则成为家喻户晓的传奇。然而,这两者之间存在着整齐的割裂,这一割裂显示了雅、俗文学传统的不自然的隔离,也显示了现代的文学研究领域内部存在的自我强加的隔离。围绕着这两个题目，分别有着巨量的学术研究成果，但二者互相接触的界面却几乎无人论及。

本书旨在打破这种人为造成的隔离。它探究这些不同的联想与关怀千年以来在变动不居的文化语境中的逐渐发展，但它首先讨论的，是这些联想与关怀在其复杂多元的起源中如何密切关联与交缠，在其后的演变中才慢慢呈现出日益清晰的轮廓。我们将看到，不仅"三国想象"是一个影响深远的构建，就连"建安"本身也是后来形成的概念。早在 3 世纪后期，人们就已经带着怀旧的向往阅读建安时代的作品了。在后世浪漫化的三国叙述中，建安的意象，以其饮酒宴游、英雄气概、文采风流和男性情谊，一次又一次地复归，无论是作为潜文本，还是作为明确的主题。它渐渐地代表了一种失落的丰满，这丰满却从来都只存在于想象之中；它代表了一个已逝的时代，这个时代充满龙飞凤舞的传奇性人物，在他们身上，史实与虚构难解难分。

"建安"被分解成了两种不同的怀旧：一种是对"文"（文采与文化）而另一种是对"武"（武德与武功）的范式性体现。这到底是如何发生的？这两种被分解和隔离的怀旧，又如何互相影响与交涉？本书的目的，就是讲述这个中国文化史中的故事，这个故事对文学传统和大众想象都十分重要。本书的研究对象既包括这个时代的文学创作，也包括以这个时代为题材的文学创作，并由此显示，对这一时代的想象影响到了对其文本的保存，而这些文本经由整理与编选，又反过来落实了这一时期的文化形象。

＊　＊　＊

本书分为三部。第一部"瘟疫"包括两个以建安为中心的章节。第一章《瘟疫与诗歌：重新思考建安》追溯"建安时代"本身作为文学建构的创造，标出这一回顾过程中的三个关键时刻。第一个时刻，发生在217年的大疫过后不久，身为魏太子的曹丕缅怀和悼念亡友，这个时刻标志了当时都已逝去的"建安七子"的产生。第二个时刻，是诗人谢灵运（385—433）进行的一场口技表演——用曹丕等人的口吻创作组诗《拟魏太子邺中集》。最后，在梁朝，萧梁皇子在曹魏宫廷看到了他们自己的理想，"建安"形象终于被固定下来。昭明太子萧统（501—531）的《文选》是建安文学建构过程中的一座里程碑；然而，《文选》中收录的建安作品和以建安为题材的作品，强调宴游和友情，压抑了与这种得到认可的建安形象不相符合的方面。本章最后探讨一个被流放到历史黑暗角落里的、基调也十分阴暗的"建安"。

第二章《绕树三匝：主公、臣僚、群落》继续讨论建安文学，转向群落话语（the discourse of community），检视群落建设（community building）的一些重要面向与主题：食物、酒宴、书信与馈赠。关于建安文学的特征，现代学界最普遍的一种说法是"文学集团"的发展；另一常见论调则是"个人自我意识的觉醒"，指建安文学中被视为主观性甚至个人化的书写表达。前者主要源于曹丕的"七子"概念，后者则体现了欧洲启蒙运动和浪漫主义思潮对20世纪初中国文学研究的影响。学界一直视这两种观念为不言自明的事实，但是缺少对这两种概念的历史生成和历史性质的反思，也罕见对其相互矛盾的认知与解决矛盾的尝试。

在此章，我不用"文学集团"这个比较有问题的概念，而选择更具有包含性的"群落"（community）模式，希望向读者显示，在早期中古时代，自我身份的构建与再现（representation）是关系式的，通过社会同侪之间以及更重要的主臣之间的交往得以实现，同时也是对这些交往的反映。虽然现代人幻想一个封闭自足型的"自我主体"，但自我意识无论在彼时还是此时，都是由一个人的社会关系构成的。这一时期被视为主观的个人化表达模式也需要在这样的语境中考量。因此，此章探讨东汉帝国分崩离析之际群落的重建，考察书写，特别是诗歌写作，在群落重建过程中所起的作用。在西汉时期，司马迁的《史记》、刘安的《淮南子》、司马相如的大赋都是在统一帝国的语境中产生的涵盖一切的百科全书类作品。进入建安时代，抒情诗歌，特别是地位尚低、可伴随音乐演唱的五言诗，作为一个有用的文体，从帝国的废墟中诞生。同时，书信也满足了建立与维持关系网络的特殊目的。这一章提出，汉帝国的瓦解及其后的群落重建，是促成当时文学与文化生产的主要动力。

在建安时代，写作是一个政治性的行为——这里所说的政治性，不是狭隘的政事公务和治国平天下意义上的政治，而是指广义的政治，也即牵涉到权威与权力的复杂社会关系意义上的政治。这一章也将检视个人与其所属的社群之间的语言交易,借以考量个人利益如何与群落利益相互交涉。物质形式上与语言文字形式上的交换既作用于社会关系的经济,也帮助建构一个流通和人际联网的系统。这一章最后以讨论欲望的语言和男性情谊作结。

本书的第二部"铜雀"和第三部"赤壁",分别探讨两个空间场所,也即文本地点:铜雀台和赤壁。铜雀台是曹操在邺城修建的高台,建成后曹操与曹丕、曹植都曾写赋纪念。但要理解铜雀台作为文本地点在三国想象中的重要性,我们就必须脱离以北方曹魏政权为中心的建安传统,而去观察一个外在于曹魏的视角。第三章《南方视角:"扇的书写"》提出,最能在文化权威上与曹魏分庭抗礼的东吴,提供了看待曹魏、看待三国动态关系的另一种角度。这在出身东吴望族,也是早期中古诗歌传统中重要人物的陆机(261—303)、陆云(262—303)兄弟的作品里得到了至为充分的体现。陆氏兄弟既是曹魏文学的热烈爱好者,也对之进行了彻底的改造。他们的怀旧对创造浪漫化的三国形象起到了决定性的作用,而铜雀台是这一浪漫形象的关目。

陆机在《吊魏武帝文》的序言中,引用了一段曹操的遗令:曹操在遗令中要求自己的姬妾伎人住在铜雀台上,每月初一和十五为他的亡灵演奏。被封闭在高台上的女子继续为死去的主公表演歌舞,这一意象完美地表现了威权无常的悲哀,在南朝和唐代成为标准的诗歌题材。第四章《台与瓦:想象一座失落的城池》追溯了铜雀台诗歌传统自5世纪以降的演变。11世纪的文化想象从铜雀台转向了铜雀台的提喻式瓦解：号称来自原始铜雀台的陶瓦被制成砚台，在古董市场上卖出昂贵的价钱。这一转型体现了人们与历史的关系在发生改变：与铜雀台诗不同，在铜雀砚诗中，我们看不到任何对历史人物的同情；在一片强烈的道德义愤中，历史变成了一件古玩，一件可以被伪造、认证、买卖和拥有的商品。在铜雀从台到瓦到砚逐渐瓦解的漫长过程中，我们目击了一部微型文化史：曹操试图通过建造邺城和铜雀台而创造一个模拟并代替汉朝的新政权；南朝的铜雀台诗是对处于北方"蛮族"统治下活生生的邺城的执拗否认和对建安传统的继承；唐朝一开始还延续着南朝传统，但后来则表现出丰富多样的变化；最终，在11世纪，铜雀砚成为宋代文人文化的最好写照，而这种文人文化作为"宋"的代表，隐含着与"唐"的对立。

本书第三部只有一章，《修复折戟》。英雄气概、权术计谋，没有哪个地名是比"赤壁"更能激发起三国想象的。从公元9世纪的"南方转型"，到苏轼（1037—1101）的经典之作以及南宋对苏轼的回应，到《三国演义》对赤壁之战的著名描述，最后再回到吴宇森的《赤壁》和2010年的大陆电视剧《三国》，赤壁的形成与历史语境的变迁不可分离。本书的第一章探讨一场大疫过后对建安的回忆与建构——那是一个永远都处于过去式的诗歌与宴饮的黄金时代；本书的最后一章则向我们显示，那场历史性战役的核心，仍然是诗歌、酒宴、大火与瘟疫。

对群雄角逐的三国世界，历史和文学再现都没有给予女性一个显眼的、充满活力的角色。本书余论集中于三国想象中被压抑者的复归，包括探讨一部罕见的由旦角主唱和以女性视角为中心的三国杂剧。但时至今日，三国想象最引人注目的新元素，并不是三国题材作品中的女性人物，而是女性作为作者的活跃，尤其值得注意的，是一批年轻女性作者创作的网络同人小说。3世纪初期的男子社会性同性友爱（male homosocial bonding）被网络时代的女性写作群落所取代，但如何通过阅读和写作构建群落的问题却是不变的。今天，在一个被技术、资本和新型社会关系所支配的新世界里，这个问题仍然被继续讨论与探索着。

瘟疫

第一部

第一章

瘟疫与诗歌
重新思考建安

引言：回顾

众所周知，曹丕在《典论·论文》中，列举了当时最优秀的七位作者：孔融（153—208）、陈琳（？—217）、王粲（177—217）、徐幹（171—218）、阮瑀（？—212）、应玚（？—217）、刘桢（？—217）。[1]他们从此被曹丕的评论联系在一起，成为名传千古的建安七子，直至今日依然在这一时期的文学史叙述中占据着主导地位。但是，关于这一群体，有一个明显的现象似乎被忽视了：曹丕写《典论·论

---

[1] 严可均编，《全上古三代秦汉三国六朝文·全三国文》（以下均用简称，如《全三国文》《全汉文》《全后汉文》《全梁文》《全晋文》）卷八，第1097—1098页；萧统，《文选》卷五十二，第2270—2272页。

文》的时候,七子都已过世。我们虽无从得知曹丕在本章中是否评论过当时还在世的作家,[1]但根据现存资料来看,曹丕对"今之文人"的思考与他对死亡的强烈意识密切相连。今人对一个作者去世之后方才盖棺论定的现象习以为常,使我们忘记了这种习惯在3世纪初还是相当新颖的。作为文化时代的"建安",从一开始就是在缅怀和哀悼中诞生的。

中国历史上有两个建安:一个是东汉末年作为政治时期的建安,开始于公元196年,结束于公元220年;另一个是具有传奇色彩的文学史阶段,构成中国古典诗歌的真正源头。所有的源头都是后设,但"文学的建安"在多层意义上都是追溯性的建构。因此,本章题目中的"重新思考建安"具有双重含义:一方面它呼唤我们重新思考这个时代,另一方面也提醒我们把建安当作一个"从来都已经是"(always already)发生于事后的反思。作为文学概念的"建安"始于一个人对亡友和畴昔的回忆,在这黑暗回忆的中心却是一场由音乐、诗歌和酒食组成的盛宴。

---

[1] 6世纪的《文选》将曹丕的《典论·论文》加以删减,作为一篇完整的文章收录。还有一些未被《文选》收录、散见于其他类书的片段,从中可知曹丕评论过屈原(约公元前4—前3世纪在世)、贾谊(公元前168年卒)、司马相如、李尤(约44—126)、马融(79—166)等前代作家。严可均根据作者时代先后将其加以编纂,认为"此三条疑当在前半,《文选》删落者尚多也"(见《全三国文》卷八,第1098页)。这些片段的论述结构、对每位作家长处的分析,都与曹丕对七子的评论有相似之处。例如论屈原、司马相如:"或问屈原相如之赋孰愈,曰:优游按衍,屈原之尚也;穷侈极妙,相如之长也。然原据托譬喻,其意周旋,绰有余度。长卿子云,意未能及。"《北堂书钞》卷一〇〇,第4a页。

作为文学时代之建安,其本身就是一个文学创造,本章追溯它的创造过程,共有三个重要时刻。第一个时刻发生于公元217年的瘟疫之后,当时还是魏太子的曹丕通过编辑亡友的诗文纪念他们。在评判诗赋等短小文体的同时,他的文集编撰标志着"文学作者"的诞生。第二个时刻出现于约两个世纪后,著名诗人谢灵运通过一组拟作重新创造了第一个时刻的怀旧情绪,组诗分别出以诸子口吻,还有一篇托名"曹丕"的序。5世纪初期是一个文学史上的回顾时代,[1]也是文化活动以宫廷为中心并且帝王亲自参与创作的时代,更是五言诗一跃而成为文学创作中心的时代——五言是曹氏家族偏爱的诗体,但在3世纪初尚属低俗。谢灵运通过诗歌重新创造出当年的文学聚会,是这个新时代的集中表现。

第三个也是最具有决定性的时刻,是6世纪前半叶的萧梁王朝,这个时候的种种因素促成了建安文学和文化形象的最后固定。萧梁皇子在曹魏宫廷中看到了他们自己所向往的境界,由此,我们今天所熟悉的"建安"应运而生。其中《文选》起到了重要的作用,因为它收入了精心遴选的建安诗文以及关于建安的写作,这包括经过删削裁剪的《典论·论文》,也包括上述谢灵运的拟作。在《文选》塑造的建安形象之下,我们还能发现一个不同的建安吗?如果能,它又会是什么呢?

---

[1] 对此回顾诗学的论述,参见笔者所撰《剑桥中国文学史》第三章(*The Cambridge History of Chinese Literature*,Vol. I,pp. 226–229)。

"死亡诗社"

在薄伽丘(1313—1375)的《十日谈》中,十位贵族青年男女逃离了黑死病流行的佛罗伦萨,躲避到乡下别墅,在那里讲述丰富多彩的故事,消磨永昼,瘟疫遂成为一百个爱情故事的叙事框架。同样,建安的诗文和故事也被一场瘟疫笼罩着,有一个相当黑暗的语境。范晔(398—445)在《后汉书》中对这场瘟疫的记述不过寥寥数字:

> 献帝建安二十二年,大疫。[1]

《太平御览》保存了曹植对疫情的描述与理解:

> 建安二十二年,疠气流行。家家有僵尸之痛,室室有号泣之哀。或阖门而殪,或覆族而丧。或以为疫者,鬼神所作。夫罹此者,悉被褐茹藿之子,荆室蓬户之人耳。若夫殿处鼎食之家,重貂累蓐之门,若是者鲜焉。此乃阴阳失位,寒暑错时,是故生疫;而愚民悬符厌之,亦可笑。[2]

医药史学者韩嵩(Marta Hanson)指出,曹植强调了

---

[1]《后汉书·志第十七·五行五》,第3351页。
[2]《太平御览》卷七四二,第3425—3426页。《全三国文》卷十八,第1152—1153页。

"社会与经济因素:贫富差距导致住宅、饮食、衣物、床具等生活条件的差距,使贫穷人家(在疫情中)受害最大"。[1]曹植的观察当然具有合理性,因为人口密集、居住空间狭小、卫生条件差,这些社会下层生活环境的特征,是传播疾疫的罪魁祸首。但他急于反驳"愚民"的迷信行为、宣扬一己的科学观念,淡化了217年的瘟疫对社会精英层的影响。

在曹丕的《与吴质书》中,我们看到了一番全然不同的景象:

> 昔年疾疫,亲故多离其灾,徐、陈、应、刘,一时俱逝,痛何可言邪。[2]

对于曹丕来说,217年初到218年初是重要的一年。在那一年,他终于被父亲正式立为太子,多年来和曹植的明争暗斗以胜利结束;但在同一年,他失去了五位亲密的友人,最早的是217年初在征吴北归途中病逝的王粲,最后去世的

---

[1] Marta Hanson, *Speaking of Epidemics in Chinese Medicine*, p. 5.
[2] 《三国志》卷二十一,第608页。这封书信在《三国志》中被引用了两次,第一次是以被删节的形式出现在《三国志》正文中(卷二十一,第602页),第二次出现于裴松之(372—451)的《三国志》注,是从鱼豢(约3世纪后半叶在世)的《魏略》中转引过来的。裴松之认为此信系建安二十三年(218)所作。《文选》本《与吴质书》是此信的第三个版本,与《魏略》/裴松之本多有出入。据《文选》本,此信为二月初三所作,即公元218年3月17日,见《文选》卷四十二,第1896页。值得注意的是,从《三国志》正文到裴松之注,再到《文选》版,《与吴质书》的写作时间变得越来越具体。

是218年初死于瘟疫的徐幹。这次瘟疫对曹丕的影响非同小可。王沈（？—266）在《魏书》中说：

> 帝初在东宫，疫疠大起，时人雕伤，帝深感叹，与素所敬者大理王朗书曰："生有七尺之形，死唯一棺之土，唯立德扬名，可以不朽，其次莫如著篇籍。疫疠数起，士人雕落，余独何人，能全其寿？"故论撰所著《典论》、诗赋，盖百余篇，集诸儒于肃城门内，讲论大义，侃侃无倦。[1]

曹丕在《与王朗书》中先是化用了《淮南子》"吾生也有七尺之形，吾死也有一棺之土"，[2]接下来又暗用了《左传》的"三不朽"概念。[3]"立言"可以不朽，恰恰在对前人篇籍的引用中得到了证实。

好友的英年早逝和对"不朽"的欲望，促使曹丕广泛传播自己的诗文。他曾命人用昂贵的丝帛把《典论》等作品抄写了一份寄给孙权，又抄写一部纸本寄给东吴名臣张昭（156—236）。[4]但这次瘟疫对中国文学史产生的最大影

---

[1] 见《三国志》卷二，第88页，裴松之注引《魏书》。《太平御览》本"唯"作"为"（卷九十三，第575页；卷六一五，第2895页；卷七四二，第3425页）。
[2] 刘安，《淮南鸿烈》，第224页。在下文将要讨论的《与吴质书》中，曹丕也提到了去世的建安七子之"化为粪壤"。
[3]《春秋左传正义》襄公二十四年，卷三十五，第609页。
[4] 吴国作家胡冲（约243—280）在《吴历》中记录了此事。见《三国志》卷二，第88页，裴松之注。

响,是曹丕在《典论·论文》中创造出了"建安七子"。如果说《典论·论文》是标举出七子并奠定其盛名的一份广为传播的公开文件,那么曹丕写给吴质的那些充满怀旧情绪的书信——尤其是218年初的《与吴质书》,更是进一步把对七子的讨论和对死亡与无常的思考联系在一起。

《典论·论文》中评论七子的部分,最早在裴松之《三国志》注中有所引用。[1]裴氏引文比《文选》要早一个多世纪,其原文如下:

> 今之文人,鲁国孔融、广陵陈琳、山阳王粲、北海徐幹、陈留阮瑀、汝南应玚、东平刘桢,斯七子者,于学无所遗,于辞无所假,咸自以骋骐骥于千里,仰齐足而并驰。粲长于辞赋。幹时有逸气,然非粲匹也。[2] 如粲之《初征》《登楼》《槐赋》《征思》,幹之《玄猨》《漏卮》《圆扇》《橘赋》,虽张、蔡不过也,然于他文未能称是。琳、瑀之章表书记,今之俊也。应玚和而不壮,刘桢壮而不密。孔融体气高妙,有过人

---

[1]《三国志》卷二十一,第602页。
[2] "幹时有逸气,然非粲匹也"在《文选》中有一处耐人寻味的异文:"徐幹时有齐气,然粲之匹也。"《文选》卷五十二,第2270页。11世纪初的《册府元龟》用了裴松之的版本(卷八三七,第9933页)。7世纪的《艺文类聚》、10世纪的《太平御览》则提供了又一则异文:"徐幹时有逸气,然粲匹也。"值得注意的是,曹丕在《与吴质书》中云:"公幹有逸气,但未遒耳。"这句话在《三国志》正文中有引用,裴松之的《典论·论文》引文是其注解。

者,然不能持论,理不胜辞,至于杂以嘲戏;及其所善,扬、班之俦也。

《三国志》此处的正文并未提及孔融,裴松之注保留了有关孔融的部分也许是为了忠于曹丕原作中"七子"的表述。孔子在《论语·宪问》中有"作者七人"的说法,[1]当时的语境是在谈论隐者,虽然这里的"作者"并非指文学作者,[2]但孔子话语的权威性为"七"这个数字增添了特殊的文化光环,当早期中古的读者读到曹丕的"斯七人者",也想必会联想到"作者"的另一含义。

实际上,曹丕很可能知道曹植的《与杨德祖书》。[3]这封书信被收入《文选》,不太可能是只为杨修而写的私人书信,至少信中表达的思想感情对于曹丕来说应该并不陌生。信的开篇评价了"今世作者",这里的"作者"毫无疑问指创作文学的"作者":

> 然今世作者,可略而言也:昔仲宣独步于汉南,孔璋鹰扬于河朔,伟长擅名于青土,公幹振藻于海隅,德琏发迹于此魏,足下高视于上京。当此之时,人人

---

[1] 《论语注疏》卷十四,第129页。
[2] 中古时期的《论语》注者多认为此处的"作者"指七位隐者,见《论语注疏》卷十四,第130页。
[3] 一般认为这封信是216年写的。

自谓握灵蛇之珠，家家自谓抱荆山之玉。[1]吾王于是设天网以该之，顿八纮以掩之，今悉集兹国矣。[2]

曹植列举的六位"作者"包括了曹丕"七子"中的五子，第六位是杨修。既然曹植此封书信是和自己的诗赋一起寄给杨修的，他似乎是在暗示着一个"作者七人"的群体，而自己就是第七位。但信的总体语气显示出一种随意挥洒的傲慢，他在上述引文之后马上说："然此数子，犹复不能飞轩绝迹，一举千里。"这里的"数子"似也包括杨修在内，随后又嘲笑了陈琳不擅辞赋。

曹丕对七子的评价，其实触及不少在曹植书信中出现的意象符号，比如说作者文学能力上的优点和缺点，作为文学评论家的资格；他甚至也用到了车马和千里的比喻。但曹丕深思熟虑，把曹植提到的每一点都加以扩大深入。曹植认为除《春秋》之外，"世人之著述，不能无病"，并没有解释原因；曹丕则认为，作者"鲜能备善"是因为"文非一体"。曹植认为只有优秀的作家才有资格评价他人，"盖有南威之容，乃可以论其淑媛"；曹丕则认为只有君子才能评判他人，"盖君子审己以度人，故能免于斯累而作论文"。最大的区别是：曹丕俨然以孔子自处，超乎"作者"之上对他们加以评

---

[1] "灵蛇之珠"指隋侯珠，"荆山之玉"是楚人卞和发现的美玉，二者一般用以比喻珍贵事物。
[2]《文选》卷四十二，第1901—1902页。

论;曹植则隐然把自己定位为"七子"中的一员。[1]

活跃于东汉末年的作者确实不少。《三国志·魏书》中王粲等人的传记说:

> 始文帝为五官将,及平原侯植皆好文学,粲与北海徐幹字伟长、广陵陈琳字孔璋、陈留阮瑀字元瑜、汝南应玚字德琏、东平刘桢字公幹并见友善……自颍川邯郸淳、繁钦,陈留路粹,沛国丁仪、丁廙,弘农杨修,河内荀纬等,亦有文采,而不在此七人之例。[2]

也许会有人说,曹丕对诸人的评价很有可能不仅根据他的文学品味,也与各位作者的政治立场有关,至少我们确知丁仪(?—220)、丁廙(?—219)兄弟是支持曹植的。但是繁钦(?—218)、路粹(?—214)、荀纬(182—223)都和曹丕有亲密的关系,更不用说"以文才为文帝所善"的吴质了。[3]

---

[1] 在218年的《与吴质书》中,曹丕以夫子自居的姿态更为明显:他说"后生可畏",又说"伤门人之莫逮",以孔子悲悼子路之死来比拟自己对友人之死的悲痛。《文选》卷四十二,第1897—1898页。

[2] 《三国志》卷二十一,第599、602页。陈振孙(1179—1262)注意到了此处人数有异:"世所谓建安七子者也。但自王粲而下才六人,子建亦在其间耶?而文帝《典论》则又以孔融居其首,并粲、琳等谓之七子,植不与焉。"见陈振孙,《直斋书录解题》卷十六,第462页。陈寿有可能受了"七子"说法的影响,记录六人却称"七子",但谢灵运在《拟魏太子邺中集》中恰恰正是把曹植视为第七子而没有算入孔融。

[3] 《三国志》卷二十一,第607页。繁钦与曹丕相善,曾与曹丕书论歌手车子,特别受到曹丕的赞美。路粹亦与曹丕友善,后随军至汉中,违禁被诛,曹丕闻之甚为感慨。荀纬曾任军谋掾、太子庶子,受曹丕礼遇。

由此可见,除了政治立场、个人友谊和文学才华,"七子"有一个共同之处是他们的英年早逝,而这也是曹氏兄弟对当代文人的论述的另一重要区别:曹植只讨论在世作者,[1]而曹丕却在评判已逝之人,这样一来,既能做到盖棺论定,也能使他们加入《典论·论文》逸中提到的屈原、贾谊、司马相如、马融之列,成为文学传统的一部分。换言之,曹丕在创造一个文学经典,而且十分成功。[2]

至此,我们应思考一下《典论·论文》深刻的创新性。《典论》属于子书传统,探讨思想、社会、政治、文化等各方面问题。而在现存子书中,没有一部像《典论·论文》那样详细地评论构成了后来狭义"文学"的短小作品。王充(27—约97)《论衡·案书》是值得注意的先例,但通过比较,我们既能注意到修辞之相似,也能更清楚地看到曹丕的新颖之处,或者说从后代的角度来看,他的进步性:

> 夫俗好珍古不贵今,谓今之文不如古书。夫古今一也,才有高下,言有是非,不论善恶而徒贵古,是谓古人贤今人也。案东番邹伯奇,临淮袁太伯、袁文术,会稽吴君高、周长生之辈,位虽不至公卿,诚能

---

[1] "七子"中没有被曹植提到的两位,恰恰是在曹植写此信之前都已去世的孔融和阮瑀(如果此信确为216年所作)。
[2] 刘勰《文心雕龙·序志》批评曹丕对建安作者的评论"密而不周",但曹丕的目的本来就不是"周",而是经典化,而经典化本身就意味着排除。见《文心雕龙义证》卷五十,第1918页。

知之囊橐，文雅之英雄也。观伯奇之《元思》，太伯之《易章句》，文术之《咸铭》，君高之《越纽录》，长生之《洞历》，刘子政、扬子云不能过也。善[盖]才有浅深，无有古今；文有伪真，无有故新。广陵陈子回、颜方，今尚书郎班固，兰台令杨终、傅毅之徒，虽无篇章，赋颂记奏，文辞斐炳，赋象屈原、贾生，奏象唐林、谷永，并比以观好，其美一也。当今未显，使在百世之后，则子政、子云之党也。[1]

为纠正时人盲目好古、鄙薄今世之风，王充提出"古今一也"，认为今之文不亚于古之文。他虽然也在此提到了长于"赋颂记奏"的作者，但仍以长篇论著为主。他的比较判断（"某某不能过也"）在曹丕七子论中也有出现，但和王充不同，曹丕关注的是短小的文体，例如王粲的赋或者陈琳、阮瑀的记奏。《典论·论文》被誉为中国最早的文体论，列举了奏、议、书、论、铭、诔、诗、赋八种体裁。[2]这些短小体裁正好构成了古代传统观念中的"文学"，有别于子、史、经的长篇论著。

直至3世纪，对社会精英阶层成员来说，一个最重要的言说和构建自我的形式，莫过于分章节分主题逐一探讨社

---

[1] 王充，《论衡校释》卷二十九，第1173—1174页。
[2] 《文选》卷五十二，第2271页；Stephen Owen, *Readings in Chinese Literary Thought*, p. 64。

会、政治、伦理等问题并结以自序的子书。[1]曹丕的《典论》和王充的《论衡》都是这样的作品。但变化开始在3世纪出现。在"七子"中，其实唯有徐幹才可以算是真正的"子"，因为他撰写了一部子书：《中论》。《中论》有一篇不知作者姓名的序言，恰恰把《中论》定义为诗赋等短小文学体裁的对立面：

> 君之性，常欲损世之有余，益俗之不足。见辞人美丽之文并时而作，曾无阐弘大义，敷散道教，上求圣人之中，下救流俗之昏者。故废诗赋颂铭赞之文，著《中论》之书二十篇。[2]

"辞人美丽之文"出自扬雄《法言》："诗人之赋丽以则，辞人之赋丽以淫。"[3]为了强调徐幹的独特性和严肃性，这位佚名作者不得不把《中论》与同时代人的文学创作对立起来，而同时代人的文学创作正是曹丕《典论·论文》所赞赏的。[4]

序言作者对子书的定义（"辞人美丽之文"的反面）不是随意之举。值得注意的是，从3世纪初期开始，子书越来

---

[1] 详见笔者《诸子的黄昏》（"Twillight of the Masters"），第465—486页。
[2] 见《中论解诂》，第395页。
[3] 扬雄，《法言义疏》卷二，第49页。
[4] 虽然曹丕在《典论·论文》的最后提到"唯幹著论，成一家言"，但他对其他作者的赞美都是针对他们的短篇作品的，包括《中论·序》所不屑一顾的"辞人美丽之文"。

越频繁地与葛洪(283—363)所谓的包括诗赋在内的"细碎小文"加以对举。[1]最终我们会看到,作者的文集(或称别集)将逐渐代替子书,成为自我构建的最为重要的形式。曹丕在这一转变中起到了关键作用,他列举"七子",编定他们的作品,成为首次谈到文集之修撰的编者。

在《与吴质书》中,问候之后,曹丕写道:[2]

> 昔年疾疫,亲故多离其灾,徐、陈、应、刘,一时俱逝,痛可言邪。昔日游处,行则连舆,止则接席,何曾须臾相失。每至觞酌流行,丝竹并奏,酒酣耳热,仰而赋诗,当此之时,忽然不自知乐也。谓百年己分,可长共相保。何图数年之间,零落略尽,言之伤心!顷撰其遗文,都为一集。观其姓名,已为鬼录。追思昔游,犹在心目,而此诸子,化为粪壤,可复道哉!

通过这段感伤的文字,我们不难看出,在曹丕对亡友怀念的中心,是具备了诗歌、音乐与饮酒的欢宴。这些欢乐的聚会定义了作为文学时代的建安,而它从一开始就是以回忆和缺失的形式出现的。曹丕声称,他在欢乐消失之前都还根本"不自知乐"。

曹丕把亡友作品合编为一集还是各自编为别集已未可

---

[1] 葛洪,《抱朴子外篇校笺》卷五十,第697页。
[2] 《文选》卷四十二,第1896—1897页。

知,但无论何种情况,这都是一个纪念性的举动。在讨论中国古典传统中文学作为"独特话语场域"的兴起时,宇文所安(Stephen Owen)指出别集的后设性,"要到作者去世才完整"。[1]曹丕创造"七子"与他对七子文集的编撰是不可分离的,这两者也都必须是作者去世之后的构建,文集标志了作者的全息存在,不再成长变化,而是被凝固、被完整地体现在他留下的作品中。

曹丕《典论·论文》开篇云:[2]

> 盖文章经国之大业,不朽之盛事。年寿有时而尽,荣乐止乎其身,二者必至之常期,未若文章之无穷。是以古之作者,寄身于翰墨,见意于篇籍,不假良史之辞,不托飞驰之势,而声名自传于后。

凡人必死之"身",只有"寄"于翰墨之中才能成为永恒的存在,作者的"意"和"气"赋予它鲜活的生命。在上述引文之前,曹丕做出了他著名的论断:"文以气为主。"他认为"气"是内在于一个人的、独一无二的品质:"不可力强而致……虽在父兄,不可以移子弟。"对《典论·论文》的乐观解读是,一个作者的文集完全可以完美地等同于这个作者的身体,保证作者在死后的永生。

---

[1] Stephen Owen, "Key Concepts of Literature," p. 6.
[2] 《全三国文》卷八,第 1098 页。

217年的大瘟疫是"七子"得以不朽的契机和前提。曹丕很多文化事业都是在瘟疫之后开始的,这并非偶然。如果《典论》一书的撰写可能在瘟疫之前已经开始,那么《文选》所收录的《论文》,末句云"融等已逝",无疑是疫情过去之后完成的。另一重要项目是曹丕于220年称帝后下令编撰的《皇览》,此书"合四十余部,部有数十篇,通合八百余万字",常被视为中国历史上最早的类书。[1]

在编辑整理已有资料这方面,《皇览》与吕不韦(?—公元前235)的《吕览》(《吕氏春秋》)、刘向的《淮南子》及《说苑》可以说有着相似之处。但《吕览》和《淮南子》都是统合性的著作,就连《说苑》也包含了刘向自己的评论和创造。相比之下,类书仅仅罗列和呈现已有的资料,并不加入编撰者本人的整合或意见。对早先文本的态度从《吕览》到《皇览》发生了很大变化:前者旨在对知识进行整合,而后者却保存原文,为的是有助于自己的文学创作。类书在3世纪初期和文集编撰以及七子作为接近后起意义的文学作者的建构同时出现,并非只是一个偶然的巧合。

曹丕在218年3月17日的《与吴质书》中,用一系列否定句式肯定七子的价值,他们无与伦比、不可代替、一去不返:

> 诸子但为未及古人,自一时之隽也,今之存者已不

---

[1]《三国志》卷二十三,第664页,裴松之注;卷二,第88页。

逮矣。后生可畏,来者难诬,然吾与足下不及见也。[1]

一连串焦虑重重的"未及""不逮""不及",把过去、现在、未来熔于一炉,曹丕自己处于"逝者"和"来者"之间的位置,既动摇不定而又模糊。

接下来,曹丕叙写了非常个人化的担忧:

> 行年已长大,所怀万端,时有所虑,至乃通夕不瞑,何时复类昔日?已成老翁,但未白头耳。光武言"年已三十,在军十年,所更非一"。吾德虽不及,年与之齐。以犬羊之质,服虎豹之文;无众星之明,假日月之光。动见观瞻,何时易邪?恐永不复得为昔日游也。[2]

如上所述,瘟疫和曹丕被立为太子发生在同一年。据说曹丕得知自己被立为太子之后欣喜若狂地拥抱了身旁的大臣。[3]就算确有此事,他的喜悦也是转瞬即逝的,伴随权力而来的是责任的重担。[4]他以汉光武帝自比深具政治意义,

---

[1]《文选》本一作"然恐吾与足下不及见也",加一"恐"字,语气变得稍微柔和些。见《文选》卷四十二,第1898页。
[2]《三国志》卷二十一,第608—609页。《全三国文》与《文选》此段文字略有差异。
[3]《三国志》卷二十五,第699页。
[4] 比如说,曹丕"耽乐田猎",但被大臣劝谏之后不得不有所收敛。见《三国志》卷二十五,第718页。

第一章 瘟疫与诗歌:重新思考建安

虽然他声称自己的德行"不及"光武帝。[1] 再者，三十岁也是孔子所称的"而立"之年。曹丕深刻地意识到自己的年纪和太子身份的重任，他写给吴质的信既感伤"七子"英年早逝，也是在哀悼自己无忧无虑青年时代的结束。

一个时代就这样以宣告终结而诞生了。曹丕的信，标志着定义了"建安"的时刻：从一开始，"建安"就是一个从哀悼与缅怀之中创造出来的浪漫化的时代。虽然这封信和《典论·论文》都评价了"七子"，但书信是一份更能见证私人情感的文件。正如李安琪所言，曹丕"娴熟地运用了书信这一文体的对话性潜能，这一潜能允许不同话题松散地衔接甚至交叉出现，思想的舒缓节奏模仿了对话的你来我往，也允许作者为论证注入某种戏剧性或赋予个人的情感关怀"。[2]

有意思的是，这封书信现存的最早版本——亦即《三国志》引用的版本——删除了那些散漫的个人抒写，只留下了对七子优劣的严肃评价，和《典论·论文》更为接近。但裴松之注提供了那些被删除的文字："臣松之以本传虽略载太子此书，美辞多被删落，今故悉取《魏略》所述以备其文。"[3] 在裴松之保留的全文中，我们还看到了一条关于刘桢诗歌的评语："至其五言诗，妙绝当时。"[4]《三国志》对此评

---

[1] 曹丕习惯用这种"否定式比较"，亦即通过"我不像某某"来建立自己与某某的联系。我们在下一章将会看到更多这样的例子。
[2] Antje Richter, "Letter or Essay?"
[3] 《三国志》卷二十一，第609页。
[4] 《文选》本句："其五言诗之善者，妙绝时人。"这句话的限定性要比裴松之版高多了。根据这个版本，曹丕认为刘桢五言诗之"善者"才是"妙绝时人"的上乘之作，而非刘桢的全部五言诗作。

语的删落是颇耐人寻味的。一种可能是《三国志》作者陈寿（233—297）对五言诗不屑一顾：五言诗在当时不算高雅诗体，虽然曹氏家族对之深深爱好，并且也在洛阳有所流行，但蜀地出身的陈寿未必有同样的品味。然而到了5世纪，五言诗已成为高尚文体，而曹丕的书信则除了历史文件之外，也被时人作为"美辞"看待了。

邺中"集"

裴松之生活于5世纪初，那时人们对3世纪的诗歌重新发生兴趣。著名宫廷诗人颜延之（384—456）曾作诗评价七子之一阮瑀之子阮籍（210—263），谢灵运对曹丕、曹植兄弟和他们的爱好者陆机都有极高评价。关于陆氏兄弟后文将有详论，而谢灵运对曹丕等人的拟作——一组"虚构性诗歌"——是"建安"之生成的第二个重要环节。谢灵运以其锐利的洞察力，选择了曹丕缅怀和纪念亡友的时刻进行模拟。拟作题为《拟魏太子邺中集》（以下或简作《拟邺中集》），由托名曹丕的序言开始，其后的八首诗分别以曹丕和七子的口吻创作，但以曹植代替了孔融。[1]

"曹丕"序是组诗的叙事框架：

> 建安末，余时在邺宫，朝游夕宴，究欢愉之极。

---

[1]《文选》卷三十，第1432页；逯钦立辑校，《先秦汉魏晋南北朝诗·宋诗》卷三，第1181—1185页。

天下良辰美景，赏心乐事，四者难并。今昆弟友朋，二三诸彦，共尽之矣。古来此娱，书籍未见，何者？楚襄王时有宋玉、唐、景，[1]梁孝王时有邹、枚、严、马，[2]游者美矣，而其主不文。汉武帝徐乐诸才，备应对之能，而雄猜多忌，岂获晤言之适？[3]不诬方将，庶必贤于今日尔。岁月如流，零落将尽，撰文怀人，感往增怆。其辞曰……

谢灵运假托历史人物的口吻写作是相当新颖的。这种历史想象不仅具体到个人，而且是一个真实的历史人物，与乐府诗歌中使用人物类型（某士兵、弃妇、游宦子等）有着本质不同。[4]给组诗加序描述诗歌发生语境的做法，显示了赋的影响：很多早期赋作都在赋的叙述框架中使用历史、半历史或完全虚拟的人物，赋的正文也多半出自这些人物之口。在这些赋作中，即使是"宋玉"这样往往被视为曾经

---

[1] 按指宋玉、唐勒、景差。《史记》卷八十四，第2491页。
[2] 按指邹阳、枚胜、严忌（庄忌）、司马相如，四人皆曾游于梁孝王（？—前144）门下。
[3] 赵人徐乐曾上书朝廷论时事，见《史记》卷一一二，第2956页。
[4] 石崇（249—300）的《王明君辞》是以汉宫人王昭君的口吻创作的（《先秦汉魏晋南北朝诗·晋诗》卷四，第642—643页），但王昭君本人并无作品传世，我们对她作为一个历史人物也缺乏了解。谢灵运之前有所谓"代作"的传统，但一般是"代"当世之人的，陆机的《为顾彦先赠妇诗》就是很好的例子（《先秦汉魏晋南北朝诗·晋诗》卷五，第682页）。另一"先例"是系于苏武、李陵、蔡琰等人名下的诗，这些诗很可能最早出现于早期中古时代流传的别传演义中，但这些诗作往往被时人视为真实，而且都是在苏武等人的名下流传而不是标以他人代作。

真实存在的所谓历史人物也变得与司马相如的"子虚""乌有"无异。由此看来,"曹丕"序言的虚拟化、戏剧化,与赋作的叙述框架既有相似之处,又有着显著的不同:谢灵运不仅是在托名历史人物,更是在托名处于一个具体特定历史语境之中的历史人物——也就是曹丕在编撰七子文集和思念亡友的那个时刻。这组诗的另一创新之处,是谢灵运虽然以"拟"为题,却几乎可以肯定,他不是模拟一组具体作品,[1]而是通过表演"文学腹语"再现了曹丕把集会在主公周围的七子作品"都为一集"的关键时刻。换言之,题目中的"拟……邺中集"是模拟邺之集——集会/文集。[2]

无论是集会还是集文,其活动都有着超越了自身范围的意义。上节提到了别集的出现与文学作者的出现,而5世纪与前代不同:前代君主只命令臣下创作,自己却不参与;5世纪的新现象,则是以一个文学君主为中心、与臣下共同创作的群落。一方面,"曹丕"提及的先例只包括爱好辞赋

---

[1] 我们可以把谢灵运这组诗与其族人谢庄(421—466)的《月赋》作比较:这篇名作也被收入《文选》(卷十三,第598—603页),也以建安为背景、以曹植和王粲为主要人物。但《月赋》中哀悼应玚、刘桢之死的并非曹丕而是陈思王曹植。王粲受命作赋以慰君王之愁思,构成《月赋》的正文。这篇作品与史实明显不符:历史上的王粲在应玚、刘桢之前去世;曹植虽曾作《王仲宣诔》,但并无悼念建安诸子的记载;最重要的是,谢庄完全无意于模仿或传达历史上曹植或王粲的文风。

[2] 值得一提的是,"邺中集"的"集"字,虽然通常被学者解为"诗集",但"× 集"在早期中古诗歌题目中是常见的公式化词语,表示"在某某地集会"的意思,如《金谷集作诗》《华林园集诗》《刘仆射东山集诗》等。

的君臣(在徐乐的情形里是奏章),下令编著《淮南子》的淮南王却不在其中,这正好反映了5世纪初对"子书"的兴趣正在向"别集"转移的情况。[1]另一方面,5世纪的君主或王子不再是旁观者,而是经常在公共场合与臣僚一起创作诗赋。皇帝或藩王的宫廷成为皇帝或藩王亲自参与文学与文化生产的中心场所,标志着一个汉代以来宫廷文学的新时代。[2]

谢灵运把5世纪的现实投射在曹丕和建安诸子身上,这一点更鲜明地体现在曹丕的身份上:曹丕虽为"公子",但他在和建安诸子一起游宴时还不是王子,更谈不上是太子。阮瑀早在曹操被封为魏王之前就已去世,王粲也未活着看到曹丕被立为太子。换言之,是到了谢灵运的时代,才出现皇帝或王子与臣下一同创作的现象;谢灵运的时代也见证了对文学的过去的新兴趣——时人对3世纪诗歌的重新发现与文学史的书写。[3]谢灵运的个人生平经历到底在这组诗的创作中有多大影响虽未可知,但组诗几乎可以肯定是与大的时代背景息息相关的。[4]

"曹丕"序首句云"建安末",颇耐人寻味。"末"意味

---

[1] 笔者《诸子的黄昏》,第473—478页。
[2] 关于这一现象及其具体表现,详见笔者《南朝宫廷诗歌里的王权再现与帝国想象》("Representing Kingship")一文。
[3] *The Cambridge History of Chinese Literature*, Vol. 1, pp. 227–229.
[4] 有学者认为这组诗体现了谢灵运对刘宋王子刘义真的怀念,见《谢灵运集校注》,第136—137页。但我们不知道组诗的创作时间,传记式解读也就很难进行。

着"曹丕"作序之时汉献帝的建安时代已经结束了。强调建安作为政治年代的终结,恰好象征着建安作为文学时代的诞生。除了"曹丕"的诗作之外,每首诗都有"小序",总结诗人的生平和基本风格。这组诗好似一幅画卷,每个人物都被简化,以突出其被认为最核心的特征,"小序"可视为图像说明。展示在我们眼前的,是被压缩到其精髓的建安的"生人雕塑群"(tableau vivant)。

诗 论

《拟邺中集》[1]的单体诗篇并无题目,只标作者,这也许展现了很多早期中古抄本的文本形式,尤其是多人共同创作的组诗。第一首诗的作者为"魏太子",用以表示从诗歌创作到序言创作("现在")之间的身份转变。[2]

魏太子

百川赴巨海,众星环北辰。[3]
照灼烂霄汉,遥裔起长津。
天地中横溃,家王拯生民。

---

[1] 以下引《拟邺中集》八首见《文选》卷三十,第1433—1439页。不再重复出注。
[2] 曹操于建安二十五年一月(220年3月)去世,曹丕继魏王位。此后不久,汉献帝将年号改为延康。
[3] "为政以德,譬如北辰居其所而众星共之。"(《论语·为政》)

> 区宇既涤荡，群英必来臻。
> 悉此钦贤性，由来常怀仁。
> 况值众君子，倾心隆日新。[1]
> 论物靡浮说，析理实敷陈。
> 罗缕岂阙辞，窈窕究天人。[2]
> 澄觞满金罍，连榻设华茵。
> 急弦动飞听，清歌拂梁尘。
> 何言相遇易，此欢信可珍。

诗以百川归海的意象开篇，令人联想到曹操名作《短歌行》的"山不厌高，海不厌深"[3]，暗示众臣会集于君王周围；次句则用天庭意象平衡人间。三、四句分别拓展一、二句的诗意（第三句发挥第二句、第四句发挥第一句，构成合掌型阐述法），人间的"长津"也很好地对应了天上的银河（"霄汉"）。这几句诗里，水意象泛滥，一发不可收拾，导致第五句的"横溃"，曹操被描写为唯一能够拯救溺水生民的人。水意象延续到第四联，天下终被"涤荡"清洗，天下英才尽归曹氏门下。液体的最后一次出现，是第九联里君臣欢宴之时盛满金罍的清酒（"澄觞"）。

---

[1]"日新"出自《周易》，见《周易注疏》卷七，第149页。
[2]司马迁《报任少卿书》："亦欲以究天人之际，通古今之变，成一家之言。"《全汉文》卷二十六，第272页。
[3]《先秦汉魏晋南北朝诗·魏诗》卷一，第349页。又见《文选》卷二十七，第1281—1282页。

建安诗人的宴饮诗作中经常出现"烹羊""炙肥牛"之类的"珍膳""嘉肴"[1]，但"曹丕"诗中美食的意象非常打眼地缺席，取而代之的是高谈阔论："论物靡浮说，析理实敷陈。罗缕岂阙辞，窈窕究天人。"谢灵运用两联诗详细摹写的议论场面，在现存建安宴饮诗中完全不构成重点。[2]这一重要差异反映了谢灵运本人生活的时代对清谈的偏爱。

其次为"王粲"诗，诗前有小序：

王　粲

家本秦川，贵公子孙，遭乱流寓，自伤情多。[3]
幽厉昔崩乱，桓灵今板荡。[4]
伊洛既燎烟，函崤没无像。[5]

---

[1] 关于建安诗歌中的"酒/食"句式，详见 Stephen Owen, *The Making of Early Chinese Classical Poetry*（《中国早期古典诗歌的生成》），p. 208。
[2] 现存建安宴饮诗歌中唯一一次提及"论物析理"的是应玚的《公宴诗》残句"辩论释郁结，援笔兴文章"（《先秦汉魏晋南北朝诗·魏诗》卷三，第383页）。宴饮诗中的宾客大多忙着欣赏酒食音乐，没有多少机会说话；即便有，那也多半是"但愬杯行迟"（王粲）、"宾奉万年酬"（曹植）（《先秦汉魏晋南北朝诗·魏诗》卷二，第360页；卷六，第425页）。现实宴饮当然可能包括高谈阔论，但诗歌再现遵守的是自己的规则。
[3] 王粲曾祖父与祖父皆为汉朝重臣。东汉末年天下大乱，王粲于192年离开长安（"秦川"）前往荆州依附刘表（142—208）。曹军208年入荆州，王粲说服刘表子刘琮投降。荆州为旧时楚地，故诗中言"楚壤"。
[4] 幽、厉分别指周代昏君。桓帝（147—167年在位）、灵帝（168—189年在位）是东汉末期皇帝。《板》《荡》为《诗经》篇什，传统上被认为是批评周厉王的作品。
[5] 伊、洛为洛阳附近的河流，函、崤指函谷关和崤关。

整装辞秦川,秣马赴楚壤。

沮漳自可美,[1]客心非外奖。[2]

常叹诗人言,式微何由往。[3]

上宰奉皇灵,[4]侯伯咸宗长。

云骑乱汉南,纪郢皆扫荡。[5]

排雾属盛明,披云对清朗。[6]

庆泰欲重迭,公子特先赏。

不谓息肩愿,一旦值明两。

并载游邺京,方舟泛河广。[7]

绸缪清宴娱,寂寥梁栋响。

既作长夜饮,岂顾乘日养。[8]

---

〔1〕 沮、漳为荆州的河流。
〔2〕 王粲《登楼赋》:"挟清漳之通浦兮,倚曲沮之长洲……虽信美而非吾土兮,曾何足以少留?"此赋一般认为是王粲在荆州时所作。
〔3〕《诗经·邶风·式微》:"式微式微胡不归。"《毛诗注疏》卷二,第92页。
〔4〕 上宰指曹操,皇灵指汉帝。
〔5〕 纪郢指古时楚国的郢都。
〔6〕 李善(630—689)《文选》注引阮瑀《谢太祖笺》:"一得披玄云,望白日,唯力是视,敢有二心!"见《文选》卷三十,第1434页。
〔7〕 李善引曹丕215年《与朝歌令吴质书》:"同乘并载,以游后园。"(《文选》卷三十,第1434页)这封书信也被收入《文选》卷四十二,第1895页。
〔8〕 李善(《文选》卷三十,第1434页)指出"乘日"的典故出自《庄子·徐无鬼》:黄帝出游,"至于襄城之野,七圣皆迷,无所问涂",因问于牧马童子,甚异之,又问之以天下。童子未作正面回答,只说:"予少而自游于六合之内,予适有瞀病,有长者教予曰:'若乘日之车而游于襄城之野。'今予病少痊,予又且复游于六合之外。夫为天下亦若此而已。予又奚事焉!"《庄子集释》卷八,第830—832页。

"王粲"诗巧妙地化用了王粲本人的作品与传记资料，又颇具谢灵运特色，是八首中最突出的一首。诗中，伊水、洛水两条河流居然燃烧起来，函、崤"无像"，"无像"毫无疑问地借用了王粲《七哀诗·其一》首句的"西京乱无象"，而一山一水的对联却是谢灵运山水诗中的常见句式。[1]对仗在次联延续：诗人离开"秦川"，前往"楚壤"，"川"（平川/河流）至少在字面上与"壤"形成了山水对仗。

"王粲"诗使用《诗经》的次数最多，使人联想到不少王粲自己的诗作：《七哀诗·其一》引用了《下泉》，此外还有《公宴诗》"常闻诗人语，不醉且无归"，《从军诗·其二》"哀彼东山人，喟然感鹤鸣"，《其四》"我有素餐责，诚愧伐檀人"，《其五》"诗人美乐土，虽客犹愿留"，等等。[2]"王粲"诗的首联和第五联也运用了这种明言"诗人"与《诗》题的做法。以上提到的这些王粲诗都见于《文选》，这样一来，便加深了王粲诗中经常直引《诗经》的固定形象，谢灵运的"王粲"诗和收入《文选》的王粲诗形成了完美的互证。

"王粲"诗以"燎烟""无像"的乌突混乱开篇，逐渐转为一片清澄的光明。曹军如云，而"云阵"也是兵阵的一种。"云骑"一举渡江，"乱"呼应了首句的"崩乱"，但这里是"渡河"之意，纪郢得以"扫荡"，"扫荡"也与"曹丕"诗中的"涤荡"相呼应。诗中的亮度逐渐增强，直至第

---

[1]《先秦汉魏晋南北朝诗·魏诗》卷二，第365页。
[2]《先秦汉魏晋南北朝诗·魏诗》卷二，第360—363、365页。

八联的"排雾属盛明,披云对清朗",云开雾散,得见白日。在第十联中,作者终于见到"明两"也即太子曹丕,潜文本是"大人以继明照于四方"。下面描写宴饮的诗句只有一联,比"曹丕"诗的形容远为空灵,只限缭绕于梁栋之间的音乐声。结合此诗由暗到明的总体结构来看,用"清"来形容宴会("清宴")是很合适的。

结尾二句将全诗的明暗对立带入了新的维度:"既作长夜饮,岂顾乘日养。"李善正确指出了"乘日"的典故出自《庄子》,但他把"养"释为"乐"却不妥,显然误解了诗意。这里"王粲"用的应该是通过"乘日之车"来疗疾养生的庄子故事之原意。据《三国志》记载,历史上的王粲体弱多病,[1]曹丕《与吴质书》亦云:"惜其体弱,不足起其文。"[2]王粲后来也果然在从军途中病逝。谢灵运这首诗的末句显然是在暗示王粲的体弱多病,似乎可作为王粲英年早逝的诗谶。这两句诗的另一巧妙之处,在于它翻转了全诗由暗到明的主题:"王粲"最后因"长夜饮"而放弃了"乘日车"。[3]

下面这首"陈琳"诗最突出的特征,就是其前半首在努力地为自己曾服侍袁绍进行解释开脱。陈琳曾为袁绍作檄文声讨曹操,后来袁绍兵败,陈琳为曹军所俘。曹操指斥陈琳在檄文中辱其父祖,陈琳道歉说:"矢在弦上,不可不

---

〔1〕《三国志》卷二十一,第598页。
〔2〕《全三国文》卷七,第1089页。
〔3〕及时行乐、秉烛夜游也正是3世纪流行歌曲如《古诗十九首》中的常见思想。

发。"[1]曹操爱赏其才,竟也不再计较。值得注意的是这一檄文收入《文选》。也许有此文本在脑海中,虚拟的"陈琳"比其他几位虚拟诗人更迫切地强调自己在天下大乱中的无助和对曹操的忠心。

陈 琳

袁本初书记之士,故述丧乱事多。
皇汉逢屯邅,天下遭氛慝。
董氏沦关西,袁家拥河北。
单民易周章,窘身就羁勒。
岂意事乖已,永怀恋故国。
相公实勤王,信能定螽贼。
复睹东都辉,重见汉朝则。
余生幸已多,矧乃值明德。
爱客不告疲,饮宴遗景刻。[2]
夜听极星阑,朝游穷曛黑。
哀哇动梁埃,急觞荡幽默。[3]
且尽一日娱,莫知古来惑。[4]

---

[1] 见《文选》卷四十四,第1966—1967页,李善注。
[2] 曹植《公宴诗》:"公子敬爱客,终宴不知疲。"见《先秦汉魏晋南北朝诗·魏诗》卷七,第449页。"陈琳"诗中的公子却似乎是真的疲惫了,不过"不告"而已。
[3] 这与系名王粲的残句"哀笑[啸]动梁尘,急觞荡幽默"是几乎一致的。《先秦汉魏晋南北朝诗·魏诗》卷二,第366页。
[4] 李善引《后汉书》:"杨秉尝从容言曰,我有三不惑:酒、色、财也。"亦见《后汉书》卷五十四,第1775页。

如果说"王粲"和"陈琳"的诗都表现出取悦君王的迫切,那么下面"徐幹"和"刘桢"的诗则传出了不谐和音。

徐　幹

少无宦情,有箕颍之心事,故仕世多素辞。[1]
伊昔家临淄,提携弄齐瑟。
置酒饮胶东,淹留憩高密。
此欢谓可终,外物始难必。[2]
摇荡箕濮情,穷年迫忧栗。
末涂幸休明,栖集建薄质。
已免负薪苦,仍游椒兰室。
清论事究万,美话信非一。
行觞奏悲歌,永夜系白日。
华屋非蓬居,时髦岂余匹?
中饮顾昔心,怅焉若有失。

开篇对私人宴饮的追忆与当下现实中公宴的对照,是此诗最值得注意之处。开头四句中提到的地名——临淄、胶东、高密——都具有地方色彩,而"徐幹"对这些青年时代欢会的描写也带有一种舒适自在的情调。第五句的"此欢"与"曹丕"诗末句的"此欢信可珍"形成鲜明的直接对比,

---

[1] 许由曾隐居于箕山之下、颍水之滨。
[2] 此处接受胡克家"毕"当作"必"的说法。李善注亦引《庄子·外物》:"外物不可必。""必"和"毕"在中古汉语中发音相同。

因为两种欢乐其实是很不同的。充满了"椒兰"芬芳的"华屋"也使人联想到曹植的"生存华屋处,零落归山丘",从而带有愁绪。[1]日夜相继,时光的流逝突然显得充满威胁感,而诗人在欢宴进行中对有负"昔心"感到的遗憾和若有所失的怅然似乎格外动人。

刘 桢

卓荦偏人,而文最有气,所得颇经奇。[2]
贫居晏里闲,少小长东平。
河兖当冲要,沦飘薄许京。
广川无逆流,招纳厕群英。
北渡黎阳津,南登纪郢城。[3]
既览古今事,颇识治乱情。
欢友相解达,敷奏究平生。
矧荷明哲顾,知深觉命轻。
朝游牛羊下,暮坐括揭鸣。
终岁非一日,传卮弄新声。

---

[1] 曹植《箜篌引》,又名《野田黄雀行》。《先秦汉魏晋南北朝诗·魏诗》卷六,第254页。
[2] "经奇"二字不好理解。扬雄《法言》对"经"的解释颇有意思:"事胜辞则伉,辞胜事则赋,事辞称则经。"见《法言义疏》卷二,第60页。但"经奇"并举颇不寻常,我在同时代或更早的典籍之中尚未看到类似用法。
[3] 《文选》五臣注认为"北渡黎阳津"指伐袁绍,"南登纪郢城"指伐刘表。见《宋本六臣注文选》卷三十,第582页。

辰事既难谐，欢愿如今并。

唯羡肃肃翰，缤纷戾高冥。

此诗妙处在最后两句。继《文选》五臣注后，现代论者多认为这两句表现了诗人对仕途升迁的期望。[1]这种解读实在未得其要，最后两句化用的实际上是刘桢自己的《杂诗》。诗中抱怨公务繁忙，诗人暂时放下文书簿领出门散心，看到了池塘中自由自在的水鸟，他对水鸟表达羡慕，希望加入它们的行列，这种结尾在建安诗歌中十分常见："安得肃肃羽，从尔浮波澜？"[2]"肃肃羽"在谢诗中变成"肃肃翰"，但它的出现清楚地提示我们，谢灵运创作此诗时是有刘桢诗句在脑海里的。如此一来，"刘桢"诗的末联笔锋一转，渴望自由无拘束的生活，颠覆了此前对服侍曹氏父子的感恩与欢庆情绪，这种转折比刘桢一路直叙的原诗要惊人得多，也有力得多。

毫不奇怪的是，启发谢灵运的那首刘桢原诗也被收入了《文选》。同样，我们也可以在《文选》中找到下面这首"应场"诗的灵感源泉：

应　场
汝颍之士，流离世故，颇有飘薄之叹。

---

[1] 见《谢灵运集校注》，第150页；《谢灵运集》，第131页。
[2] 《文选》卷二十九，第1360页。

> 嗷嗷云中雁,举翮自委羽。
> 求凉弱水湄,违寒长沙渚。
> 顾我梁川时,缓步集颍许。
> 一旦逢世难,沦薄恒羁旅。
> 天下昔未定,托身早得所。
> 官度厕一卒,乌林预艰阻。[1]
> 晚节值众贤,会同庇天宇。
> 列坐荫华榱,金樽盈清醑。
> 始奏延露曲,[2]继以阑夕语。
> 调笑辄酬答,嘲谑无惭沮。
> 倾躯无遗虑,在心良已叙。

这首诗的灵感来自应玚的《侍五官中郎将建章台集》,应玚诗亦见于《文选》。[3] 与其他宴饮诗不同,此诗前半首用了十六句描写象征着诗人的孤鸿形象:

> 朝雁鸣云中,音响一何哀!
> 问子游何乡,戢翼正徘徊。
> 言我寒门来,将就衡阳栖。
> 往春翔北土,今冬客南淮。

---

[1] 官度指曹操大败袁绍的官渡之战,乌林指赤壁之战。
[2] 延露又名"延路",是早期典籍中流行曲调的名称。延露在此出现颇有意思,也许暗示着曹氏家族对通俗音乐的喜爱。
[3] 《文选》卷二十,第946—947页。

此诗第九联是一个转折点,诗人从孤鸿转向人事,陈述自己遇到明主的幸运,最后劝告所有臣僚竭其所能报答主恩。

在"应场"诗中,鸿雁的比喻只用四句而非十六句进行描写,但诗中提到北方的委羽和南方的长沙,是为了呼应原诗自北至南的迁徙而精心选择的地名。[1]第六句的"集"兼备雁之栖止和人之集会的双重含义,明确地将人与雁合写。从结构上说,"应场"诗是对前面"刘桢"诗的翻转颠覆:前者希望化为鸟儿缤纷飞去,后者则急切地寻求并终于找到了荫庇之所。

在组诗中,"阮瑀"诗是一个例外,它与阮瑀的现存作品几乎没有相通之处,反倒是大量化用了曹丕《与朝歌令吴质书》中的语句。

阮 瑀

管书记之任,有优渥之言。
河洲多沙尘,风悲黄云起。
金羁相驰逐,联翩何穷已?
庆云惠优渥,微薄攀多士。
念昔渤海时,南皮戏清沚。

---

[1] 委羽既指委羽山,也有垂羽之义,正好与上文的举翮形成了字面的对仗。另一个值得注意的细节是,委羽、弱水、长沙在方位上分别代表了北方、西方、南方。这与谢灵运在组诗中(如"陈琳""刘桢""徐幹"诗)表现出来的对地点、方位的兴趣很一致,把诸子在"集"于邺中之前的经历加以空间化。

今复河曲游，鸣笳泛兰汜。[1]
躘步陵丹梯，并坐待君子。
妍谈既愉心，哀弄信睦耳。
倾酤系芳醑，酌言岂终始。
自从食萍来，[2]唯见今日美。

这首"阮瑀"诗与阮瑀现存诗作相差悬殊。阮瑀诗作与建安其他诗人的相比，显得格外阴郁（我们会在本章最后一节讨论这点），其主题包括隐居、衰老、思乡和对从军的畏难情绪，此外，系于阮瑀名下的《驾出北郭门行》还描写了受继母虐待的孤儿。其《公宴诗》残句是唯一的例外：[3]

阳春和气动，贤主以崇仁。
布惠绥人物，降爱常所亲。
上堂相娱乐，中外奉时珍。
五味风雨集，杯酌若浮云。

---

[1] 这两联呼应了曹丕215年《与朝歌令吴质书》的"每念昔日南皮之游，诚不可忘"信的前半追忆南皮之游，后半回到当下："时驾而游，北遵河曲，从者鸣笳以启路，文学托乘于后车。"此诗的第七联基本上逐字借用了信中的"高谈娱心，哀筝顺耳"。见《文选》卷四十二，第1894—1896页。
[2] 《诗经·鹿鸣》："呦呦鹿鸣，食野之苹。"此诗描写主人款待嘉宾。《毛诗注疏》卷九，第315页。
[3] 《先秦汉魏晋南北朝诗·魏诗》卷三，第380页。

我们如果看得非常仔细,或许能在"阮瑀"诗中找到此诗极其细微的踪影,尤其是第五句"庆云惠优渥"中的"云"和"惠"。

"阮瑀"诗的一系列内在转变很引人注目。第一句"多沙尘"的河洲在第八、第十句化为"清沚""兰汜";第二句的"黄云"在第五句成为一般来说是缤纷五色的"庆云",悲风则化为了下文的"鸣笳"和"哀弄"。一切都变得更欢快美好。不过,死亡和别离的阴影却始终存在。上文提到"阮瑀"诗比任何其他文本都更多化用了曹丕写给吴质的书信,信中在追忆南皮昔游和叙述现下的河曲游之间,感叹欢愉难久,并特别对阮瑀之死表示悼念:"余顾而言,斯乐难常,足下之徒,咸以为然。今果分别,各在一方。元瑜长逝,化为异物,每一念至,何时可言!"

"阮瑀"诗中的"化",隐藏但又预示着阮瑀自己之"化为异物"。如果说在曹丕信中阮瑀是一个难以忘怀的幽灵,那么在"阮瑀"诗中,曹丕的信反而成为一个文本幽灵,向知情的读者提示着阮瑀之死。这两个文本声音巧妙地交织在一起,形成了一个炫人眼目的时间怪圈:谢灵运以"曹丕"的身份编辑亡友的旧诗,诗句却唤起曹丕信中对此诗作者的悼念。[1]

---

[1] "阮瑀"诗提到曹丕信中谈及的河曲之游,但历史上的阮瑀是不可能参与河曲之游的,深知此点的谢灵运之所以故意让"阮瑀"提到河曲游,我以为是为了提醒读者曹丕的信和信中对阮瑀的哀悼,从而造成一种惝恍迷离的文字幽灵效果。

生命无常与"邺中集"的离散是"阮瑀"诗的弦外之音,这把我们带到了组诗的最后一首:

曹　植（平原侯植）
公子不及世事,但美遨游,然颇有忧生之嗟。
朝游登凤阁,日暮集华沼。
倾柯引弱枝,攀条摘蕙草。
徙倚穷骋望,目极尽所讨。
西顾太行山,北眺邯郸道。
平衢修且直,白杨信袅袅。
副君命饮宴,欢娱写怀抱。
良游匪昼夜,岂云晚与早?
众宾悉精妙,清辞洒兰藻。
哀音下回鹄,余哇彻清昊。
中山不知醉,饮德方觉饱。[1]
愿以黄发期,养生念将老。

组诗中其他诗作都从回忆生平的直线性叙事开始,而"曹植"诗却以曲折回环的"朝/暮"句式开篇。这种句式在包括《楚辞》在内的辞赋传统中很常见,而下面两联诗句更强化了《楚辞》的回声。朝与暮日复一日轮回不已,有永

---

[1] 中山指中山酒。"饮德方觉饱"化用《诗经·既醉》"既醉以酒,既饱以德",《毛诗注疏》卷十七,第604页。

恒不变的意味，但很快被第二、第三联的折芳与望远打断，这在《楚辞》中是表达怀人与渴望的经典意象。

诗人放眼骋望的对象是值得注意的。前代注家基本上都不去解释太行山和邯郸道这两个地点的重要性，仿佛眺望太行山和邯郸道是最自然不过的事情。但事实远非如此。李善注标出"邯郸道"用了《汉书》典故："上指视慎夫人新丰道，曰：'此走邯郸道也。'"[1] 但李善一如既往地不给读者提供引文的全部语境。我们要知道，首先，汉文帝说这句话的场合是其"行至霸陵"，而霸陵正是汉文帝自己未来的陵墓；其次，慎夫人是邯郸人，文帝在指出"邯郸道"之后，"使慎夫人鼓瑟，上自倚瑟而歌，意凄怆悲怀"。其后，文帝提出"以北山石为椁，用纻絮斮陈漆其间"，以防陵墓被盗。群臣纷纷表示赞同，只有张释之进谏，认为葬礼从简才能彻底防止盗墓，得到文帝称赏。事情的整个过程载于《汉书》张释之本传，表彰张释之的直言敢谏。[2]

理解了"邯郸道"的语境，我们会发现这两句诗与生命无常有着紧密的关联。如果死亡可以被视为庄子意义上的"大归"，那么慎夫人对家乡的思念，亦可视为汉文帝感思死亡的序曲：他在反思另一种"归乡"、另一个"家"的安全与牢固。从这个角度看，对太行山的指涉耐人寻味。在早期古典诗歌中，陡峭崎岖的太行山常常代表行路艰

---

[1]《文选》卷三十，第1438页。引文见《汉书》卷五十，第2309页。
[2]《汉书》卷五十，第2309页；《史记》卷一〇二，第2753—2754页。

难。[1]同时，太行山在《山海经》和《穆天子传》中又是神山，"西顾太行山"的西方也有很强的神仙联想，因为那是仙山昆仑所在的方位。在早期中古，太行是与长生不死连在一起的：同样也是邯郸人的道士王烈据说"尝得石髓如饴"，他自己服用了一半，另一半给了嵇康，但石髓到嵇康手中就凝固了。[2]嵇康自己是著名诗人，其妻为曹魏宗室，他写过为人所称的《养生论》，但他最后不但未能成仙，而且甚至未能尽享天年，为曹魏权臣司马昭所杀；司马昭之子司马炎终于在265年逼迫魏帝禅让，建立西晋。据记载，265年春天"太行山崩"，被视为曹魏灭亡的征兆。[3]

由此可见，邯郸、太行二句诗里，存在着一个非常丰富复杂的文本网络，太行既象征着长生不死，也和曹魏政权的短暂联系在一起。"曹植"诗中关于死亡和成仙的思路在下一联中更为明显："平衢修且直，白杨信袅袅。"这两句令人联想到《古诗十九首·其三》：

驱车上东门，遥望郭北墓。

---

[1] 如曹操《苦寒行》："北上太行山，艰哉何巍巍。"《先秦汉魏晋南北朝诗·魏诗》卷一，第351页。
[2] 《晋书》卷四十九，第1370页。
[3] 《晋书》卷二十九，第898页："魏元帝咸熙二年二月，太行山崩，此魏亡之征也。其冬，晋有天下。"亦见5世纪编撰的《宋书》卷三十四，第997页。谢灵运于426—428年任秘书监时，宋文帝曾令其作《晋书》。据《宋书·谢灵运传》，其书虽有大致轮廓，但最终未能完成（《宋书》卷六十七，第1772页）。虽然如此，《隋书·经籍志》还是载有《晋书》三十六卷，系于谢灵运名下，见《隋书》卷三十三，第955页。

> 白杨何萧萧，松柏夹广路。
> 下有陈死人，杳杳即长暮。
> 潜寐黄泉下，千载永不寤……[1]

这首"古诗"从墓地与死亡的景象，转到对"服食求神仙"的否定，最后提出痛饮美酒，及时行乐。白杨就和松柏一样，是古时坟墓旁种植的树木，在"曹植"诗中毫无疑问象征着死亡与无常，裹裹白杨的意象把读者带到下文的宴饮，这一转折俨然构成了"古诗"里从死亡转到宴饮的镜像。这样一来，"曹植"诗被整齐地划分为平行对称的两半：前半写死亡和成仙，后半描写宴饮，而且宴饮描写具备了"曹丕"诗中确立的谈论、音乐、饮酒三个元素。[2]诗的最后一联，颠覆了"王粲"诗及时行乐、无顾乘日养的结论，表示"愿以黄发期，养生念将老"。如此，从结构上来说，七子之诗以"王粲"开始，以"曹植"对"王粲"的回应终结，转了一圈而回到原点。感官享乐虽然诱人，"曹植"诗还是以超越无常、追求不朽的渴望结尾，这与"曹丕"序中对诸子的哀悼相呼应。整组诗贯穿着对无常和不朽的思考。

至此，我们可以总结说，《拟魏太子邺中集》是精心结

---

[1]《先秦汉魏晋南北朝诗·汉诗》卷十二，第332页。
[2] 至于"曹植"诗第十联饮酒不如"饮德"的说法，来自曹植《娱宾赋》："欣公子之高义兮，得[德]芬芳其若兰。扬仁恩于白屋兮，逾周公之弃餐。听仁风而忘忧兮，美酒清而肴干。"《全三国文》卷十三，第1126页。最后一句暗用《礼记》："酒清，人渴而不敢饮也；肉干，人饥而不敢食。"《礼记注疏》卷六十三，第1030页。

构的繁复的组诗，诗人通过仔细地择用建安文本以实现他自己对文学建安的想象。大概是在他担任秘书监有机会接触皇室藏书的期间，谢灵运曾编撰《诗集》五十卷和《诗英》十卷，前者似为总集，而后者应为选本。[1] 在总集特别是选本中，谢灵运想必会收录他认为最能代表建安诗人的作品——亦即在《拟魏太子邺中集》中所化用的文本。《文选》的编者应该能够轻而易举地参考这些选集，他们似乎从谢灵运这位在很多意义上开创了文学史新时代的诗人那里得到了启示。

怀旧的重演

现代学者邓仕梁认为谢灵运《拟邺中集》"比建安更像建安"。[2] 这一评论颇耐人寻味。建安存在着一个不见得符合历史事实的形象，而这一形象逐渐占据了中心地位，成为主流。《文选》收录的建安作品，和也被收入《文选》的谢灵运组诗，构成了一系列互相呼应、互相巩固的文本，就此奠定了作为文学时代的建安形象。其中不仅有宴饮之乐，更包含着怀旧和悼念。更准确地说，是在丧亡和哀悼情绪的笼罩之下对欢宴的记忆。

在5世纪的刘宋王朝，皇帝与诸王不仅命文人学士创作诗赋，更亲自参与创作。到了6世纪，以宫廷为中心的文

---

[1]《隋书》卷三十五，第1084页。
[2] 邓仕梁，《论谢灵运拟魏太子邺中集诗》，第7页。

学生产在梁武帝（502—549年在位）的长期安定统治之下日益兴盛。梁武帝著述甚多，也大力支持文化与文学事业，这被他的儿子萧统和承袭太子之位的萧纲（503—551）所继承。如果说谢灵运把君臣共同创作的这种5世纪的新发展投射到了"邺中集"，那么萧统和萧纲毫无疑问对这一形象充满向往，他们二人都曾以皇太子的身份努力扮演着在谢灵运想象中被浓缩结晶也被压缩本质化的"曹丕"。

这种文化意义的角色扮演完全聚焦于哀悼和怀旧的方面。萧统在527年写给萧纲的一封信里，对当代几位著名的文化人物之死表示悼念：[1]

> 明北兖、到长史遂相系凋落，[2]伤怛悲惋，不能已已。去岁陆太常殂殁，[3]今兹二贤长谢。陆生资忠履贞，冰清玉洁，文该四始，学遍九流，高情胜气，贞然直上。明公儒学稽古，淳厚笃诚，立身行道，始终如一，傥值夫子，必升孔堂。到子风神开爽，文义可观，当官莅事，介然无私。皆海内之俊乂，东序之秘宝。此之嗟惜，更复何论。但游处周旋，并淹岁序，造膝忠规，岂可胜说，幸免祇悔，实二三子之力也。谈对如昨，音言在耳，零落相仍，皆成异物，每一念至，何时可言。天

---

[1]《梁书》卷二十七，第404—405页。
[2] 明北兖指明山宾（443—527），到长史指到洽（477—527）。
[3] 陆太常指陆倕（470—526）。

下之宝，理当恻怆。近张新安又致故，[1]其人文笔弘雅，亦足嗟惜，随弟府朝，东西日久，尤当伤怀也。比人物零落，特可伤惋，属有今信，乃复及之。

这封信以"零落"为主旋律，让人想到曹丕写给吴质的信，诸如"异物""每一念至，何时可言"等，基本上是从曹丕信中原样搬来的。

萧统对这几位逝世臣僚的描写，既注重其学问文章，又强调其德行与吏才，其个人回忆以"造膝忠规"而非宴饮为重点。不过，萧统并非没有意识到宴饮与哀悼的联系，如果说曹丕把死亡嵌入对宴饮的回忆，那么萧统的《宴阑思旧诗》就是直接把哀悼嵌入宴饮的语境之中：[2]

> 孝若信儒雅，稽古文敦淳。
> 茂沿实俊朗，文义纵横陈。[3]
> 佐公持方介，才学罕为邻。[4]
> 灌蔬实温雅，[5]摛藻每清新。

---

[1] 张新安指张率（475—527）。
[2] 《先秦汉魏晋南北朝诗·梁诗》卷十四，第1795页。
[3] 孝若即明山宾，茂沿即到洽。"文义纵横陈"源自刘桢《赠五官中郎将·其四》形容曹丕的诗句："文雅纵横飞。"诗见《文选》卷二十三，第1112页，又见《先秦汉魏晋南北朝诗·魏诗》卷三，第370页。
[4] 佐公即陆倕。
[5] 灌蔬指殷芸（471—529），殷芸自525年起任东宫学士。

余非狎异者,[1]惟旧且怀仁。
绸缪似河曲,[2]契阔等漳滨。
如何离灾尽,眇漠同埃尘。
一起应刘念,泫泫欲沾巾。

除了对建安诗歌和地名的频繁引用,最后两句还化用了曹丕信中的"昔年疾疫,亲故多离其灾,徐、陈、应、刘,一时俱逝,痛可言邪",曹丕提到诸人"化为粪壤",在这里转化为比较端庄的"埃尘"。这首诗是由回忆构成的,不仅是个人的回忆,更是文化和文本的回忆。我们不知道他哀悼的四人是谁,其实也没关系,重点是要意识到怀旧的双重性。通过再次表演前人的怀旧,这位梁朝王子塑造并确认了自己在传统中的地位,也保证了多重回忆的延续:个人与文化的回忆,还有后人对自己的回忆。

萧纲是一位出色的文章家,刘遵(488—535)去世后他写给其从兄刘孝仪(484—550)的吊慰信,在熟练运用前人辞句的同时,以流畅自然的文笔与口气,成功地体现了个人的真情实感:

---

[1] 此句化用曹植《赠丁翼》"我岂狎异人?朋友与我俱"(《先秦汉魏晋南北朝诗·魏诗》卷七,第452页)。不出意料,这首诗也收入《文选》(卷二十四,第1126页)。李善指出这两句实际上出自《诗经》:"岂伊异人?兄弟匪他。"结合《诗经》诗意,可见曹植将自己的"朋友"比作"兄弟"。
[2] 河曲出自曹丕《与朝歌令吴质书》,见前文。

贤从中庶，奄至殒逝，痛可言乎。其孝友淳深，立身贞固，内含玉润，外表澜清，美誉嘉声，流于士友，言行相符，终始如一。文史该富，琬琰为心；辞章博赡，玄黄成采。既以鸣谦表性，又以难进自居。未尝造请公卿、缔交荣利。是以新沓莫之举，杜武弗之知。[1] 自阮放之官，野王之职，[2] 栖迟门下，已逾五载，同僚已陟，后进多升；而怡然清静，不以少多为念。确尔之志，亦何易得。西河观宝，东江独步，书籍所载，必不是过。[3]

吾昔在汉南，连翩书记，[4] 及忝朱方，[5] 从容坐首。

---

[1] 新沓即新沓伯，指山涛（205—283）。据其《晋书》本传，山涛任吏部郎之后，善于举荐人才，见《晋书》卷四十三，第1225页。杜武即杜武库，指杜预，杜预亦曾任吏部郎，因其博学多才，如武库兵器，无所不有，故称杜武库，见《晋书》卷三十四，第1028页。

[2] 阮放（280—323）是东晋"八达"之一，常饮酒作乐，《晋书》卷四十九，第1385页。冯野王（约公元前1世纪左右）之姊为汉元帝昭仪冯媛，汉元帝为避任用外戚之嫌，未晋升冯野王，《汉书》卷七十九，第3302—3303页。这里萧纲是在感叹，连那些不宜为官的人都被任用了，而刘遵应得晋升却一直栖迟下位。

[3] "西河观宝"用战国将军吴起事。吴起与魏武侯泛舟西河，魏武侯以山河为魏国之宝，而吴起却认为魏国之宝"在德不在险"，《史记》卷六十五，第2166页。"东江独步"指4世纪流传的"东江独步王文度"语，文度是王坦之（330—375）的字，《晋书》卷七十五，第1964页。

[4] 此指萧纲523—530年任雍州刺史时刘遵在其幕府任职。"连翩书记"见曹丕《与吴质书》："元瑜书记翩翩，致足乐也。"《文选》卷四十二，第1897页。

[5] 朱方是丹徒的别名。萧纲于530年被征为扬州刺史，531年萧统去世，萧纲被立为太子。刘遵随萧纲返都，除授中庶子。

良辰美景，[1]清风月夜，鹢舟乍动，朱鹭徐鸣，[2]未尝一日而不追随，一时而不会遇。[3]酒阑耳热，言志赋诗，[4]校覆忠贤，榷扬文史，益者三友，此实其人。[5]及弘道下邑，未申善政，而能使民结去思，野多驯雉，[6]此亦威凤一羽，足以验其五德。[7]

比在春坊，载获申晤。博望无通宾之务，[8]司成多节文之科。所赖故人时相媲偶。而此子溘然，实可嗟痛。"惟与善人"，此为虚说。天之报施，岂若此乎。[9]想卿痛悼之诚，亦当何已。往矣奈何，投笔恻怆。

吾昨欲为志铭，并为撰集。吾之劣薄，其生也不能揄扬吹歔，使得骋其才用，今者为铭为集，何益既往？故为痛惜之情，不能已已耳。[10]

---

[1] 此句用谢灵运"曹丕"序原句。
[2] 朱鹭为汉鼓吹铙歌曲名。
[3] 这几句也能看到曹丕的影响。218年《与吴质书》："何曾须臾相失。"（《文选》卷四十二，第1897页）215年《与朝歌令吴质书》怀念昔日南皮之游："舆轮徐动，参从无声，清风夜起，悲笳微吟。"（《文选》卷四十二，第1895页）
[4] 曹丕《与吴质书》："酒酣耳热，仰而赋诗。"《文选》卷四十二，第1897页。
[5]《论语·季氏》："子曰：益者三友，损者三友。友直，友谅，友多闻，益矣。"
[6] 此用东汉鲁恭事。鲁恭为中牟县令，以仁德化民，以致野鸡停在小孩身边，小孩都不去抓它。见《后汉书》卷二十五，第874页。
[7] 雄鸡有五德：文、武、勇、仁、信。见《韩诗外传》卷二，第70页。
[8] 博望宫是汉武帝为太子所建的宫殿。
[9] "天道无亲，常与善人"的说法见于《老子》《史记》等典籍。
[10] 这封信收录于《梁书》刘遵本传（卷四十一，第593—594页）。

信的开篇赞美了刘遵的人品,尤其是他的谦虚本性、不图仕进,以及学问、文采等,接下来怀念旧日时光。这段文字表面看来颇受曹丕与吴质二书和谢灵运"曹丕"序的影响,但其实还隐含着曹丕于220年继魏王位后写给吴质的另一封信。裴松之的《三国志》注引了这封信,信中对朋友淹留下位表示安慰,最后似乎暗示吴质终会得到迁升。

南皮之游,存者三人,烈祖龙飞,或将或侯。[1]今惟吾子,栖迟下仕,从我游处,独不及门。[2]瓶罄罍耻,[3]能无怀愧?路不云远,今复相闻。[4]

萧纲在信中说刘遵"栖迟门下",显然想到了吴质的"栖迟下仕"。曹丕继位之后,确实履行了信中没有明言的承诺而重用吴质,可是萧纲却再也没有机会提拔刘遵了。这层对比,增加了萧纲书信的感慨悲伤。

---

[1] 裴松之认为"将""侯"分别指曹休(?—228)和曹真(?—231),曹操被封为魏王("龙飞")之后,此二人作为曹氏宗室也被晋封。现代学者魏宏灿认为"烈祖"指曹操,见《曹丕集校注》,第263页。易健贤认为"烈祖"应作"烈、丹",亦即文烈、子丹,分别为曹休、曹真的字,见《魏文帝集全译》,第188页。此从魏说。
[2] 《论语·先进》:"子曰:从我于陈蔡者皆不及门也。"郑玄(127—200)认为此句意谓"从我于陈蔡者"皆未得入仕。
[3] 《诗经·蓼莪》:"瓶之罄矣,维罍之耻。"《毛诗注疏》卷十三,第436页。
[4] 《三国志》卷二十一,第609页。

曹丕在《与吴质书》中表达了对无忧无虑的青年时代一去不返的感叹，同样，萧纲也流露出对成为皇太子之后所受到的种种约束感到的惆怅之情："博望无通宾之务，司成多节文之科。"[1]但二人不同之处在于，萧纲指出编撰逝者文集对逝者本人来说是毫无意义的。萧纲关注的是在世的刘遵，无形中否定了曹丕对身后不朽的追求，甚至使这种追求有空洞之嫌。

刘孝仪给萧纲的回信属于"启"的体裁，相当于当时由下致上的感谢信。[2]通过这封信可以看出，刘孝仪也全面参与了当时的"建安话语"。

> 亡从弟遵，百行无点，千里立志。同气三荆之友，假寐十起之慈，[3]皆体之于自然，行之如俯拾。自碣宫陪宴，钓台从幸，[4]攀附鳞翼，三十余载。茫昧与善，一旦长辞，剑匣光芒，璧碎符采。躬摇神笔，亲动妙思。虽每想南皮，书忆阮瑀；行经北馆，歌悼子侯，

---

[1] 这种情绪在写给萧绎（508—555）的信中更为明显，见笔者《烽火与流星》(*Beacon Fire and Shooting Star*) 中的讨论。
[2] 《从弟丧上东宫启》，见《全梁文》卷六十一，第3315—3316页。关于"启"这一体裁，详见笔者《物质交换与象征经济》("Material and Symbolic Economies") 一文中的讨论。
[3] 第五伦曰："吾兄子常[尝]病，一夜十往[起]。"《后汉书》卷四十一，第1402页。
[4] 燕昭王礼遇邹衍，曾为之在碣石附近建立宅第。钓台应指严光，汉光武帝年轻时的好友，光武帝称帝后征严光出仕，但严光选择隐居。

不足辈此深仁，齐兹旧爱。[1]

"建安"的话语构建在梁朝相当普遍。刘孝绰（481—539），一位深受萧梁皇室敬慕的著名宫廷诗人，写过一首题为《侍宴同刘公幹应令》的诗作：[2]

> 副君西园宴，陈王谒帝归。[3]
> 列位华池侧，文雅纵横飞。
> 小臣轻蝉翼，黾勉谬相追。
> 置酒陪朝日，淹留望夕霏。

此诗依仿刘桢《赠五官中郎将·其四》，刘桢此诗毫不出乎意料地被收录于《文选》：[4]

> 凉风吹沙砾，霜气何皑皑。
> 明月照缇幕，华灯散炎辉。
> 赋诗连篇章，极夜不知归。
> 君侯多壮思，文雅纵横飞。

---

[1] 汉霍嬗，字子侯，暴病而卒，汉武帝亲自作歌悼之（《汉书》卷五十五，第2489页；《艺文类聚》卷五十六，第1002页）。《初学记》卷十八，第448页："时子侯于北馆，与家别。"
[2] 《先秦汉魏晋南北朝诗·梁诗》卷十六，第1839—1840页。
[3] 陈王即曹植，一般用来指太子之弟。此诗创作时间不详，因此副君、陈王可以指萧统及其弟萧纲，也可以指萧纲及其弟萧绎。
[4] 《文选》卷二十三，第1112页。

> 小臣信顽卤,俛偲安能追。

值得注意的是,刘孝绰的诗不仅用了同一个韵部,还在前三联中用了相同的韵字,其结果并非用拔高的修辞格一联一联重写古诗的"拟"作,而是与原诗一起构成了紧密交迭的二重奏。

在写给其妹夫张缵(499—549)的信中,萧纲化用上文谈到的曹植《与杨德祖书》,同时也批评了曹植在信里对文学创作所表达的轻视:

> 纲少好文章,于今二十五载矣。[1]窃尝论之:日月参辰,火龙黼黻,尚且著于玄象,章乎人事,而况文辞可止,咏歌可辍乎!不为壮夫,杨雄实小言破道;[2]非谓君子,曹植亦小辩破言。论之科刑,罪在不赦。[3]

刘显(481—543)去世后,学者刘之遴(478—549)与太子萧纲书,请他为自己去世的友人写墓志铭:"生有七尺之形,终为一棺之土,不朽之事,寄之题目。"[4]如果曹丕认为文学作品能让作者"不假良史之辞,不托飞驰之势,而声名自传于后",刘之遴却认为萧纲在墓志铭这一形式中对死

---

[1] 曹植《与杨德祖书》:"仆少小好为文章,迄至于今,二十有五年矣。"《文选》卷四十二,第1901页。
[2] 扬雄,《法言义疏》卷二,第45页。
[3] 《全梁文》卷十一,第3010页。
[4] 《梁书》卷四十,第571页。这和曹丕《与王朗书》有相似之处。

者的高度评价才能使死者不朽。

萧纲在一封写于536年的书信中哀悼了另一朝臣王规（488—536）之死：[1]

> 威明昨宵奄复殂化，甚可痛伤。其风韵道正，神峰标映，千里绝迹，百尺无枝。文辩纵横，才学优赡，跌宕之情弥远，濠梁之气特多。斯实俊民也。一尔过隙，永归长夜。金刀掩芒，长淮绝涸。去岁冬中，已伤刘子；今兹寒孟，复悼王生。俱往之伤，信非虚说。

这封信最后的"俱往之伤，信非虚说"，强调"信"字，是对曹丕《与吴质书》中"徐、陈、应、刘，一时俱逝"的致敬。

以皇太子的身份哀悼臣子的模式于梁朝建立，至6世纪后半叶已然定型。陈叔宝（553—604）是陈朝也是整个南朝的最后一位皇帝。他在给朝臣江总（519—594）的书信中哀悼陆瑜（约541—约574）之死，[2]其书信结构和辞句与上引萧统、萧纲诸信基本相同。

"建安"的言语构建在《文选》中得到了集中体现，收入《文选》的建安作品涵盖了多种体裁，但基本上围绕宴饮、出游、友谊这几个主题。其中最常见的体裁是诗和书信，而诗又大多分布于"公宴"和"赠答"两类中。《文选》共收"公宴诗"十四首，其中四首也即将近三分之一是建安

---

[1]《梁书》卷四十一，第582—583页。
[2]《陈书》卷三十四，第464页。

时期的作品，作者分别为曹植、王粲、刘桢、应玚。"赠答诗"中，十七首是建安时代的作品，作者分别为王粲、刘桢、曹植，约占"赠答"类的四分之一。"书"类所收的二十四封信里，六封也即四分之一为曹丕（215、218年两封与吴质书，以及《与钟大理书》）、曹植（《与杨德祖书》《与吴季雪（吴质）书》）和吴质（《答东阿王（曹植）书》）的书信。"笺"类共收九封书信，其中二分之一以上（五封）是建安作者所作：杨修与曹植笺、繁钦与曹丕笺、陈琳与曹植笺、吴质与曹丕笺（包括对曹丕218年《与吴质书》的回信）。这些入选的作品，共同塑造了一个年轻公子与臣僚亲密无间的男性文学团体的形象。

《文选》还选录了后世浪漫化建安的作品。除了谢灵运的组诗之外，还有江淹（444—505）的《杂体》组诗，其中包括四首"建安"作品，分别出之以"曹丕""曹植""王粲""刘桢"之口。陆机《吊魏武帝文》、谢朓《同谢谘议咏铜爵台》亦被收录（见本书第三、四章的讨论）。通过对建安作品的选编和"回收利用"，萧梁诸王成功地创造出了自己的前辈，把他们树立为自己的镜中形象，这个形象是以他们自己的追求与期待为动机而精心构造出来的。

不像"建安"的建安

如果我们只有《文选》和徐陵（507—583）编撰的《玉台新咏》（唯一留存到后世的一部先唐诗歌集），那么早期中古文学的形象将会贫乏得多。比如说，曹操将只有两首诗传世。曹操虽然在现代被认为是重要诗人，但《文选》只收录了他的两首诗而已。曹操的诗都属于乐府，因收入沈约（441—513）的《宋书·乐志》才得以大量保存。《宋书·乐志》旨在保存宫廷音乐，而不是被5—6世纪宫廷作家视为美文的作品。

与《文选》《玉台新咏》《宋书·乐志》相比，于7世纪20年代编成的《艺文类聚》构成了一个非常不同的文本容器。《艺文类聚》是从前代典籍节选抄录出内容再按照类别编纂的百科全书式的类书，其中既包括社会政治机构，也包括天文地理以及自然现象。它既不像《文选》那样有明确的编撰思想、意在确立文学经典，也不像《玉台新咏》那样因以女性为读者对象而仅收录与闺情有关的诗歌，也不像《宋书·乐志》那样只收录乐府歌辞，而且不以文学审美考量作为选择标准。因此，《艺文类聚》中收选的建安作品在主题内容和文类方面都比其他几部重要的先唐文本来源要更宽广和多样化，大大地复杂了5—6世纪作者笔下的建安形象。

最引人注目的例子也许是阮瑀。《文选》和《玉台新咏》都没有收录他的诗。《艺文类聚》中阮瑀诗的主题和风格往往相当忧郁，也许是因为建安诸子常常要在曹操部下随军出征，他特别悲叹行旅的劳顿。阮瑀有两首诗收入"行旅"类，[1] 其中第二首如下：

---

[1]《艺文类聚》卷二十七，第484—485页。

> 我行自凛秋,季冬乃来归。
> 置酒高堂上,友朋集光辉。
> 念当复离别,涉路险且夷。
> 思虑益惆怅,泪下沾裳衣。

这首诗描述了诗人与朋友的私人宴集("集"字出现在第四句),但基调与充满庆祝情怀的公宴诗完全不同,表现的情感也更复杂。团聚和酒宴的快乐很快被分别的惆怅和对行旅的畏难情绪所取代。与此相比,《文选》中王粲等人的从军诗要积极乐观得多。[1]

阮瑀似乎经常发出不和谐音,与他人不甚合拍。《文选》收录了曹植与王粲的《三良诗》,歌咏秦穆公死后以三兄弟殉葬之事。阮瑀的《三良诗》应该与曹、王二人作于同时,但与曹、王之作相比,阮瑀对秦穆公的态度更具批判性,而且非常直接明了,首句即云:"误哉秦穆公。"此诗未被收入《文选》。

阮瑀还有几句诗收入《艺文类聚》卷十八"老"类:

> 白发随栉堕,未寒思厚衣。
> 四支易懈倦,行步益疏迟。
> 常恐时岁尽,魂魄忽高飞。

---

[1] 应场也写过一首情调低沉的行役诗,题为《别诗》:"朝云浮四海,日暮归故山。行役怀旧土,悲思不能言。悠悠涉千里,未知何时旋。"此诗见于《艺文类聚》(卷二十九,第515页),而不见于《文选》。

> 自知百年后，堂上生旅葵。

前四句的形容，不是常见的比较"诗意"但很抽象和公式化的对人生无常的感叹，而是对衰老过程的生动异常的白描：白发在梳头时掉落，怕冷，四肢关节僵硬疲劳，走路日益缓慢。

王粲《七哀诗·其一》是以《七哀》为题的诗里最出名的，但阮瑀也写过一首《七哀诗》，采取的是死者的角度，十分新颖：[1]

> 丁年难再遇，富贵不重来。
> 良时忽一过，身体为土灰。
> 冥冥九泉室，漫漫长夜台。
> 身尽气力索，精魂靡所回。
> 嘉肴设不御，旨酒盈觞杯。
> 出圹望故乡，但见蒿与莱。

这首诗堪称后代以死者口吻写作的"挽歌诗"的滥觞，中古时期大诗人陆机、陶渊明的作品都运用了这种手法。[2] 值得

---

[1]《艺文类聚》卷三十四，第 596 页。
[2]《文选》收录了陆机的三首《挽歌诗》(卷二十八，第 1333—1336 页)，但他其实还有更多同题诗作。见《先秦汉魏晋南北朝诗·晋诗》卷五，第 653—655 页。陶渊明的《拟挽歌辞·其二》采取死者视角，见《先秦汉魏晋南北朝诗·晋诗》卷十七，第 1013 页。

注意的是，建安诗歌中常见的宴饮在此成为对死者的祭奠。

还有一首阮瑀的诗收录于《艺文类聚》的"怨"类。[1]而在"隐逸"类中，阮瑀诗列于众作之首。[2]阮瑀在这首诗中赞美了多位著名的古代隐者："伯夷饿首阳，天下归其仁。"这令人想到曹操的《短歌行》："周公吐哺，天下归心。"周公为招揽天下贤才，连正在吃饭时都要吐出口中的食物，迫不及待地出去接待来宾。但如果说周公代表了曹操的政治理想，那么伯夷则恰恰是与周公相反的人物：他拒绝食物是出于一个完全不同的原因——抗议武王灭商而不食周粟。周公挨饿而天下归心，伯夷挨饿而天下归仁：阮瑀好像在与曹操唱反调。顺便提一下，《文选》收录的隐逸诗很少，作为皇太子主持编撰的文学总集，这是可以理解的，无论是在现实帝国还是话语帝国的构建中，萧统以皇储的身份都不会愿意过分强调隐者的角色。

除了阮瑀之外，只保存在《艺文类聚》里的其他建安作者的诗歌也同样反映了"建安"较为阴暗的一面。陈琳有一首郁郁不乐的宴饮诗，首句即云"高会时不娱"，最后以诗人离席而去、在山谷中独自哭泣结束。[3]还有一首王粲的

---

[1] 此诗已不全，《艺文类聚》只收录了六句"民生受天命，漂若河中尘。虽称百龄寿，孰能应此身。犹获婴凶祸，流离恒苦辛"（卷三十，第538页）。
[2] 《艺文类聚》卷三十六，第641页。
[3] 此诗在《艺文类聚》"游览"类（卷二十八，第501页）。参见宇文所安在《中国早期古典诗歌的生成》（*The Making of Early Chinese Classical Poetry*，pp. 194–195）中对此诗的讨论。

诗，采用了建安诗歌中常见的飞鸟意象，但笔调风格与5—6世纪的作家引导我们想象的那个王粲迥然不同：[1]

> 鸷鸟化为鸠，远窜江汉边。
> 遭遇风云会，托身鸾凤间。
> 天姿既否戾，受性又不闲。
> 邂逅见逼迫，俯仰不得言。

诗中从"鸷"变成"鸠"的鸟，是诗人自身的写照，它远窜江汉，正好呼应诗人从长安流亡到荆州的轨迹。有意思的是，曹植在《王仲宣诔》中恰恰也用飞鸟的形象描写王粲，甚至也用"远窜"来形容王粲逃离长安前往荆州："翕然凤举，远窜荆蛮。"[2] 王诗第三句的"风云会"一般是形容君臣际会的，这里似乎是说曹操比刘表英明，他赏识王粲的才华，并让他加入了鸾凤的行列（诗人出于自谦，没有像曹植那样把自己描写为鸾凤）。但如果说诗歌前四句的叙事还和谢灵运《拟魏太子邺中集》中诸子的自叙相当吻合，那么后四句就与那种"由悲入喜"的故事结构完全不符了。诗人为我们呈现出一幅令人不安的画面：他感到被压迫（是谁在压迫他？），感到郁闷和失语。归根结底，这只鸟无论是本来面目凶猛的鸷，还是变化之后温顺的鸠，都与"鸾凤"群

---

[1]《艺文类聚》卷九十二，第1600页。
[2]《文选》卷五十六，第2435页。

格格不入。在这首诗中,我们完全看不到曹丕、谢灵运、江淹和萧梁诸王等人在一片怀旧情绪中勾勒出来的那个和谐欢快的建安。[1]

"建安七子"之外的繁钦,在《艺文类聚》中有一首《咏蕙》,诗中的蕙草托身不得其所,既得不到任何阳光,又时时惧怕山崖崩塌。[2]此诗借用《离骚》的词汇和意象,其象喻特质是很明显的。[3]

在初唐宫臣编撰《艺文类聚》之时,建安作者的文集都还存在着,作品数量最丰富的是《王粲集》,共十六卷,其次有《繁钦集》十卷、《阮瑀集》五卷、《刘桢集》四卷、《陈琳集》三卷、《应玚集》一卷。[4]由此可见,繁钦和阮瑀都有不少作品传世,但他们二人收录于《文选》中的作品却恰恰最少:繁钦只有一封书信,曾得到过曹丕的赞美,被收入《文选》;[5]阮瑀也只有一封致孙权的书信被收入《文选》,这属于翩翩书记之什,正是曹丕认为阮瑀最擅长的范

---

[1] 江淹《杂体》组诗中托名王粲的诗篇题为《王侍中怀德》。见《文选》卷三十一,第1456—1457页。
[2] 《艺文类聚》卷八十一,第1393页。
[3] 蕙草可以说是《楚辞》植物,象征诗人的美德。繁钦诗的最后两句"比我英芳发,鹈鴂鸣已哀"化用了《离骚》的"恐鹈鴂之先鸣兮,使夫百草为之不芳"(《楚辞补注》卷一,第39页)。值得一提的是,繁钦还有一首题为《生茨》的诗,也运用了草木的意象,描写一株入侵兰圃的毒草(《先秦汉魏晋南北朝诗·魏诗》卷三,第385页)。
[4] 《隋书》卷三十五,第1058—1059页。
[5] 曹丕对此信的评价见李善注,《文选》卷四十,第1821页。

畴。[1]换言之，曹丕的评判对《文选》的去取选择影响甚大，而保存在《艺文类聚》中的那些未被收入《文选》的建安诗歌，却让我们看到了一个被压抑到黑暗中去的、阴暗的建安。

结　语

本章探讨了"文学建安"形成过程中的三个重要时刻。"建安"作为一个文学时代，其形象是曹丕首先创造出来的，他扮演着一个文雅纵横的君主的角色（谥号"文帝"），回顾一个失落的过去。这个时代是在怀旧和哀悼中诞生的，意识到建安的结束才是它的开始。

宴饮诗歌似乎总是与死亡联系在一起，无论是人生无常的想法迫人转向饮酒作乐，还是乐极生悲，在酒宴高潮时想到了欢乐与人生的短暂。在很多古代文化里，饮宴和死亡以及葬礼息息相关。[2]但在曹丕的回忆中，饮宴不仅仅是体验无常的场所，而且其本身亦成为丧亡的象喻，因为酒宴在疫情蔓延的当下语境中，已然被重置于一个失落的过去。

---

[1]《文选》卷四十二，第1887—1893页。
[2] 比如对古希腊饮宴者所用的靠背式卧榻和陈尸之卧榻的讨论，见Boardman（柏德曼），"Symposium Furniture," pp. 122-131。在美索不达米亚，墓室中陈列有饮酒宴乐的图像和镶嵌象牙的卧榻，见Reade（里德），"The *Symposion* in Ancient Mesopotamia," pp. 35–56，尤其是p. 40。

第二章

绕树三匝
主公、臣僚、群落

引言：王粲的玉佩

曹丕在怀旧中建立的建安七子"死亡诗社"，因《文选》的编辑策略和萧梁王室的文化想象而得到加强，极大地影响了后世对建安的再现。关于建安文学，最常见的一种说法是"文人／文学集团"，其主要成员是作为"文学侍从"的建安诸子。这种描述与现代学界的另一种常见说法——"个人的自我觉醒"形成了鲜明的反差，也妨碍了我们对建安达成真正透彻的理解。曹丕虽然努力地对七子加以区别，但是"建安七子"的说法本身很容易混淆"七子"之间的不同，减少对"七子"圈外作家的注意，还会掩盖"七子"之内之外的人士与曹氏父子之间的复杂关系。更重要的是，现代意义的"文学"会模糊我们对这一时期"文学"概念的认识,这一时期的"文学"概念不仅包括写作的才能技巧在内,而且还是官职名称,更代表了一种"文化学问"。王粲的例子很能说明问题。

《三国志·王卫二刘傅传》是一篇多人传记,由王粲开始,后面还有卫觊(155—229)、刘廙(180—221)、刘劭(约240年左右去世)、傅嘏(209—255)。[1]传记第一句就写了王粲的显赫家世:"曾祖父龚,祖父畅,皆为汉三公。"接下来,写到王粲事曹之前的经历,分为两则行旅叙事。第一则写190年董卓之乱后王粲随家从洛阳迁居长安。当时年轻瘦弱的王粲颇受东汉末年文坛大家蔡邕(133—192)青睐。据说蔡邕曾对座中宾客言道:"此王公孙也,有异才,吾不如也。吾家书籍文章,尽当与之。"第二则行旅叙事写192年长安陷入混乱后,王粲南下荆州依附刘表,但刘表却因王粲貌不出众、"体弱通侻"而未曾重用;[2]刘表于208年去世后,王粲劝刘表之子刘琮"归"曹。"归"的字面意义是回归,虽然实际上是王粲随曹操回归北方汉廷的。

王粲颇受曹操器重,被封为关内侯。213年曹操成为魏公,王粲又被任命为侍中。《三国志》中有一段引人注目的话:[3]

[粲]博物多识,问无不对。时旧仪废弛,兴造制

---

[1]《三国志》卷二十一,第597—629页。
[2]《三国志》卷二十一,第597—598页。
[3]《三国志》卷二十一,第598页。

度,粲恒典之。

此后史官叙述了两则有关王粲记忆超群的故事,还提及王粲的数学才能,直到最后才说王粲还长于诗赋。

王粲传记的一切因素——他的显赫家世、东汉大学者蔡邕对他的器重、对汉代"旧仪"的熟悉、惊人的记忆力——共同塑造了一个能够把大汉帝国与新的王朝秩序联系在一起的人物形象。王粲的角色在旧的社会秩序分崩瓦解时尤其重要,因为新王朝统治的合法性取决于其是否能继续维持用以规范社会和行为的传统礼仪制度。

裴松之《三国志》注引述了一段在现代读者看来可能无关紧要的细节:[1]

> 汉末丧乱,绝无玉佩。魏侍中王粲识旧佩,始复作之。今之玉佩,受法于粲也。

要真正理解这个细节,就必须认识到也许会被一个现代读者视为宫廷文化中琐细无关的外在表象是多么重要,一切表面的事物,诸如衣冠、配饰,都表现了一个人的社会等级与地位,标志着他的社会身份。《礼记》云"古之君子必佩玉",并规定了上自天子下至士人各色人等所能佩戴的不同

---

[1]《三国志》卷二十一,第599页。

玉饰。[1]值得注意的是，裴松之没有说王粲发明了一个新的样式，而是强调王粲"复作"了旧的样式。他是传统的继承者，记得过去的典章制度，并使其得以延续。王粲也是蔡邕"书籍文章"的继承者，除了其字面意义之外，我们也应该注意到这句话的象征意义。

仔细考察之下，我们会发现这篇多人传记的其他传主也和王粲一样，通过其广义上的文化学养在历史上赢得了一席之地。卫觊"以才学称"，魏国建立后"与王粲并典制度"，曾作《魏官仪》。[2]刘廙于曹丕门下担任"文学"，"著书数十篇，及与丁仪共论刑礼，皆传于世"，[3]其所著之书应该是一部子书。刘劭现在主要以《人物志》作者知名，但他精通礼乐刑法，"受诏作《都官考课》"。夏侯惠（约3世纪初）上书推荐刘劭，指出"文学之士嘉其推步详密……文章之士爱其著论属辞"，在"文学"与"文章"之间给出引人注目的区别。[4]

王粲一般被视为邺下"文人集团"之首，但他的功能作用远远超出了传统上狭义的"文人"一词。他是前代文化记忆与文化知识的传递者，所做之事是重要的文化事业，包括但不限于文学创作。

汉朝末年的世界，充满战乱、饥荒、瘟疫，对一个政

---

[1]《礼记注疏》卷三十，第563页。
[2]《三国志》卷二十一，第610—611页。
[3]《三国志》卷二十一，第616页。
[4]《三国志》卷二十一，第619页。

治领袖来说，重建社会群落和聚集各类人才是当务之急。曹丕在其人去世之后才单提出来的"建安七子"，必须放在这个广义的人才群落的语境里看待。本章将探讨书写活动在创建群落过程中的作用，以及团体的复杂互动关系是如何通过书写活动而得到演示。我希望强调的是群落的重要性，尤其是主公与臣僚相互依赖的关系，而不是所谓的自我的觉醒。写作是实现群落建构和图写复杂关系的重要手段。

本章将重点讨论群落汇聚的几个主要方面：食物与宴饮，书信来往与礼物馈赠，最后探讨欲望与（男性）友谊的语言。对我们的考量最有意义的文体是诗、赋和书信。精英阶层对五言诗兴趣的激增是一个新现象，这不仅是一个文学史事件，而且是一个值得注意的历史事件。这个时代的诗歌，从两层意义上来看都属于公共表演：其一，作为在公开场合演唱的歌词；其二，作为精英阶层在社会场合创作的篇章。赋也是第二个意义上的公共表演，但这属于汉大赋的传统，不像诗歌被大量用于精英社会活动那样新颖，尤其是当时还被视为低级体裁的五言诗。书信则处在一个介于公与私之间的微妙社会区域，收信者虽然通常只有一人，但书信本身可以被保存、被传播，成为一份公开文件。[1]

关于2、3世纪之交社会精英进行诗歌创作的普遍性，劳泽（Paul F. Rouzer）做出了很有说服力的论述，认为精

---

[1] 如果书信确系现代意义上的"私人"文件，那么中古早期的书信就没有一封会被保存下来，除非是由于其书法价值，或是偶然保存下来而在考古过程中发现的。

英人士可以通过作诗来自我塑造和建立"阶级身份"。[1] 不过，这还是不能完全解释王粲等人为何要通过一个相当低级的体裁——五言诗——来建构精英身份。一个值得考虑的方面，同时也可以把劳泽的论述带入一个稍微不同的方向，是把群落的建构，而不是把"士"的精英身份，视为问题的关键，因为没有一个群落，士的精英身份也就不会有任何意义和价值。因此，一个像王粲这样的人的利益，与枭雄曹操的利益，是完全一致的。与刘表不同，曹操为像王粲这样的人提供了合法的栖身之地，提供了庇护、赏识，还有更重要的——一个重建黄金时代的理想政治图景。作为回报，王粲对曹操效忠，因为他不仅看到了自己于乱世求生的可能性，更看到了一个亲身参与丰功伟业的机会和光荣。

食物与宴饮

《三国志》记录了王粲面见曹操时侃侃而谈的一大段话，这在王粲传的静态写照中算是一次重要的"行动"。在这段话中，王粲将曹操与袁绍和刘表比较，认为袁绍和刘表都不善用人，而曹操不同：[2]

> 明公……使海内回心，望风而愿治，文武并用，

---

[1] Paul F. Rouzer, *Articulated Ladies*（《被言说的女性》），pp. 75-85, 374.
[2] 《三国志》卷二十一，第598页。三王可以有不同内涵，常用来指夏、商、周三代开国君主。

英雄毕力，此三王之举也。

这段话虽然可能是后世史家润色而成，但无论其准确度如何，将其置入王粲传是具有策略性的修辞手法，既体现了王粲的政治远见，也强调了曹魏统治的合法性，因为它获得了一个汉朝贵族世家之著名后代的承认。

王粲的这段话，据说是曹操入据荆州后，王粲在酒宴上向曹操敬酒时所言。史家选择了这个时刻，与王粲一些最有名的作品有着微妙的呼应。他赞美曹操的《公宴诗》被收入《文选》"公宴诗"类，排于曹植之后。[1]与此同时，荆州的酒宴也隐然与王粲的《七哀诗·其一》形成了负面对比。这是早期中古时代最有名的诗作之一，描写了诗人于192年离开长安前往荆州避难时的情景：[2]

> 西京乱无象，豺虎方构患。
> 复弃中国去，远身适荆蛮。
> 亲戚对我悲，朋友相追攀。
> 出门无所见，白骨蔽平原。
> 路有饥妇人，抱子弃草间。
> 顾闻号泣声，挥涕独不还。
> 未知身死处，何能两相完。

---

[1]《文选》卷二十，第943—944页。
[2]《文选》卷二十三，第1087页。

> 驱马弃之去，不忍听此言。
> 南登霸陵岸，回首望长安。
> 悟彼下泉人，喟然伤心肝。

在这首诗中，社会群落分崩离析，人际关系荡然无存。死者得不到应有的安葬和纪念，而是像鸟兽一样化为无名的"白骨"。但在诗歌的语言结构中，我们却又随处都能看到和听到关联与回应：诗人"弃中国"而去，远别亲戚朋友，这呼应了妇人之"弃"幼子，最终呼应了诗人之"弃"妇人。幼儿的号哭与妇人的悲泣交织在一起，在诗人的喟叹中得到回应，而诗人的喟叹又在一位上古诗人在《诗经·下泉》的叹息中找到回声："忾我寤叹，念彼周京。"[1] 从前以往在书本中学到的知识，忽然对诗人王粲来说变得无比真实，因为他的现实经验照亮了一个古代的文本，使一个上古诗人重新发出声音，从他的双身诗人王粲这里找到了新的表达。

这首诗，就像所有伟大的诗篇一样，有丰富的文本内涵，也触及很多问题，其中两个核心问题正是饮食滋养和社会群落。妇人自己在挨饿，无法养活她的孩子，她的镜像，是一个无法养活其子民的政府。孩子会孤独地死去，母亲也很有可能会孤独地死去。母亲回望孩子，而诗人也"回首望长安"，但与挥涕不还的母亲不同的是，诗人做到了"还"，即使不是身体的，至少是象征性的：他是依靠诗歌想象和语

---

[1]《毛诗注疏》卷七，第272页。

言艺术行为做到了这一点,通过写作这首诗而重写了《诗经》中的篇章。如此一来,虽然抛弃了亲戚朋友,但他借助言语重归一个人类的群落。读者在此面临着一个选择:她可以因"不忍听此言"而"弃"诗而去,或是读完诗作,既思考《诗经》中的篇章,也思考王粲的诗,就像王粲同情地理解《下泉》的作者那样,去同情地理解王粲。[1] 借由对一个早期文本充满同情的理解,读者也会再次加入一个人类群落。在某种意义上,这首诗已经开始建立起一个"死亡诗社"了。

我们不知道这首诗的具体创作时间——是当时写下的,还是数年之后,但驱使诗人创作的原动力,显然是对失去饮食滋养和社会群落感到的恐慌:孤独地死去,化为一堆白骨,缺乏任何人类的或者社会性的标志,与鸟兽无异。然而,《公宴诗》却正好构成了这首诗的反面:

> 昊天降丰泽,百卉挺葳蕤。
> 凉风撤蒸暑,清云却炎晖。
> 高会君子堂,并坐荫华榱。
> 嘉肴充圆方,旨酒盈金罍。

---

[1] 劳泽对此诗的解读有一个类似的论点,即认为王粲通过引用《诗经·下泉》而强调了"自身与历史的连接",提供了"未来士人与其达成共识和结为同盟的可能性"。见氏著 *Articulated Ladies*, p. 82。但我在此希望强调的,并非诗人对个人阶级身份与社会地位的建立,而是对社会群落的重建。

> 管弦发徽音，曲度清且悲。
> 合坐同所乐，但愬杯行迟。
> 常闻诗人语，不醉且无归。[1]
> 今日不极欢，含情欲待谁？
> 见眷良不翅，守分岂能违？
> 古人有遗言，君子福所绥。[2]
> 愿我贤主人，与天享巍巍。
> 克符周公业，奕世不可追。

与"白骨蔽平原"的荒凉景色相反，这首诗以受到昊天丰泽滋润的百卉开篇；同样，各位宾客臣僚也都受到了主公的恩泽：没有饥渴，因为嘉肴旨酒"充"且"盈"；没有啼泣，取而代之的是"清且悲"的乐曲；没有分离和抛弃，诗人用一系列词语反复强调群体聚会："高会""并坐""合坐""同所乐"。《七哀诗》中悲酸的反问"何能两相完"在此被第八、九联中的两个反问句替换。同时，《七哀诗》引用的《诗经》篇章从一首扩大到两首，而且从《国风》变为庄重的《小雅》，更为符合公宴的场合。言语的丰富反映了公宴和主公恩泽的丰富。在《七哀诗》的最后，诗人回首遥望长安，由汉文帝的霸陵想到汉朝昔日的辉煌。这首《公宴诗》则把目光投向未来，当下的时刻被化为将被后世之人永

---

[1]《小雅·湛露》，《毛诗注疏》卷十，第350页。
[2]《小雅·鸳鸯》，《毛诗注疏》卷十四，第481—482页。

远缅怀追忆的过去。《诗经》小序对《下泉》的解说王粲应该是很熟悉的:"下泉,思治也。曹人……忧而思明王贤伯也。"[1] 对治世的向往,在《公宴诗》中得到了回答。

王粲在公宴场合所发的那番议论被载入史册并非偶然。酒宴是一个重要的社会机制,它汇聚众人,构成群落,强调友爱与文明礼敬。诚如米歇尔·让那列(Michel Jeanneret)所言:"餐桌是社会的缩影,是沟通交流的理想场所,人们在此交换意见,建立社会纽带,学会互相尊重。"[2] 当主公为宾客举办酒宴,供给美食佳肴,安排音乐演奏,他实际上是为他们提供了身与心的双重滋养;同时也展示了自己的财富和地位,并以此重申宾主的社会等级,增强门客的忠心。王粲非常明白这一点,他强调"守分岂能违",确认了公宴场合显示出来的社会差异与等级位分。在《七哀诗》中,他失去了自己处于"中国"的中心地位,被迫南窜"荆蛮"边地;在《公宴诗》中,他重新在社群的餐桌旁赢得一席之地,一个受到尊重的位置。

为报答主公的"丰泽",门下宾客要献出感激和忠诚。他与主公被锁定在一个交换系统里,以口头和书写的文字还报他所消耗的美酒佳肴:酒食从口入,言辞从口出。这是一个把肉体消费转化为精神消费、把物质转变成文化的过程。在曹氏的宴席上,除了优雅动人的谈吐,文采飞扬的书写也

---

[1]《毛诗注疏》卷七,第272页。
[2] Michel Jeanneret, *A Feast of Words*, p. 21.

必不可少。曹植《箜篌引》中的两句诗很好地概括了主客之间的互动关系:"主称千金寿,宾奉万年酬。"[1]在这一交换中,我们必须承认,主公的礼物似乎远远超过客人的回报,但"宾奉万年酬"具有象征性的重量,仅从数量来看,客人奉酬的"万"年已是十倍于主人的"千"金投资了。

(一)理想的宴会

曹操的《气出倡·其二》描写了仙人的酒宴。在宴席上,玉女起舞,神仙乘云而至,"乐共饮食到黄昏"。[2]曹植的《大魏篇》是《鼙舞歌五首》之一,诗中的皇宫酒宴是仙人酒宴的投影。[3]诗中描述的是理想的酒宴而不是任何一次特定的酒宴,因此这首诗不是描述型的而是规定型的。它展现了宫廷文化中宴会的重要性,也表明对宴会的书写本身就是不可或缺的政治任务。诚如曹丕所言,"夫文章经国之大业,不朽之盛事"。[4]

曹植的《大魏篇》可以根据韵部变化而分为六章:

> 大魏应灵符,天禄方甫始。圣德致泰和,神明为驱使。左右宜供养,中殿宜皇子。陛下长寿考,群臣

---

[1] 此诗又名《野田黄雀行》,见《先秦汉魏晋南北朝诗·魏诗》卷六,第425页。
[2] 《先秦汉魏晋南北朝诗·魏诗》卷一,第346页。
[3] 《先秦汉魏晋南北朝诗·魏诗》卷六,第428—429页。
[4] 《全三国文》卷八,第1098页。

拜贺咸悦喜。

积善有余庆，宠禄固天常。众喜填门至，臣子蒙福祥。无患及阳遂，[1]辅翼我圣皇。众吉咸集会，凶邪奸恶并灭亡。

黄鹄游殿前，神鼎周四阿。玉马充乘舆，芝盖树九华。白虎戏西除，含利从辟邪。[2]骐驎蹑足舞，凤凰拊翼歌。

丰年大置酒，玉樽列广庭。乐饮过三爵，朱颜暴已形。式宴不违礼，君臣歌鹿鸣。乐人舞鼙鼓，百官雷抃赞若惊。

储礼如江海，积善若陵山。皇嗣繁且炽，孙子列曾玄。群臣咸称万岁，陛下长乐寿年。

御酒停未饮，贵戚跪东厢。侍人承颜色，奉进金玉觞。此酒亦真酒，福禄当圣皇。陛下临轩笑，左右咸欢康。杯来一何迟，群僚以次行。赏赐累千亿，百官并富昌。

此诗开篇，肯定了人间社会秩序受上天支配裁度的信仰。第三节开始，从人间世转入一个灵异神奇的世界：白虎、凤凰、骐驎、芝树都是祥瑞，在太平盛世才会出现；对

---

[1]"无患"乃无患树，指拾栌树，据说能杀恶灵。见崔豹，《古今注》，第248页。阳遂镜是一种可以折射日光用来取火的凹面铜镜。
[2]含利是古代传说中的神兽，据说能吐金。见张衡《西京赋》之薛综注，《文选》卷二，第76页。辟邪也是神兽名。

于曹植的同时代人来说，这应该会让人想起下面的描述：

> 黄金为阙班璘，但见芝草叶落纷纷。百鸟集来如烟，山兽纷纶，麟辟邪，其端鹍鸡声鸣，但见山兽援戏相拘攀。[1]

此外，也能听到曹植自己游仙诗的回声，比如说"贵戚跪东厢"让人想起《五游咏》的"上帝休西棂，群后集东厢"。[2]

人间酒宴的独特之处是对礼仪的强调，仙人酒宴的描写对此几乎从不提及；还有就是对精神财富的重视："储礼如江海，积善若陵山。"此处的潜文本是商纣王曾有酒池肉林和酒糟为丘的传说。纣王沉湎于肉体享受，其饮食无度最终导致了商朝的灭亡，[3]但在曹植诗中，"礼"与"善"这种精神资本的极大丰富与过剩只会使君主长寿，而且还会福及后世，使子孙繁炽。

与纣王的放纵不同，理想的宴会必须既有享受，也有自制；既有欢愉作乐，也有礼仪规矩。这是一个主公展示并据以确认社会等级差异的公开场合。因此，王粲必须明确表示"守分"，曹植也必须强调"式宴不违礼"。曹植诗到最后有"杯来一何迟"的抱怨，与王粲的"但愬杯行迟"相似，

---

[1]《董逃行》，见《先秦汉魏晋南北朝诗·汉诗》卷九，第264页。
[2]《先秦汉魏晋南北朝诗·魏诗》卷六，第433页。
[3]《史记》卷三，第105页。

但立刻继之以"群僚以次行",用井然有序、符合礼法的行杯加以平衡。

曹操和曹丕都经常出征,所以这一时期的酒宴很多都是在行军语境下举行的。研究古希腊宴饮文化的学者奥思温·默雷(Oswyn Murray)认为,在宴饮和战争之间存在着非常紧密的关系,因为通过仪式化的宴饮,集体消费丰裕的农作物(酒是谷物最好的保存形式),可以使一个社会产生身份认同感和团结力,这是军事行动得以成功的关键。[1]的确,在出征过程中,大飨将士不可或缺:不仅满足武士的口腹,更重要的是在士兵之间创造亲密的关系纽带,也加强他们对官长的忠诚。

215年春,曹操出军汉中,征讨五斗米道的首领张鲁,于216年秋大破张鲁,入驻南郑,尽得其库藏宝物。当时,"军自武都山行千里,升降险阻,军人劳苦;公于是大飨,莫不忘其劳"。[2]王粲《从军诗·其一》有几句诗描写军中飨宴和曹操处于权力中心重新分配物质资源的举措:"陈赏越丘山,酒肉逾川坻。军中多饫饶,人马皆溢肥。"[3]

220年初秋,曹丕在谯县大宴军民,谯是曹丕的出生之地,也是曹氏家族的发祥地。这曾导致了史家孙盛(约302—约374)的不满,他批评曹丕在曹操去世后不久就饮

---

[1] Oswyn Murray, *War and the Symposium*, p. 83.
[2] 见《三国志》卷一,第45页,裴松之注。
[3] 《先秦汉魏晋南北朝诗·魏诗》卷二,第361页。

酒行乐，未能遵循丧制。[1]孙盛并未考虑到，曹丕作为一个经历丰富的武士与猎手，与他的父亲一样是务实的军事统帅；他深知在曹操刚刚去世不久、政局很容易变得动荡不安的时候，宴饮具有安定团结的重要功能。这次大飨，是曹操本人想必也会赞成的。

这次盛宴的重要性有纪念的碑文为证。碑文据说由当时著名的书法家卫觊创作并亲笔书写。[2]我们又一次看到对酒宴的文字再现，它不仅是一篇非常具有公开性的文章，还被刻录在经久的石碑之上传于后世。它清楚地展现了宴会的象征意义，更表明宴会书写本身就是重要的政治事务。

大飨碑

惟延康元年八月，旬有八日辛未，[3]魏王龙兴践祚，规恢鸿业，构亮皇基，万邦统世。愍吴夷之凶暴，灭蜀虏之僭逆，王赫斯怒，顺天致罚。奋虓虎之校，简猛锐之卒。爰整六军，率匈奴暨单于、乌桓、鲜卑引弓之类，持戟百万，控弦千队。玄甲曜野，华旗蔽日。天动雷震，星流电发。戎备素辨，役不更藉，农夫安畴，商不变肆。是以士有拊噪之欢，民怀惠康之

---

[1]《三国志》卷二，第61页。
[2]《全三国文》卷二十八，第1211—1212页。或以为碑文为曹植作、钟繇（151—230）书。
[3] 亦即220年10月2日。曹军当于七月甲午亦即220年9月5日抵达谯县。见《三国志》卷二，第61页。

德。皇恩所渐，无远不至；武师所加，无强不服。故宽令西飞，则蜀将东驰；六师南徂，则吴党委质。二虏震惊，鱼烂陼溃。将泛舟三江之流，方轨邛来之阪。斩吴夷以染钺，血蜀虏以衅鼓。曜天威于遐裔，复九圻之疆寓。除生民之灾孽，去圣皇之宿愤。

次于旧邑，观衅而动，筑坛墠之宫，置表著之位，大飨六军，爰及谯县父老男女。

临飨之日，陈兵清涂，庆云垂覆，乃备跸御、整法驾。设天官之列卫，乘金华之鸾路。达升龙于太常，张天狼之威弧。千乘风举，万骑龙骧，威灵之饰，震曜康衢。

既登高坛，荫九增之华盖，处流苏之幄坐；陈旅酬之高会，行无算之酣饮。旨酒波流，肴烝陵积。瞽师设县，金奏赞乐。六变既毕，乃陈秘戏。巴俞丸剑，奇舞丽倒，冲夹逾锋，上索踏高，舩鼎缘橦，舞轮擿镜，骋狗逐兔，戏马立骑之妙技。白虎青鹿，辟非辟邪，鱼龙灵龟，国镇之怪兽，瑰变屈出，异巧神化。

自卿校将守以下，下及陪台隶圉，莫不敢淫宴喜，咸怀醉饱。虽夏启均台之飨，周成岐阳之狩，[1]高祖邑中之会，光武旧里之宴，何以尚兹。是以刊石立铭，光示来叶。其辞曰：

赫王师，征南裔。奋灵威，震天外。吴夷訾，蜀

---

[1] 见《春秋左传正义》昭公四年，卷四十二，第730页。

虏窜。区夏清，八荒艾。幸旧邦，设高会。皇德洽，洪恩迈。刊金石，光万世。

碑文以曹丕继承王位、决心清除"吴夷蜀虏"开始，接下来用大篇幅形容此次出征盛况，预言吴、蜀大败的结局。其后，叙述军队暂驻谯县、曹丕大宴军民。次言大飨之日盛大庄严的仪仗队伍；君王升坛，酒食丰盛，还有杂技歌舞等各种表演。碑文提到社会身份的差别，但也强调众宾对盛宴之共享："自卿校将守以下，下及陪台隶圉，莫不歆淫宴喜，咸怀醉饱。"

作者紧接着列举了四位古代君主的大飨，声称它们都无法与曹丕的盛宴相比。这里除了周成王之外，其他三位都是开国之君，而成王的父亲谥号武王，与曹丕的父亲谥号武王相映生辉。碑文作者真正想体现的是主客之间的区别：魏王坐在高台上，"荫九增之华盖，处流苏之幄坐"，明确标志着与宾客不同的空间。宴席的参与者观看音乐杂技等表演，而真正的"表演"是政治舞台的权力示现。

（二）看待食物的两个角度

高德耀（Robert Joe Cutter）曾说："东汉末年瘟疫横行，战争不断，政局险恶，诗人们应对这些严酷现实的方式之一就是聚会宴饮。"[1] 这话当然有其道理，但在上一节中我希望

---

[1] Robert Joe Cutter, "Cao Zhi's Symposium Poems," p. 6.

指出的是，在面对建安时代的"严酷现实"时，除了销忧之外，酒食还具有其他的重要功能。在这一语境里，宴饮既是建立群落、增强宾主关系的社会性机构，也提供了宾主之间进行象征性交换的空间。曹植《大魏篇》以"赏赐累千亿"作结。主公为宾客准备美食，宾客向主公进献诗篇，酒宴可谓完美的互惠系统。诚如宇文所安所言，"宴会起到政治作用，宴会诗可以服务于这一目的"。[1]而在宴会诗中，食物自然是一个重要的意象。

在其政治生涯中，曹操最喜欢以周公自许。周公的一个特点是爱好贤才，因此有所谓"吐哺握发"的传说。[2]曹操名作《短歌行》的末章提及周公："山不厌高，海不厌深。周公吐哺，天下归心。"[3]"厌"字有饱足之意。山珍海味摆满餐桌，而山与海本身却对"高""深"这些抽象的价值有着无尽的欲求。这种不知餍足的情形表现在人事上，就是周公吐出了口中的食物，由此得到天下人之心。一首很可能是在酒宴上演奏的宴会歌诗提到的"吐哺"相当引人注目。主人和宾客的不同被明确地标志出来。在宴会上，宾客被力劝吃饱喝足，但主人自己却未必如此。

曹丕的《善哉行》以"饱满"为主题，游戏于主人和

---

[1] Stephen Owen, *The Making of Early Chinese Classical Poetry*, p. 235.
[2] 《史记》卷三十三，第1518页："我一沐三捉发，一饭三吐哺，起以待士，犹恐失天下之贤人。"
[3] 《文选》卷二十七，第1281—1282页。

客人对待食物的双重角度：[1]

> 朝日乐相乐，酣饮不知醉。
> 悲弦激新声，长笛吐清气。
> 弦歌感人肠，四坐皆欢悦。
> 寥寥高堂上，凉风入我室。
> 持满如不盈，有德者能卒。
> 君子多苦心，所愁不但一。
> 慊慊下白屋，吐握不可失。
> 众宾饱满归，主人苦不悉。
> 比翼翔云汉，罗者安所羁？
> 冲静得自然，荣华何足为？

诗以典型的宴饮场景开头，主客酣饮，音乐助兴，四坐皆欢。第四联发生转折："寥寥"二字十分微妙，有"空虚""孤寂""广阔空旷"等意。这两句诗究竟描写的是酒阑人散之后的情景，还是诗人在宴席之间的心理状态？宾客都兴高采烈，但主人自己却"多苦心"，而且"所愁不但一"。无论是哪种情况，主客之间都存在着很大的心理距离。

接下来，诗人对饮宴语境中语意双关的"饱满"与"不盈"进行思考。第九句"持满如不盈"的潜文本是《老

---

[1]《先秦汉魏晋南北朝诗·魏诗》卷四，第393页。

子》的"持而盈之,不若其以"[1],而"持满"也是斟酒满杯之意。[2]"众宾饱满归,主人苦不悉"是说主人辛苦无尽,但也可以暗指主人"苦于未饱"。似乎是为了强调这层双关含义,诗人明确提到周公:"慊慊下白屋,吐握不可失。""慊慊"有诚敬之意,亦有心不足之意,这后一层意思与"厌"正好相反。和宾客不同,主人充满忧虑,不能享受酒宴。

曹丕曾写过一篇《戒盈赋》,赋文只存片段,但可视为此诗的最佳注脚。序云:"避暑东阁,延宾高会,酒酣乐作,怅然怀盈满之戒,乃作斯赋。"[3]残篇如下:

> 惟应龙之将举,飞云降而下征。
> 资物类之相感,信贯彻之通灵。
> 何今日之延宾,君子纷其集庭。
> 信临高而增惧,独处满而怀愁。
> 愿群士之箴规,博纳我以良谋。

开头以龙之升腾与云之下降这两个相反的形象,比喻高堂上众宾如云,托举主公。现存片段没有对酒食的具体描写,但我们不难想象原赋在"独处满而怀愁"之前应该有这样的一段描述。作者接下来坦率要求群士进献良策,满足主人的政

---

[1]《老子校释·道经·九章》,第33页。
[2]《前汉纪》卷十一,第1111页。
[3]《全三国文》卷四,第1073页。

治胃口，报答主人提供的宴饮。

一个好主人必须确保自己的宾客吃饱喝足，但他自己也许会像周公那样，为接待贤人而不得"饱满"。[1]在当时的书写中，"饥渴"常被用来形容求贤的迫切心情，曹丕就曾形容汉文帝"思贤甚于饥渴"。[2]在这一暗喻结构里，贤人自己变成了能够满足主公胃口的饮食。应场的《侍五官中郎将建章台集诗》，即从宾客的角度，对食物主题做出了耐人寻味的发挥：[3]

> 朝雁鸣云中，音响一何哀。
> 问子游何乡，戢翼正徘徊。
> 言我寒门来，将就衡阳栖。
> 往春翔北土，今冬客南淮。
> 远行蒙霜雪，毛羽日摧颓。
> 常恐伤肌骨，身陨沈黄泥。
> 简珠堕沙石，何能中自谐？
> 欲因云雨会，濯翼陵高梯。
> 良遇不可值，伸眉路何阶？
> 公子敬爱客，乐饮不知疲。

---

[1] 如果客人因故不来，主人也同样食不下咽，正如曹丕的另一首乐府《秋胡行》所言："朝与佳人期，日夕殊不来。嘉肴不尝，旨酒停杯。"
[2] 与孔融、陈琳相善的张纮（153—212）曾在写给儿子的书信中说，明君应当"求贤如饥渴，受谏而不厌"，《全后汉文》卷八十六，第941页。
[3] 《文选》卷二十，第946—947页。

和颜既以畅，乃肯顾细微。
　　赠诗见存慰，小子非所宜。
　　为且极欢情，不醉其无归。
　　凡百敬尔位，以副饥渴怀。

应场这首长达二十八行的诗在这一时期存留下来的公宴诗中颇具特色，前半是人与雁的问答，叙述旅途艰辛，后半从寓言性质的鸿雁转向与之对应的诗人自己。

　　寻找栖身之所的飞鸟，让人想到曹操《短歌行》中的一节："月明星稀，乌鹊南飞。绕树三匝，何枝可依？"[1]鸟类择木而栖，比喻良臣择主而事，其源头可以追溯到孔子去卫时的言论："鸟则择木，木岂能择鸟？"[2]这里曹操在毫不含蓄地暗示自己乃是一棵最好的树，他的诗是政治宣传品，也是广告。曹操在《短歌行》中引用的《鹿鸣》出自《诗经·小雅》，而《小雅》中又有《南有嘉鱼》之什，其中描写到酒宴语境里的飞鸟形象："翩翩者鵻，烝然来思，君子有酒，嘉宾式燕又思。"[3]毛传与郑笺都认为鵻鸟是宾客／臣

---

[1] 此节与前节"越陌度阡，枉用相存，契阔谈宴，心念旧恩"只见于《文选·短歌行》，不见于《宋书·乐志》版（卷二十一，第610页）。"何枝可依"，南宋时《杜工部草堂诗笺》《古今诗文类聚》作"无枝可依"（见《先秦汉魏晋南北朝诗·魏诗》卷一，第349页）。《三国演义》采取的也是"无枝可依"，见本书第五章的讨论。

[2] 《春秋左传正义》哀公十一年，卷五十八，第1019页。潘岳《杨荆州诔》说得更明确："鸟则择木，臣亦简君。"《文选》卷五十六，第2440页。

[3] 《毛诗注疏》卷十，第347页。

僚的象征。[1]

应场延续了这一比喻传统,"朝雁"是诗人自喻。鸿雁"伸眉路何阶"的疑惑不安在下一句"公子敬爱客"中得到解决,诗人在主公的餐桌旁找到了一席之地。他明确表示自己的感激之情,并像王粲与曹植那样强调社会地位和等级区分:他在"不醉其无归"的召唤之后,叮嘱包括自己在内的所有嘉宾记住自己的位置:"凡百敬尔位,以副饥渴怀。"

当我们在一个繁复的鸟类比喻的语境里阅读这一联诗句的时候,这种提醒客人报答主人的公宴诗套语却意外地带上了一层阴暗的色彩。大雁是古时供食用的所谓"六禽"之一,是猎人最喜欢的猎物之一。[2]崔骃(?—92)《博徒论》曾写道"燕臛羊残,炙雁煮凫",[3]也就是文火烹熟的燕子,慢慢炖烂的羊肉,烧烤的大雁和煮食的野鸭。张衡(《南都赋》)在叙述家乡土产珍味的时候,特别提到"归雁鸣鵽"。[4]张协的《七命》更是将鸿雁列为美食之一:"晨凫露鹄,霜鷄黄雀",所谓"露鹄",是指露水打湿的大雁,因为据说霜露之季节,也就是秋季,大雁是最肥美的。[5]而所有这些描述都可追溯到《楚辞·大招》为诱使亡灵归来而极力渲染的人世感官享受,其中提到的美味佳肴有"炙鸹 [鸹

---

[1]《鹿鸣》之后的《四牡》则用雏鸟比喻疲于为王命奔走的人。见《毛诗注疏》卷九,第317—318页。
[2]《周礼注疏》卷四,第59页。
[3]《全后汉文》卷四十四,第713页。
[4]《全后汉文》卷五十三,第768页。
[5]《全晋文》卷八十五,第1954页。

烝凫"。[1]"烝"即蒸,让人联想到《诗经》的"烝然来思",这句诗的"烝然"应指数量众多,或如郑玄所言,有长久之意,但"烝"字本身还有祭祀或宴会时将肉放入礼器的含义,引申为进献。《诗经》的"嘉鱼"与"嘉宾"呼应,鱼即是嘉宾享用的食物,也是对嘉宾的比喻。同样,大雁既可以作为对嘉宾的比喻,也大有成为桌上美食的危险。

曹植曾写过一首《离缴雁赋》,序云:"余游于玄武陂,有雁离缴,不能复飞,顾命舟人,追而得之,故怜而赋焉。"[2]现存赋文片段恰好描述了大雁在被捕获后成为席上美食的下场:

> 怜孤雁之偏特兮,情惘焉而内伤。
> 寻淑类之殊异兮,禀上天之休祥。
> 含中和之纯气兮,赴四节而征行。
> 远玄冬于南裔兮,避炎夏乎朔方。
> 白露凄以飞扬兮,秋风发乎西商。
> 感节运之复至兮,假魏道而翱翔。
> 接羽翩以南北兮,情逸豫而永康。
> 望范氏之发机兮,[3]播纤缴以凌云。

---

[1]《楚辞补注》卷十,第220页。
[2] 此赋有两个片段分别被保存于《艺文类聚》卷九十一第1580页和《初学记》卷三十第736页。这里用的是严可均所辑佚本,见《全三国文》卷十四,第1129—1130页。
[3]"范氏"可能为"魏氏"之误,魏氏为上古时代的神射手,曹植在《七启》等其他作品中亦有提及。见《全三国文》卷十六,第1142页。

> 挂微躯之轻翼兮，忽颓落而离群。
> 旅朋惊而鸣逝兮，徒矫首而莫闻。
> 甘充君之下厨，膏函牛之鼎镬。
> 蒙生全之顾复，何恩施之隆博。
> 于是纵躯归命，无虑无求。
> 饥食梁稻，渴饮清流。

这里，大雁本来准备着"甘充君之下厨，膏函牛之鼎镬"，但终于得到幸免，反而是自己享受着"饥食梁稻，渴饮清流"的生活。在当时人的作品里，鸟儿的意象既代表自由，也可以用来代表困境，如赵壹《穷鸟赋》、系于曹植名下的《野田黄雀行》都体现了这一点。[1]因此，当应场在一首公宴诗中以孤雁自喻，又提到主公的"饥渴"的时候，他实际上是在危险地接近于一个非常模糊的话语区域：在宴席上吃饱喝足的宾客，自己也可以转而成为满足主公口腹的美食，以其甘鲜的脂肪，"膏函牛之鼎镬"。

上文讨论过的曹丕《善哉行》在最后描述了变成飞鸟远举高飞的愿望："比翼翔云汉，罗者安所羁？"当时的宴饮诗常以化为飞鸟双双飞去作结，[2]但如果考虑到鸟类/宾客/食

---

[1] 《先秦汉魏晋南北朝诗·魏诗》卷六，第425页。这些文本都体现了动物寓言的持久吸引力，也表现了对困鸟主题的兴趣。系于曹植名下的《鹞雀赋》是一篇生动的寓言，描写了"鹞欲取雀"、雀与之搏斗并最终逃走的故事，其中还加入了鹞雀之间的对话。见《全三国文》卷十四，第1130页。

[2] Stephen Owen, *The Making of Early Chinese Classical Poetry*, pp.140–152.

物的关系,这两句诗就变得复杂了。曹丕在这里是谈他自己吗?他"听起来似乎是想要摆脱'周公吐哺'的压迫性样板(从曹操那里继承下来的),摆脱作为主公而随时感到的沉重压力",[1]抑或是怀着瞬间的同情,在谈那些他作为主公而必"不可失"的众宾?

无论是哪一种情况,我们都在《善哉行》的结尾看到了主客彼此之间少见的同意,因为深受曹丕欣赏的刘桢曾在其《杂诗》中表达过同样的渴望:[2]

> 职事相填委,文墨纷消散。
> 驰翰未暇食,日昃不知晏。
> 沈迷簿领间,回回自昏乱。
> 释此出西城,登高且游观。
> 方塘含白水,中有凫与雁。
> 安得肃肃羽,从尔浮波澜?

具有反讽意味的是,诗人困于主公的恩泽,每日工作得如此辛苦,以致连饭都顾不上吃了。

(三)一个有品味的人

食物在3世纪政治中非常重要。它的象征意义在宴会

---

[1] Stephen Owen, *The Making of Early Chinese Classical Poetry*, pp.241–242.
[2]《文选》卷二十九,第1359—1360页。

上得到了集中体现,但又远远不止于宴会。在另一首宴饮诗《善哉行》中,曹丕描写丰盛的食物和美好的音乐如何被呈献给他,供他享用:[1]

> 朝游高台观,夕宴华池阴。
> 大酋奉甘醪,狩人献嘉禽。
> 齐倡发东舞,秦筝奏西音。
> 有客从南来,为我弹清琴。
> 五音纷繁会,拊者激微吟。
> 淫鱼乘波听,踊跃自浮沈。
> 飞鸟翻翔舞,悲鸣集北林。
> 乐极哀情来,寥悢[2]摧肝心。
> 清角岂不妙,[3]德薄所不任。
> 大哉子野言,弭弦且自禁。

人工的音乐与自然的音乐从四方汇聚:齐国的东舞,秦筝的西音,南方来的弹琴客,还有在北林翻飞悲鸣的飞鸟。如此一来,东西南北四方并集,这正好把曹丕自己定位

---

[1] 《先秦汉魏晋南北朝诗·魏诗》卷四,第393页。
[2] "寥悢"原或作"寥亮"。据逯钦立:"寥"《宋书》作"憀","亮"《艺文类聚》作"悢","悢"当为"悢"。
[3] 晋平公欲闻清角之乐,师旷(子野)却认为晋平公"德薄,不足听之"。在晋平公坚持下,子野不得已演奏清角,"大风至,大雨随之,裂帷幕,破俎豆,隳廊瓦"。其后晋国大旱,晋平公自己也病倒了。见《韩非子集释补》卷三,第172页。

于中央——第五个方位,接受来自四方的丰富进献。五方对应五行,汉朝的五行之学与政治哲学和帝国意识形态紧密相关,也代表了对汉帝国版图的摹写。魏国在地理上处于传统的北方"中原",曹丕借此将自己设为政治权威的中心。他在诗的最后谦称自己"德薄",不足以听清角之乐,但这种修辞手法实际上反而将自己放入了他所否认的位置。这也显示了曹丕不仅知音,而且更重要的,他是一位有自知之明的君主,与暗昧的晋平公完全不同。

与他的父亲曹操不同,曹丕有意识地把自己表现为一个在衣食方面有高雅品味的人。这不仅出于父子二人的个人差异,更与当时的政治局势密切相关。曹操当权时,政局动荡、战乱频仍,举贤任能而无论其社会地位,对曹操来说比赢得世家大族的支持更重要。如果那些大家族不支持他,他会毫不犹豫地强力打击。孔融是孔子的二十世孙,精英阶层的知名人物,但因为不易管制而终被杀头,就是一个很好的例子。[1] 曹操也曾发布著名的求贤令,强调任人以才不以德。[2] 相比之下,曹丕作为开国之君,统治着一个统一的北方,比曹操更需要建立声望和获得世家大族的支持。与吴国和蜀国对立的曹魏,也亟需建立能够压倒敌国的政治正统和文化优势,这两者是一非二。在这样的情形下,曹丕寻求的是文化光环,一个高尚"君子"——曰大人,或曰长者——

---

[1]《三国志》卷十二,第370—373页。
[2]《三国志》卷一,第32、44—49页。

的光环。

曹丕在《典论·论文》中作为文学裁判的自我形象塑造，学界已多有讨论；但他关于衣食的评论则鲜为人知，值得在此引述："三世长者知被服，五世长者知饮食，此言被服饮食难晓也。"[1]曹丕自己并非三世或五世长者之后，[2]但是，通过不断对被服饮食加以品评，他把自己确立为一个有高雅品味的人。在与吴国和蜀国的宣传战中，曹丕经常给他的朝臣下达诏令，批评敌国的食物和织品。国与国之间的礼物馈赠成为炫耀财富与权力的手段，也是抨击敌国产物劣质、品味低下的好机会。在这种情形之下，赠礼的确是"替代性战役的一种"。[3]

通过一系列书信残篇，我们得知曹丕曾送"石蜜五饼"与"鲚鱼千枚"与吴主孙权（182—252）。[4]石蜜是蔗糖，源自印度，被曹丕称为"西国石蜜"，"石蜜"可能是梵文

---

[1]《全三国文》卷六，第1082页，从《太平御览》版。
[2] 曹操的父亲是宦官养子。《三国志》卷一，第1页。
[3] Florin Curta（科尔他），"Merovingian and Carolingian Gift Giving,"（《墨洛温王朝和卡洛林王朝的礼物馈赠》）p. 698. 关于曹丕的礼物馈赠及其关于衣服与织品的看法，详见笔者《物质交换与象征经济》，第148—171页。
[4] 这两个片段分别保存于《太平御览》卷八五七，第3941页（"石蜜"条）；卷九三八，第4301页（"鲚鱼"条）。严可均将它们合为一篇，也许是因为两段都提到了赵咨，见《全三国文》卷七，第1090页。但我们并不知道赵咨出使过东吴几次，也不知道这些礼物是否是同时送给孙权的。裴松之《三国志》注引《吴历》言，222年春正月，吴国大败蜀军，孙权"以使聘魏，具上破备获印绶及首级、所得土地，并表将吏功勤宜加爵赏之意。文帝报使，致鼲子裘、明光铠、骓马，又以素书所作《典论》及诗赋与权"（《三国志》卷四十七，第1125页）。

śarkarā 的翻译，这个词也有石子或沙砾的意思。[1] 黄初三年（222），鄯善、龟兹、于阗王曾分别遣使至魏廷并带来礼物，"西域遂通"。[2] 曹丕此后不久送石蜜与孙权，很可能是为了向吴人炫耀魏国朝廷广大的影响力。

鳆鱼的情况更有意思。5 世纪的南朝贵族褚渊（435—482）有一次得到三十枚鳆鱼，门生建议他把鳆鱼卖掉，"云可得十万钱"，褚渊不肯，"悉与亲游啖之，少日便尽"。当时，"淮北属［魏］，江南无复鳆鱼，或有间关得至者，一枚直数千钱"。[3] 这则关于礼品与商品的逸事很有趣，正表现了学者古列维奇（A. J. Gurevich）所描写的中世纪欧洲贵族对待财富的态度："对于王侯公卿而言，财富本身并非目的，也不是为了改善或发展经济条件而应该积累的东西"；相反，财富是扩大朋友圈和认证个人权力的方式，所以最好"在众目睽睽之下"把它挥霍掉。[4] 褚渊的公开炫耀性消费行为（conspicuous consumption），体现了自己作为贵族之不同于商人求利。这则逸事也让我们看到鳆鱼在 5 世纪南方的稀有和珍贵。3 世纪初是否如此，我们不得而知，但无论鳆鱼在吴国是否为易得之物，曹丕赠鳆鱼与吴主是为了展示魏国的丰盛物产与强大财力。

---

[1] 曹丕在写给臣子的一封诏令中提到"西国葡萄石蜜"，详见下文。
[2] 《三国志》卷二，第 79 页。
[3] 《南史》卷二十八，第 751 页。又见《太平御览》卷九三八，第 4301 页。《太平御览》本有"魏"字，此魏指北魏。
[4] A. J. Gurevich, *Categories of Medieval Culture*（《中世纪文化的类型》），pp. 247–248.

同时，曹丕在收到吴国送来的礼物尤其是食品时，常会戏剧性地嗤之以鼻。有一次孙权赠以大橘，曹丕收到后"诏群臣曰：'南方有橘，酢正裂人牙，时有甜耳。'"[1]具有讽刺意味的是，曹操曾尝试将南方橘树移植到邺中铜雀台，但并未成功。据曹植《橘赋》，这些"珍树"在北方的寒冷气候中全部冻死了。曹植不由得"拊微条以叹息，哀草木之难化"。[2]"化"也有明君教化百姓之意，这里用在草木身上，颇富喜剧效果。

在另一篇诏令中，曹丕嘲笑南方的其他两种水果："南方有龙眼荔枝，宁比西国蒲萄石蜜乎？酢且不如中国凡枣味，莫若安邑御枣也。"[3]《太平御览》中有一条引文与此有部分重合之处，但多出一句："今以荔支赐将吏，啖之则知其味薄矣。"[4]曹丕说这话表示出来的自信很有意思：在表面上，他诉诸将吏的亲身体验，以之作为最终的衡量标准——只要大家亲口尝一尝，就会知道真相；但与此同时，他已经指定了"正确答案"，那专横的语气基本上是在要求所有人在品尝后都得出"味薄"的预设结论，这不能不使他的客观性大打折扣。如果有人在品尝后不认为荔枝味薄，那么我们可以想象，这个人就会被视为没品味的人而受到众人嘲笑，更糟糕的是会得罪君王。

---

[1]《太平御览》卷九六六，第4417页；《艺文类聚》卷八十六，第1477页。
[2]《全三国文》卷十四，第1129页。
[3]《艺文类聚》卷八十七，第1486页。
[4]《太平御览》卷九七一，第4438页。

在一封诏令里，曹丕夸赞河北真定的梨子："真定御梨大若拳，甘若蜜，脆若凌，可以解烦释渴。"[1]他慷慨赞美北方食品，同时毫不犹豫地把蜀国降将对蜀国食材颇为鄙薄的描述传达给朝臣："新城孟太守道蜀肫羊鸡鹜味皆淡，故蜀人作食喜着饴蜜。"[2]在另一封诏令中，曹丕认为南方好米不如北方好米："江表唯长沙名好米，何时比新城粳稻也？上风炊之，五里闻香。"[3]

下面这段关于葡萄的文字相当有名：

> 中国珍果甚多，且复为说蒲萄：当其朱夏涉秋，尚有余暑，醉酒宿醒，掩露而食，甘而不饴，脆而不酸，冷而不寒，味长汁多，除烦解饴。又酿以为酒，甘于曲蘖，善醉而易醒。道之固以流漾咽唾，况亲食之耶？他方之果，宁有匹者。[4]

这篇文字最突出之处，在于曹丕强调"中国"和"他方"之别，虽然葡萄就和西国石蜜一样，原产地都不是"中

---

[1]《太平御览》卷九六九，第4429页。
[2]《太平御览》卷八五七，第3942页。孟太守指孟达（？—228），220年降魏，封新城太守。由此可见三国时代的四川饮食口味偏甜。当时的川味不仅不辣——因为还没有来自美洲"新世界"的辣椒——而且恐怕也不怎么麻。
[3]《太平御览》卷八三九，第3882页。又见《艺文类聚》卷八十五，第1449页。
[4]《太平御览》卷九七二，第4440页。

国"。曹魏地处"中原",曹丕曾斩钉截铁地说:"夫珍玩必中国。"[1]这一概括性的结论肯定了"中国"无可怀疑的文化权威。

曹丕不知疲倦地给魏国朝臣和敌国君主写诏令和书信,有策略性地选择礼物送给他们,目的是炫耀与说服。无论是食物赠品,还是抄写在贵重丝帛上的曹丕自己的著作(文化的滋养品),都旨在展示曹魏政权的强盛国力和正统地位。曹丕反复把魏国宣传为天下的中心和四方资源的汇集点,而他自己——一个品味高雅的男人——则恰好处于中心之中。

礼物·书信·交换

在很多文化里,礼物馈赠处于社会关系的中心。它展示权力,加强同盟,也带来义务和人情债。特别是在社会秩序崩坏的时候,赠礼行为就和宴饮一样,提供了物质的与象征意义的交换,这些交换增强了人与人之间的纽带,重建等级秩序,重构社会群落。在很多方面,书信的交换与礼物的交换十分相似:给人写信,不言而喻会希望得到对方的及时回复,而书信的写作格式与惯例也创造了一个复杂的约束系统,既定义着也维持了社会关系。同时,一封信本身即是一种物质存在,正如李安琪在其研究中古早期书信文化的书中

---

[1]《艺文类聚》卷六十七,第1187页。

所言："书信的物质性比很多其他体裁都更为显著。"[1]如此一来，伴随着礼物馈赠而交换书信构成了一层新的物质易主，它限定和凸显了礼物交换的象征意义。

本节将探讨以书信为主的一系列文本，它们构成了对往返报答的评论。这些书信或伴随赠礼，或为感谢赠礼而作，体现了魏国精英群落中，尤其是主臣之间，复杂的权力互动与运作。

（一）取予

曹植《大魏篇》一诗描写了皇帝对臣下的厚赐。一个君主必须分配他的财富，以维持社会影响力。珍物、土地、封号，自然都不可缺少，但是，来自王室的礼物不一定都需要具有很高的经济价值。在曹丕写给魏国重臣钟繇的信件中，有两封是伴随礼物馈赠的：一次他送给钟繇一束菊花，另一次送的是所谓五味鼎。在这两次送礼行为中，其书信对于强调礼物的象征意义都起到了至关重要的作用。

菊信如下：[2]

> 岁往月来，忽复九月九日。九为阳数，而日月并应。俗嘉其名，以为宜于长久，故以享宴高会。[3]是月

---

[1] Antje Richter, *Epistolary Culture*, p. 17.
[2] 《艺文类聚》卷四，第84页。
[3] "九"与"久"谐音。

律中无射,言群木庶草无有射而生。[1]至于芳菊,纷然独荣。非夫含乾坤之纯和,体芬芳之淑气,孰能如此?故屈平悲冉冉之将老,思食秋菊之落英。[2]辅体延年,莫斯之贵。谨奉一束,以助彭祖之术。

食菊有助于健康长寿,重阳节送菊体现了曹丕对钟繇的祝福。与此同时,曹丕赋予菊花深刻的象征意义,提醒钟繇注意菊花在《离骚》中的比喻价值。如果说屈原悲叹怀才不遇、君主不悟,曹丕则俨然把自己预设为一个懂得如何善待贤臣的明君。

五味鼎是一种礼器,分为五格,每格烹煮一味。曹丕被立为太子之后,钟繇进献五味鼎铸模,这本身就具有高度的象征意义,因早期中国的政治哲学常以烹调比喻治国之道。曹丕完全理解其中深意,遂用钟繇送给他的模型铸鼎,作铭刻鼎送给钟繇,并附此信:[3]

昔有黄三鼎,周之九宝,咸以一体使调一味,岂若斯釜,五味时芳?盖鼎之烹饪,以飨上帝,以养圣贤,昭德祈福,莫斯之美。故非大人,莫之能造;故

---

[1]"九月之管名为无射,射者出也,言时阳气上升,万物收藏无复出也。"《晋书》卷二十二,第679页。
[2]《离骚》:"夕餐秋菊之落英。"
[3]铭文见《三国志·钟繇华歆王朗传》,裴松之《三国志》注从《魏略》引述此信。见《三国志》卷十三,第394—395页。

非斯器，莫宜盛德。今之嘉釜，有逾兹美。夫周之尸臣，宋之考父，卫之孔悝，晋之魏颗，彼四臣者，并以功德勒名钟鼎。今执事寅亮大魏，以隆圣化。堂堂之德，于斯为盛。诚太常之所宜铭，彝器之所宜勒。故作斯铭，勒之釜口，庶可赞扬洪美，垂之不朽。

这封信罗列事典，举出过去的著名事例以彰显当代之五味鼎与当代之大臣钟繇如何超迈远古，二者都是国之重器，而其"堂堂之德，于斯为盛"。这些对文化过去的回声并不只是一般的修辞装饰，而是重要的话语策略，赋予五味鼎这一物品本身所并不具有的历史分量和庄严肃穆。如果没有这两封信，那么菊无非只是一束花，五味鼎也无非只是烹饪器具而已。

馈赠礼物可以体现主公的慷慨，但对于臣子来说，他们务必时时铭记，君主是所有人力资源和物质资源趋附汇聚的中心所在。曹丕曾得知钟繇有一块美玉，"欲得之"，钟繇听说后立刻把玉送给曹丕，[1]曹丕作书表示感谢。这封书信一般系于215年，可以说是权力抗衡的绝妙展示：

---

[1] 事情经过与曹丕书信见裴松之《三国志》注引《魏略》(《三国志》卷十三，第396页)。此信也收入《文选》卷四十二，第1899—1900页，不过与《三国志》引文略有出入，此处与以下引及此篇处，均从《文选》本。又见《全三国文》卷七，第1088页。

> 丕白：良玉比德君子，珪璋见美诗人。[1]晋之垂棘、鲁之玙璠、宋之结绿、楚之和璞，价越万金，贵重都城，有称畴昔，流声将来。是以垂棘出晋，虞虢双禽；[2]和璧入秦，相如抗节。[3]

书信引经据典，开门见山地确立了物质品的象征意义。美玉象征君子的美德，我们在前文已得知古时君子必佩玉。君子既然与玉有紧密的关系，也自然要对一块美玉行使其正当的所有权。

曹丕随后列举了古代的四块名玉，句式结构呼应了一封范雎写给秦昭王的书信。当时范雎不过是一介布衣，想说服秦王召见自己。他把像自己这样的贤才比作被玉工忽视了的美玉：

> 且臣闻周有砥砨，宋有结绿，梁有县藜，楚有和朴，此四宝者，土之所生，良工之所失也，而为天下

---

[1] 第一句出自《礼记》"孔子曰：……君子比德于玉焉"（《礼记注疏》卷六十三，第1031页）。第二句出自《诗经·大雅·卷阿》"颙颙卬卬，如珪如璋"（《毛诗注疏》卷十七，第628页）。见《文选》李善注，卷四十二，第1899页。

[2] 晋伐虢，假道于虞，提出以名玉垂棘作为酬谢。虞国国君不听宫之奇进谏，同意了晋国的请求。结果虢国被灭后，晋国在回来的路上把虞国也灭掉了。《春秋左传正义》僖公二年，卷十二，第199页。

[3] 秦王想得到赵国的和氏璧，提出以十五座城池交换。赵国大臣蔺相如送玉入秦，发现秦王并无诚意，就暗中派人把玉带回了赵国。《史记》卷八十一，第2439—2441页。

名器。然则圣王之所弃者,独不足以厚国家乎?[1]

这段话是曹丕上文所本,熟悉这一原始文本的读者都知道,在这段话之后范睢继续论述"厚国"问题,批评那些只知损国而厚家的诸侯,指出懂得厚国之道的人必须取之于诸侯:

> 臣闻善厚家者取之于国,善厚国者取之于诸侯。天下有明主则诸侯不得擅厚者,何也?为其割荣也。

归根结底,无论是贤人还是象征了贤人的美玉都应归为君主所有;指有昏君才会允许臣子拥有本该属于主上的东西。范睢的信清楚地说明了这一点,而这也正是曹丕书信含蓄论述的主题。

在列举四块名玉之后,曹丕特别用垂棘玉与和氏璧来说明,如果像玉这样具有高度象征意义的礼仪之物不得其所,会引发灾难性的后果:虞国国君因对晋国的国宝垂棘起了贪心而亡国,秦王想得到赵国的和氏璧却反而被骗。事实上鲁国的玙璠玉也是如此:玙璠本为鲁国国君的佩玉,但权臣季平子却在自己主政时佩戴玙璠,季平子去世后,其属下阳虎提出以玙璠随葬,遭到了仲梁怀的反对。仲梁怀的理由很简单:玙璠属于国君所有,新君继位,自然由新君佩挂,

---

[1]《史记》卷七十九,第2405页。

不可随季平子于地下。[1]

曹丕接下来讲述自己如何无玉，与钟繇对美玉的拥有暗暗地针锋相对：

> 窃见玉书称美玉：[2] 白如截肪，黑譬纯漆，赤拟鸡冠，黄侔蒸栗。侧闻斯语，未睹厥状。

曹丕对玉的欲望是由阅读文本引发的，文本中的"窃见"对应着现实生活中的"未睹"。充满感性细节的书本知识发生在实践所得知识之前，成为强大的动力，诱使读者追求实物：

> 虽德非君子，义无诗人，高山景行，私所仰慕。然四宝邈焉已远，秦汉未闻有良比也。求之旷年，不遇厥真，私愿不果，饥渴未副。

"高山景行"出自《诗经》中《车舝》一诗，传统上认为此诗主旨乃"周人思得贤女以配君子"，诗中的"高

---

[1] 《春秋左传正义》定公五年，卷五十五，第958页。
[2] 我以为"玉书"恐为"王书"之误，"王书"可能指公元1世纪学者王逸的《正部论》，此书已于6世纪亡佚（见《隋书·经籍志》卷三十四，第998页），但《艺文类聚》保留了其中片段："或问玉符，曰：赤如鸡冠，黄如蒸栗，白如猪肪，黑如纯漆，玉之符也。"《艺文类聚》卷八十三，第1428页。

山""景行"象征美好的德行。[1]曹丕借此措辞,再次在美玉与君子之间创造出直接的关联,更通过对古典文本的回声重申了美玉的象征意义。更重要的是,曹丕把自己置于政治权威的地位,表面上谦虚地自称"德非君子",但实际上却通过这样的否定句式在自己和其人如玉的君子之间建立起平行对照的关系。

《车辖》描写了对美好新娘的渴望,曹丕上面的这段话则描写了对美玉的渴望,两种欲望都是放在"德行"的框架之内表达出来的。曹丕的措辞不仅回应《诗经》中思得佳偶的词句,更呼应了求贤任能的政治话语。把物质的、情欲的和政治的话语连接在一起的关键词正是"饥渴"。《车辖》云:"匪饥匪渴,德音来括。"[2]如上文所言,用"饥渴"形容对贤才的渴望在当时的政治话语中是很常见的。当曹丕用"饥渴"来形容对美玉的渴望,美玉就获得了一份远远高于其物质价值的象征价值。如果说范睢将贤人比作美玉,那么曹丕就是把美玉比作贤人。

这个故事颇有一番曲折。《三国志》裴注云:"太子在孟津,闻繇有玉玦,欲得之而难公言,密使临菑侯(曹植)转因人说之,繇即送之。"曹丕对此事的自述如下:[3]

---

[1]《毛诗注疏》卷十四,第484页。
[2]《毛诗注疏》卷十四,第484页。此处"饥渴"的具体修辞作用不明,郑玄认为此二句是说臣子急于为君王接来新娘,以致忘记了自己的饥渴。但饥渴也可理解为对新娘的渴望。
[3]《三国志》卷十三,第396页,裴松之注。

近日南阳宗惠叔称君侯昔有美玦,[1]闻之惊喜,笑与抃会。当自白书,恐传言未审,是以令舍弟子建因荀仲茂时从容喻鄙旨,乃不忽遗,厚见周称。邺骑既到,宝玦初至,捧匣跪发,五内震骇。绳穷匣开,烂然满目。猥以蒙鄙之姿,得睹希世之宝,不烦一介之使,不损连城之价,既有秦昭章台之观,而无蔺生诡夺之诳。

曹丕写的他收到美玉时的场面非常具有戏剧性。但与之前"白如截肪,黑譬纯漆"云云的动人描写不同,此刻曹丕在真正见到美玉之后,反而对其形状外表只字不提,只用了形容其光彩的"烂然"二字。这样造成的修辞效果非常震撼,仿佛此玉之美非人间所有,使目眩神夺的曹丕找不到合适的语言对之进行描述。

曹丕谦称自己的"蒙鄙之姿",但又自比为秦昭王,亦即范睢上书的对象。值得注意的是,曹丕对蔺相如在完璧归赵中所起的作用有不同的说法:在上文他赞美蔺相如的"抗节",现在却又说蔺相如"诡夺"。曹丕极力表示自己没有像蔺相如那样,从钟繇那里诡夺美玉,但他的分辩有点太急切了,而且"无蔺生诡夺之诳"的否定句式再次把曹丕与自己所否认的角色连在一起。在描写如何得到钟繇之玉的时候,曹丕似乎在秦昭王和蔺相如的角色之间摇摆不定,他一方面

---

[1]《艺文类聚》"宗"作"宋"。

想以君王的地位自处,因此自然会认同于前者,另一方面他又提到蔺相如,似乎表现出他对获得钟繇美玉的方式感到不安。曹丕声称自己"不烦一介之使",但实际上却用了曹植和荀仲茂"两介之使"。

书信就带着这个未解的矛盾结束了:

> 嘉贶益腆,敢不钦承?
> 谨奉赋一篇,以赞扬丽质。丕白。

为防被人讥为"诡夺",曹丕特地强调美玉是"敢不钦承"的"嘉贶"——换言之,一份钟繇自动赠送而曹丕却之不恭的礼物,而曹丕也以赋一篇作为还礼。其赋仅存残句,全部引录如下:[1]

> 有昆山之妙璞,产曾城之峻崖。
> 嗽丹水之炎波,荫瑶树之玄枝。[2]
> 包黄中之纯气,[3]抱虚静而无为。
> 应九德之淑懿,体五材之表仪。[4]

---

[1]《艺文类聚》卷六十七,第1186页。
[2] 很多河流以丹水为名,见《山海经》,第16、25、27、41、90页。瑶树生长在昆仑山上,见《淮南鸿烈集解》卷四,第133页。
[3] 黄中指心脏,据五行之说,心乃五脏之中,对应五行之土,其色为黄。
[4] 九德说法不一。所谓五材,即指金、木、水、火、土五种物质。

赋中美玉来自仙山，同时兼具人间美玉的四种颜色：经过"丹水"的洗涤，荫覆于瑶树的"玄枝"，包含着"黄中"的纯气，其"虚静无为"则让人联想到《庄子》的"虚室生白"。赤、黑、黄、白分别属于曹丕在书中读到过的宝玉，但这四种颜色现在全都凝聚在这一块完美的妙璞之中。

钟繇失去了美玉，却得到一篇玉赋——对美玉的文字再现——作为还礼。不过，他深知曹丕真正的还礼其实是另外的东西。他在回信中清楚地表白了他的感激之情：[1]

> 昔忝近任，并得赐玦。尚方耆老，顾识旧物，名其符采，必得处所。以为执事有珍此者，是以鄙之，用未奉贡。幸而纡意，实以悦怿。在昔和氏，殷勤忠笃，而繇待命，是怀愧耻。

在卞和的故事中，知玉和知人很明显是被连在一起的，后者是一个明君所必须具备的能力。钟繇含蓄地赞美了曹丕的敏锐洞察力，借此对曹丕是明君表示承认，同时也为自己的失职深表愧耻。作为臣下，他本应不待提示而主动献出美玉。

钟繇居然要感谢曹丕拿走他的美玉，我们不应仅仅把这视为修辞的夸张。在钟繇手里，美玉无人知晓；落入曹丕之手后，美玉也会很快再次无声无息；只有在美玉易手的那

---

[1]《三国志》卷十三，第396页，裴松之注。

一个瞬间,它才会因为曹丕的书信而发出"烂然"的光辉。富有吊诡意味的是,钟繇对美玉的所有权只有通过美玉的失去才得到彰显。

曹丕的书写也为美玉创造出剩余价值。玉的价值突然比其原价要增加很多倍,因为曹丕把美玉描述为无价之宝。德国社会学家齐美尔(Georg Simmel,1858—1918)强调经济交换的心理层面:"交换的发生,不是为了[得到]原为他人拥有的物件,而是为了自己对此物的感情,他人在此前所没有的一种感情。交换的意义还在于交换之后总值增加,远远高于交换之前,这意味着双方给予彼此的东西都多于他在给予之前所拥有的。"[1] 这段话很好地形容了曹丕和钟繇之间的交换。

(二)所有权与竞争

明智的君主一方面积累,一方面也知道该在何时散发。而臣下如果损国而厚积,则诚如范雎所言总是危险的。曹丕致钟繇书中的所有权(ownership)问题,也是曹丕与刘桢书信来往的中心问题。

> 文帝尝赐桢廓落带,其后师死,欲借取以为像,因书嘲桢云:"夫物因人为贵。故在贱者之手,不御至

---

[1] Georg Simmel, *On Individuality and Social Forms*(《关于个性与社会形式》), p. 44.

尊之侧。今虽取之，勿嫌其不反也。"[1]

在向人借物时保证好借好还是很合适的做法，但是曹丕的措辞却以略带侮辱性的嘲弄出之："至尊"是不屑于使用"贱者"之物的，故而你不用担心我会把宝带据为己有。换言之，虽然廓落带曾为曹丕所有并因此而珍贵，可当它一旦离开曹丕，也就不是宝物了。这只是戏谑，但就像所有的戏谑一样，带着一丝尖锐的意味。

刘桢回信如下：

> 桢闻荆山之璞，曜元后之宝；随侯之珠，烛众士之好；南垠之金，登窈窕之首；鼲貂之尾，缀侍臣之帻：此四宝者，伏朽石之下，潜污泥之中，而扬光千载之上，发彩畴昔之外，亦皆未能初自接于至尊也。夫尊者所服，卑者所修也；贵者所御，贱者所先也。故夏屋初成而大匠先立其下，嘉禾始熟而农夫先尝其粒。恨桢所带，无他妙饰，若实殊异，尚可纳也。[2]

刘桢开篇列举了天生自然而为人世所珍的四种宝物。这些宝物来自低贱的处所，无法自至于尊者，所以它们都需要一个中介，而中介往往必然是位分低下的"贱者"。值得

---

[1]《三国志》卷二十一，第601页，裴松之注引鱼豢《典略》。
[2]《三国志》卷二十一，第601页，裴松之注引鱼豢《典略》。

注意的是，刘桢照搬了范雎的措辞（"此四宝者"）：既称之为"宝"，就与曹丕的物因人贵有所不同——这些物件虽然来自朽石污泥，但它们本身就是珍宝，并不因人而贵。

刘桢的回信并不否认自己地位低贱，但是却为地位低贱的人赋予了体面和尊严。信到最后，直接回应了曹丕的"今虽取之，勿嫌其不反"：我对廓落带毫不吝惜，唯一遗憾的是没有其他珍宝可以上献；换句话说，我所拥有的唯一一件宝物就是这条宝带——而它本来就是你的赠品——它完全属于你所有。这样一来，刘桢向曹丕上交了自己最贵重的物件的所有权，也象征性地承认了自身的归属。

曹丕用嘲戏的口气开始了一场言语的角力，就像他有时与属下比武斗剑那样。[1]臣下如果不显得用尽全力，主上自然不会满意，因为那会让游戏变得无趣，也无法体现主上的出众；但如果臣下最后不认输的话，主上也不会高兴——试想与曹丕比武的将军如果赢了，恐怕是会相当尴尬的。因此，在这场礼物馈赠的游戏中，刘桢既保持自尊也表示屈服，巧妙而自觉地扮演了他的角色。史家对此评论道："桢辞旨巧妙皆如是，由是特为诸公子所亲爱。"[2]

另一场言语的角力发生在不幸的繁钦身上。217年，繁钦随曹操出征，[3]在途中给留守谯县的曹丕写信，报告一位

---

[1] 曹丕《典论·自叙》，见《全三国文》卷八，第1096页。
[2] 《三国志》卷二十一，第601—602页。
[3] 李善认为此信乃建安十六年（211）所作，是年曹操西征韩遂、马超，曹丕留守于邺。曹操于是年七月出征，那么繁钦此信只能（转下页）

歌唱才能出众的少年：[1]

> 正月八日壬寅，[2]领主簿繁钦，死罪死罪。近屡奉笺，不足自宣。
>
> 顷诸鼓吹，广求异妓，时都尉薛访车子，年始十四，能喉啭引声，与笳同音。白上呈见，果如其言。即日故共观试，乃知天壤之所生，诚有自然之妙物也。潜气内转，哀音外激，大不抗越，细不幽散。声悲旧笳，曲美常均。及与黄门鼓吹温胡，迭唱迭和，喉所发音，无不响应。曲折沈浮，寻变入节。自初呈试，中间二旬，胡欲慠其所不知，尚之以一曲，巧竭意匮。既已不能，而此孺子遗声抑扬，不可胜穷，优游转化，余弄未尽。暨其清激悲吟，杂以怨慕，咏北狄之遐征，奏胡马之长思，凄入肝脾，哀感顽艳。
>
> 是时日在西隅，凉风拂衽，背山临溪，流泉东逝。同坐仰叹，观者俯听，莫不泫泣殒涕，悲怀慷慨。自左騩史妠謇姐名倡，能识以来，耳目所见，佥日诡异，未之闻也。

（接上页）是建安十七年正月所作，但建安十七年正月壬寅是九日而非八日。另，曹丕说自己留守谯县，也与211年西征留守于邺有出入。刘知渐认为此信乃建安二十二年（217）曹操征孙权时所作，见氏著《建安文学编年史》，第54—55页。我认同刘说，虽然对于此信来说，具体写于哪一年并不重要。

[1]《文选》卷四十，第1821—1822页。
[2] 如此信为建安二十二年所作，则"正月八日"乃217年2月1日。

窃惟圣体,兼爱好奇,是以因笺,先白委曲。伏想御闻,必含余欢。冀事速讫,旋侍光尘,寓目阶庭,与听斯调。宴喜之乐,盖亦无量。

钦死罪死罪。

曹丕在回信中先是对发现音乐天才表示欣喜,但很快笔锋一转,相当奇怪地,开始描写另一位更好的歌手。这里的竞争并非发生在两位歌手之间,而是发生在鉴赏者与评论家之间。审美欣赏难以掩饰言辞交换之下的权力动态。[1]

披书欢笑,不能自胜。奇才妙伎,何其善也!

顷守宫王孙世有女曰瑱,[2]年始九岁,梦与神通,寤而悲吟,哀声急切。[3][体若飞仙。][4]涉历六载,于今十五。近者督将具以状闻。

是日戊午,[5]祖于北园,[6]博延众贤,遂奏名倡。曲极数弹,欢情未逞。[白日西逝,清风赴闱,罗帏徒

---

[1] 此信见于《全三国文》卷七,第 1088 页,由《艺文类聚》卷四十三,《初学记》卷十九、二十五、三十,《太平御览》卷三八一、五七三、九二六的残句拼凑而成。异文标明如下。
[2] 《太平御览》卷五七三,第 2717 页。《艺文类聚》"守宫王孙世"作"守土孙世"。
[3] 《艺文类聚》《太平御览》作"激切"。
[4] "体若飞仙"只见于《太平御览》。
[5] 建安二十二年正月戊午日为 217 年 2 月 17 日。
[6] "戊午祖于北园"见于《太平御览》,《艺文类聚》无此数字。

袪,玄烛方微。][1]乃令从官引内世女,须臾而至。厥状甚美,素颜玄发,皓齿丹唇。详而问之,云善歌舞。于是振袂徐进,[2]扬蛾微眺,芳声清激,逸足横集。[众倡腾逝,群宾失席。][3]然后修容饰妆,[4]改曲变度,[激清角,扬白雪,接孤声,赴危节。于是商风振条,春鹰秋吟,飞雾成霜。][5]斯可谓声协钟石,气应风律,[网罗韶护,囊括郑卫者也。][6]

今之妙舞莫巧于绛树,清歌莫善于宋臈,[7]岂能[上]乱灵祇,[8]下变庶物,漂悠风云,横厉无方,若斯也哉?固非车子喉转长吟所能逮也。

吾练色知声,雅应此选,谨卜良日,纳之闲房。

---

[1] 这四句见于《初学记》卷二十五,第598页。
[2] 《太平御览》作"振袂",《艺文类聚》作"提袂"。
[3] 这两句只见于《太平御览》。
[4] 《艺文类聚》"修容"作"循容"。
[5] "激清角"以下数句,除"春鹰秋吟"外,均见于《太平御览》。《太平御览》卷九二六,第4727页"鹰"类亦录此数句,但"春鹰"作"秦鹰":"商风振条,秦鹰秋吟,斯可谓声协钟石,气应风律。"《初学记》卷三十,第731页"鹰"类亦录此数句,作"春鹰"。此数句见于"春化/秋吟"这一事对之下,"春化"即应指《礼记》中鹰春日化鸠的典故(《礼记注疏》卷十五,第298页),虽然《初学记》在"春化"中引用了《礼记》中另一处关于鹰的描写,亦即冬日"鹰乃学习"云云(《礼记注疏》卷十六,第318页),但显然是和鹰化为鸠的典故混淆了。严可均"秋吟"作"度吟",可能是传抄中产生的错字,也可能是严可均自己的臆改。
[6] 这两句只见于《太平御览》。
[7] 《初学记》卷十九,第455页"美妇人"类中"善"作"激",这句以下直到信的结尾皆收录于《艺文类聚》。
[8] 《艺文类聚》无"上"字,这似乎是严可均为了与下句对仗而补加的。

曹丕的复信针对繁钦的信一一回应，无论内容还是修辞都力求更胜一筹。繁钦信中的少年不过是出色的歌手，而曹丕信中的少女却不仅能歌而且善舞，更是容色出众的美人。繁钦赞叹车子乃"自然之妙物"，而曹丕则声称少女"梦与神通"，其神奇超越自然。繁钦期待着与曹丕一起在宴席之间欣赏少年的歌声，但曹丕却大肆形容一个已经发生过的宴席，还为少女安排了戏剧性的出场。两信最大的区别在于对演出的不同描写：繁钦笔下的歌者与箎同音，歌声像"北狄""胡马"那样具有北方边塞风情。相比之下，少女所歌乃是最高雅的"白雪""清角"，是传奇乐工师旷所奏之乐，只有明君才有资格欣赏。事实上，如前文所言，曹丕曾谦称自己的德行不足以聆听"清角"。

曹丕笔下少女的歌声是如此完美，既超过圣王商汤的韶护，也远非郑卫之声所能匹敌。无论高尚的雅乐，还是通俗的流行音乐，都不在她的话下，这表示她是一个"通才"，配得上像曹丕自己这样的君子——在《典论·论文》中，曹丕正是把自己定位于这样的通才君子，与建安七子的"偏才"相对。

孙琐的歌声甚至带来了反常的气候：秋风吹起，飞雾成霜，就连"春鹰"都开始"秋吟"。这句话对于抄写者来说一定太奇怪了，因此出现了异文，"春鹰"一作字形相似的"秦鹰"。但据现存文献来看，我们没有特别的理由认定鹰非要来自秦地，"春鹰"似乎更有可能。据《礼记·月令》，鹰在春日化为鸠鸟，但到了秋天就又变回猛禽，与宇宙运行规律相应。在曹丕笔下，孙琐的歌声显然有一种超越了自然规律的神力，可以导致自然界的变化。她的歌声来自神灵，也具备神奇的力量，不像那个少年歌手，其影响只限于人间听众。

好像这些夸张的修辞都还嫌不够，曹丕又加了最后一笔：繁钦列举了左骖、史妠、謇姐等数位名倡，曹丕却以权威性的口气宣称"今之妙舞莫巧于绛树，清歌莫善于宋臈"，而就连这二人也还是远不如孙琐，因为她的歌声具备了"下变庶物"的功能，而变/化也恰恰正是传统乐诗理论中音乐所应有的功能。曹丕最后斩钉截铁地得出结论："固非车子喉转长吟所能逮也。"与无名的车子不同，曹丕明确地点出歌者的名字，这一举措至此突然呈现出特殊的意义：我们意识到，曹丕是要用此方式使"孙琐"成为音乐经典的一部分。

信的最后一段，聚焦点是所有权问题。繁钦信中的歌手被献给深通音乐的曹操，繁钦期待有一天与曹丕一起欣赏他的歌声。但曹丕宣布了他对孙琐的专有权，他准备将孙琐"纳之闲房"，无论是她的艺术还是她的身体，都是不可能与别人分享的。

《文选》李善注记载了曹丕对繁钦此信的评价：[1]

上西征，余守谯，繁钦从，时薛访车子能喉啭，

---

[1]《文选》卷四十，第1821页。

与筯同音。钦笺还与余，而盛叹之。虽过其实，而其文甚丽。

曹丕似乎在其书信内容和修辞方面都想压过繁钦。竞争既发生于父子之间，也发生于主臣之间。曹丕企图做一个"大人君子"，这从来都不是在绝对意义上的，而是在相对意义上的；换句话说，并非"优胜"，而是"胜于"。

（三）黑暗的交易

上文从对珍贵之物和物化之人的拥有权角度，探讨了主臣之间复杂的权力互动关系。这种充满张力的交换互惠关系并不取决于某一位君主的脾气，而是宫廷文化语境中的生活方式，也是2、3世纪之交人们的关注焦点之一，以各种不同形式表现出来。

在208年王粲归附曹操之后，212年阮瑀去世之前，曹植、王粲、阮瑀曾经各写过一首同题诗，很可能是同时所作。曹植、王粲的诗被收入《文选》"咏史"类，王粲诗题为《咏史诗》，曹植诗题为《三良诗》。[1]阮瑀诗似已非全篇，保存于《艺文类聚》"史传"类。[2]阮诗无题目，曹植、王粲诗的题目也可能是《文选》编者后加的。

这三首诗的主题都基于《诗经·黄鸟》。据《左传》记

---

[1]《文选》卷二十一，第985—987页。
[2]《艺文类聚》卷五十五，第992页。

载,"秦伯任好卒,以子车氏之三子奄息、仲行、针虎为殉,皆秦之良也。国人哀之,为之赋《黄鸟》"。[1]"秦伯"即秦穆公,卒于公元前621年。《毛诗》小序云:"黄鸟,哀三良也,国人刺穆公以人从死,而作是诗也。"[2]

诗以黄鸟意象开篇:

> 交交黄鸟,止于棘。[3]

郑玄比建安作者要早一两代,他的解释是:"黄鸟止于棘,以求安己也。此棘若不安则移。兴者,喻臣之事君亦然。"[4] 郑玄此说是否正确并非重点,我们应该注意的,是郑玄的解释与曹操《短歌行》中乌鹊择枝意象的暗喻内涵息息相通。这一意象有其黑暗的一面:如果君主恩待臣下,那么臣下就应该竭诚相报,死而后已。《黄鸟》接着写道:

> 谁从穆公?子车奄息。
> 维此奄息,百夫之特。
> 临其穴,惴惴其栗。
> 彼苍者天,歼我良人。

---

[1]《春秋左传正义》文公六年,卷十九,第313—314页。
[2]《毛诗注疏》卷六,第243页。
[3] 此处英译文以"交交"为鸟鸣声。也可据郑玄笺释,解为"飞而往来"之意。
[4] 毛传谓"黄鸟"为"兴",故郑玄对此进行解释。

> 如可赎兮，人百其身。

"百夫之特"的"特"字，在《柏舟》一诗中被释为"匹也"，[1] 郑笺释为"百夫之中最雄俊"。然而"特"原指公牛，尤其是祭祀时选做牺牲的公牛。如此一来，诗在被选作陪葬者的雄俊男子和被选为牺牲品的雄健公牛之间，建立起了令人不寒而栗的关系。

《黄鸟》共三章，分别哀悼兄弟三人，一一叫出他们的名字，并宣称人们愿意用百人性命相赎代之。诚如布莱恩·史密斯（Brian K. Smith）和温迪·多尼格（Wendy Doniger）所言："替代，用一个'再现/代表'（represents）了原物的物品取而代之，是牺牲的核心。"[2] 如果牺牲品实际上是祭祀者的替身，那么对牺牲品做出进一步的代替从理论上来说也是可以接受的：以牛易人、以羊易牛、以泥羊易真羊，等等等等，以此而推。

但代替在这个例子中不被接受，因为殉葬者有名有姓，兄弟三人每人都有个体身份，被赋予了个人生命的尊严。三兄弟必须就死，因为他们是不可代替的。而借由明确表示秦人情愿代死，《黄鸟》一诗成为对兄弟牺牲的文字代替品。换言之，秦人借由创作这首诗表达赎回三兄弟的愿望，是对其现实中的无能为力的挽回与救赎。《黄鸟》是一首反仪式

---

[1]《毛诗注疏》卷三，第110页。
[2] Brian K. Smith and Wendy Doniger, "Sacrifice and Substitution," pp. 189, 194.

诗，因为所有的仪式都必须是可重复的，而这首诗却对三个独特的个人——称名列举，成为仪式的对立面。

对于后世来说，殉葬这种原始习俗非常令人困扰。郑玄在《黄鸟》笺中竭力抹煞秦穆公的罪责。毛传毫不含糊地说"以人从死"，郑玄却解释成"自杀以从死"。[1]司马迁也同样明确地将责任归于秦穆公，扩写了《左传》中"君子"的评价："死而弃民，收其良臣而从死。"[2]尽管如此，三兄弟"自杀"之说似乎早在西汉就已存在。匡衡向汉元帝上书，称"秦穆贵信，而士多从死"。[3]如果匡衡似乎在暗示很多臣子为秦穆公自杀是在履行他们发过的一般性的忠君之誓，那么学者应劭，应场的伯父，在为这段话作注时，则为我们提供了三兄弟在一个非常具体的场合所发的誓言：

> 秦穆公与群臣饮酒，酒酣，公曰："生共此乐，死共此哀。"于是奄息、仲行、针虎许诺。及公薨，皆从死，《黄鸟》诗所为作也。[4]

这段话的重点在于，一个在酒酣时随意发出的承诺居然会被不惜一切代价地兑现。而且值得注意的是，这是在酒宴的语

---

[1]《毛诗注疏》卷六，第243页。
[2] 见《史记》卷五，第195页。
[3]《汉书》卷八十一，第3335页。
[4]《汉书》卷八十一，第3336页。扬雄也提到了这个故事："或问'信'。曰：'不食其言。''请人。'曰：'晋荀息，赵程婴、公孙杵臼，秦大夫鑿穆公之侧。'"见《法言义疏》卷十五，第395页。

境里发生的,再次展示宴会对形成关系纽带的作用,即使这些关系可以是致命的。

3世纪初期,《黄鸟》对一个强烈关注主臣关系的群落来说带上了特殊的意义,这是一个很有意思的现象。是以人为殉还是自杀从主,这两个解读是王粲、曹植、阮瑀诗的核心。在三人当中,阮瑀诗对秦穆公的批判最明确直接:[1]

> 误哉秦穆公,身没从三良。
> 忠臣不违命,[2]随驱就死亡。[3]
> 低头窥圹户,仰视日月光。
> 谁谓此可处?[4]恩义不可忘。
> 路人为流涕,黄鸟鸣高桑。

首句开门见山指出秦穆公以三良为殉是一个错误,但三良太忠诚,所以不肯违命,"随驱"明白表示三兄弟是受到驱使而非自愿从死。第五、六句扩写了《黄鸟》的第四联"临其穴,惴惴其栗",形容三兄弟见到墓室时的恐惧。郑玄为了减少这两句的悲惨,将"惴惴其栗"解释为秦人的反应而非殉葬者的反应,但阮瑀这两句将三兄弟俯视墓室之黑暗

---

[1]《先秦汉魏晋南北朝诗·魏诗》卷三,第379页;《艺文类聚》卷五十五,第992页。
[2]《艺文类聚》"违"作"达",则此句就意味着忠臣不识天命,成为诗人对忠臣毫不反抗而随顺就死的批评。
[3] 逯钦立《先秦汉魏晋南北朝诗》中"驱"作"躯"。
[4]"此"指墓穴。

与仰观日月之光对比，重现了原诗悲哀与恐惧的悲剧效果。

王粲诗在情感上要模棱两可得多：[1]

> 自古无殉死，达人共所知。
> 秦穆杀三良，惜哉空尔为。
> 结发事明君，受恩良不訾。
> 临殁要之死，焉得不相随？
> 妻子当门泣，兄弟哭路垂。
> 临穴呼苍天，涕下如绠縻。
> 人生各有志，终不为此移。
> 同知埋身剧，心亦有所施。
> 生为百夫雄，死为壮士规。
> 黄鸟作悲诗，至今声不亏。

这首诗千回百转，充满了内在矛盾。首联批判以活人为殉的残忍，次联将罪责完全归于秦穆公，悲叹这一残忍行为毫无意义。但接下来的两联似乎是对秦穆公"杀三良"的某种抵消，在表面上给了三兄弟一个选择：君王"要之死"（邀请/要约）——虽然在这种情况下三兄弟实际上别无选择，只能"相随"。在这首诗里，三良自己下窥墓穴被诗人移置于他们的家人。如此一来，王粲淡化了死亡的恐怖，突出了三良的英勇决心：他们义无反顾，没有为家人的哭泣所

---

[1]《文选》卷二十一，第985—986页。

动("终不为此移")。三良被赋予了尊严甚至某种主动性,这与前面的反问句"焉得不相随"传达出来的无奈有所抵触,也不符合"秦穆杀三良"这样简单生硬的宣言。这首诗的含混情感一直保持到最后两句:《黄鸟》作为"悲诗",削弱了诗人对三良的赞美。

曹植诗与王粲、阮瑀二人的形成鲜明对比。他开宗明义,提出"忠义"的重要性,接下去毫不含糊地把三良之死描写为自杀从主:[1]

> 功名不可为,忠义我所安。
> 秦穆先下世,三臣皆自残。
> 生时等荣乐,既没同忧患。
> 谁言捐躯易?杀身诚独难。
> 揽涕登君墓,临穴仰天叹。
> 长夜何冥冥?一往不复还。
> 黄鸟为悲鸣,哀哉伤肺肝。

曹植从公子而非臣下的视角出发认同"自杀"说并不奇怪,第三联甚至直接呼应了应劭版本中秦穆公"生共此乐,死共此哀"的话言。三良的自我牺牲把主动性还给臣下,也卸除了秦穆公的全部责任。

如果说牺牲的关键在于替代,那么一个自杀殉葬者就

---

[1]《文选》卷二十一,第986—987页。

完全改变了游戏规则：这里没有替代可言，因为祭祀者与牺牲品合而为一了。如史密斯与多尼革所说："自我牺牲是一切牺牲的终极范式，故此一个人奉献出来的任何祭品都是自我牺牲的替代品。在各种牺牲中，自杀的牺牲者是最不具备象征意义的，因为在这一情况里象征符号代表了它自己。"[1] 如果牺牲可以被定义为"放弃某物以得到价值更高的某物作为回报"，那么自杀的牺牲者所能得到的更高价值的东西又是什么呢？是荣誉——遵守诺言的名声。更重要的，是在一个交换关系中履行了个人的义务；在对三良故事的"自杀"解读里，是一个人牺牲自己的生命以满足他人的要求。

结　语

本章探讨 3 世纪初期群落的构成，一方面通过在书写中的表演得以实现，另一方面也在书写中显现出来。这里所说的群落并非"文学集团"，而是一个社会政治性的集体，其聚合既是出于文化追求，也是为了政治目标。

传统文学史叙事基本遵循曹丕充满怀旧情绪建构出来的建安诸子"死亡诗社"，但我们必须超越这个被整整齐齐划分出来的"文学集团"，看到真正的社会群落建设范围远远超出了一小部分"作家"，而是包含了很多著名的谋士和将领，他们受到曹氏家族所提供的官职、封土和庇护的吸

---

[1] Brian K. Smith and Wendy Doniger, "Sacrifice and Substitution," pp. 190–191, 189.

引,团结在名义上是宰臣但实质上早已是皇族的曹氏周围。即使是团体中最有文采的臣子,也绝不仅是在"私人"的或者"闲暇"的时间框架里以其华美文辞陪年轻主公消遣并提供自娱的"文人/诗人/文学侍从";相反,他们是在为曹魏政权做着极为重要的文化与政治工作。汉朝是中国古代第一个延续了四个世纪之久的大一统帝国,支配着此后一切帝国的文化与政治想象;曹魏王朝想要称得上是大汉帝国的继承者,确实有许多工作要做。

在这个群落中,最核心的关系是主公与臣僚的关系。通过本章的探讨,我们应该可以看出,主臣之间存在着复杂和微妙的权力动态,并不是简单的从上到下行使单方面的绝对权威。虽然臣下必须致敬主公,但主公依赖臣僚的程度绝不次于臣僚依赖主公;而且,这里总是存在着相互竞争较量与相互调和妥协的不同的权力来源。[1]诚如约翰·亚当森(John Adamson)所言,我们对待宫廷政治,最好不是把它看成"对君王命令的一系列回应",而是看成一个过程,一个"专制的甲壳之下如何掩藏着各种各样既互补又相互竞争的

---

[1] 曹操在杀掉东汉大臣杨彪(142—225)之子杨修后,曾送给杨彪丰厚的礼物和一封表示抚慰的信,说明他清楚地意识到了在自己的政治权威和世家旧族的威望之间微妙而脆弱的平衡。参见笔者在《物质交换与象征经济》中的讨论。曹丕写给繁钦的信不仅体现了他与臣僚的竞争,也体现了他与自己父亲的竞争。曹丕的母亲卞夫人(161—230)是当时的另一个次等权力源,她在杨修死后给杨彪夫人寄送的书信和礼物说明了她在曹魏政权里扮演了一个活跃的角色。即使在曹操去世后,她仍在继续影响朝政,以至于曹丕不得不在222年下诏曰:"群臣不得奏事太后。"这足以显示出他与自己母亲争夺控制权的程度。《三国志》卷二,第80页。

'权力门厅'的过程"。[1] 曹丕、曹植著名的兄弟相争，不过是政权中心复杂权力关系的又一写照。

主臣之间复杂的关系经常用欲望的语言加以表现，尤其在诗歌之中更是如此。这种欲望的和亲密的语言是泛化的，可以用于任何两个关系密切的人，无论夫妻、兄弟、朋友，还是主臣。当我们把下面这两首诗放在一起读的时候，很难不注意到二者的相似之处：

> 秋日多悲怀，感慨以长叹。
> 终夜不遑寐，叙意于濡翰。
> 明灯曜闺中，清风凄已寒。
> 白露涂前庭，应门重其关。[2]
> 四节相推斥，岁月忽已殚。
> 壮士远出征，戎事将独难。
> 涕泣洒衣裳，能不怀所欢。
>
> 惨惨时节尽，兰叶凋复零。
> 喟然长叹息，君期慰我情。

---

[1] John Adamson, *The Princely Courts of Europe*, p. 17.
[2] 第三、四联"明灯"（六臣本《文选》作"镫"）云云可能是诗人想象曹丕之所在，未必是对诗人自己住处的描写。"闺中"与《离骚》相应："闺中既以邃远兮，哲王又不寤。"3 世纪的读者对王逸注应该是很熟悉的："言君处宫殿之中，其闺深远。"《楚辞补注》卷一，第 34 页。"应门"指宫门。《诗经》毛传："王之正门曰应门。"《毛诗注疏》卷十六，第 549 页。

> 展转不能寐，长夜何绵绵。
> 蹑履起出户，仰观三星连。
> 自恨志不遂，泣涕如涌泉。

两首诗都描写了一年将尽的时候，呼应了也增添了人心的愁思，而且两首诗中的主人公都无法入睡（在当时是常见主题）。[1]诗篇充满了长叹与涕泣，充满对"所欢"与"慰我情"之人的深切渴望。如果说叙意于一支蘸湿的毛笔听起来像是男性化的手势，那么恨志不遂也不像是出自女子之口的怨言。

上面第一首诗作题为《赠五官中郎将》，是刘桢写给曹丕的诗。[2]第二首诗作是徐幹的作品，在1540年本《玉台新咏》中题为《杂诗》。[3]《玉台新咏》是以女性读者为对象的诗歌集，徐幹此诗既选入《玉台新咏》，便带上了一层女性色彩，很多注家都认为此诗是以女性口吻创作的。[4]但事

---

[1] 见宇文所安在《中国早期古典诗歌的生成》(*The Making of Early Chinese Classical Poetry*, pp. 94—101) 中有关"长夜无眠"的论述。

[2] 《先秦汉魏晋南北朝诗·魏诗》卷三，第370页。对这组诗的讨论详见吴伏生《〈与君共翱翔〉》("'I Rambled and Roamed Together with You'")，第619—633页。

[3] 《先秦汉魏晋南北朝诗·魏诗》卷三，第377页。又见徐陵，《玉台新咏会校》，第111页。刘节《广文选》亦作《杂诗》，见《先秦汉魏晋南北朝诗·魏诗》卷三，第376页。

[4] 韩格平，《建安七子诗文集校注译析》，第352—353页；徐幹，《徐幹集校注》，第400—401页。1633年的《玉台新咏》赵均本将此诗与其他几首诗放在《室思》题下。见徐陵，《明小宛堂覆宋本玉台新咏》，第13页。"室"本身是中性词，但当这些诗作被收入以爱情和女性生活为主题的《玉台新咏》中时，"室"也就带上了更强烈的女性色彩。

实上却并不见得如此。就像《古诗十九首》里的很多诗那样,这首诗使用的是一种共通的欲望的语言,其中某些比喻和意象本来并没有性别限定,到了后来才被赋予了特定的性别属性。换句话说,虽然对于现代读者来说,有些表现或姿态听起来像是女性的,但其自身却并没有性别标志,所谓女性化的认知是后起的,不符合历史实际的。[1]

这种被普遍化的欲望语言,有时让现代读者把某首诗误读为女性或男性口吻的作品,但也使得感情的描述变得更微妙。下面,我们将用两首充分体现主臣之间复杂关系的诗结束本章。虽然这两首诗毫无疑问地有着密切关联,我们却无法确认其创作时间的先后。它们错综复杂的呼应是一个非常新鲜的现象,甚至可以说在古典诗歌的早期历史中是独一无二的。两首诗都收入《文选》,但在不同的部分出现,编者似乎没有意识到它们之间的关系。[2]

我们先看一下曹植的《赠王粲》,收录于《文选》"赠答"类:[3]

端坐苦愁思,揽衣起西游。

---

[1] 这与南朝乐府的情况很相似。很多乐府可能是女性演唱的,也可能是男性演唱的,但现代学者大都将其定位为"女性之歌",因为他们认为其中的某些情感,特别是深情思念、哀伤,还有绝望,都是"女性"的。参见《烽火与流星》第七章"表演女性:吴声与西曲"一节对此现象的论述(*Beacon Fire and Shooting Star*, pp.269–275)。
[2] 这似乎可以作为《文选》出自众手、非一人所编的一则证据。
[3] 《文选》卷二十四,第1120—1121页。

> 树木发春华，清池激长流。
> 中有孤鸳鸯，哀鸣求匹俦。
> 我愿执此鸟，惜哉无轻舟。
> 欲归忘故道，顾望但怀愁。
> 悲风鸣我侧，羲和逝不留。
> 重阴润万物，何惧泽不周？
> 谁令君多念，自使怀百忧。[1]

李善注谓"孤鸳鸯"指王粲。后世鸳鸯成为了男女爱情的象征，但在早期古典诗歌中经常用之比喻兄弟或好友，[2]所以孤鸳鸯"哀鸣求匹俦"在一首友情诗中并不奇怪，但"我愿执此鸟"就有些令人困扰了。换句话说，这首诗的主人公显然无意以鸟自喻，没打算自比为"孤鸳鸯"的"匹俦"，而是固执地保持着人类的身份。如果考虑到建安时代的很多诗篇都以化为飞鸟高飞远去的愿望作结，这里的"执此鸟"就更加显眼了。

诗中的主人公本来是为了消除烦恼而出游，但最后还是"顾望但怀愁"。这很可能是因为他既不能"执此鸟"，又不能"归"，进退两难，不知何去何从。但诗的最后四句笔锋一转，形容主公恩泽的广大周全，让我们不由得想起王粲

---

[1] 此句一作"遂使怀百忧"，见《先秦汉魏晋南北朝诗·魏诗》卷七，第451页。
[2] 如嵇康写给兄长嵇喜的诗，见《先秦汉魏晋南北朝诗·魏诗》卷九，第482页。

《公宴诗》开篇的"昊天降丰泽,百卉挺葳蕤"。然后,他直接转向王粲,劝他不要"多念""怀百忧"。如果我们不把王粲诗拿来对看的话,这两句就未免有些突兀。

王粲诗题为《杂诗》,收录于《文选》"杂诗"类:[1]

> 日暮游西园,冀写忧思情。[2]
> 曲池扬素波,列树敷丹荣。
> 上有特栖鸟,怀春向我鸣。
> 褰衽欲从之,路险不得征。
> 徘徊不能去,伫立望尔形。
> 风飙扬尘起,白日忽已冥。
> 回身入空房,托梦通精诚。
> 人欲天不违,何惧不合并?

具有反讽意味的是,王粲诗和曹植诗在《文选》中偏偏就是"不合并"的,唐代的注家,无论李善还是五臣,也似乎都没意识到这两首诗是一对。直到数百年后这两首诗才得以"合并",但问题也还是没有解决。刘履、吴淇认为王粲诗是回答曹植的,[3] 近现代学者黄节和韩格平则认为曹植诗是回答王

---

[1]《文选》卷二十九,第1359页。
[2] 此句一作"写我忧思情"。
[3] 见《王粲集注》,第187—188页。这可能是因为曹植诗在《文选》里题为《赠王粲》之故。但在抄本文化中,诗题的流动性极大;而且,即便我们假设题目原来如此,其创作机缘也还是存在着各种可能性。比如说,王粲有可能先写了他的诗,不一定是"赠曹植"的,写的时候也不一定想到曹植,而曹植在看到之后,写了这首诗劝慰王粲。

粲的。[1]孰先孰后可能永远无法确定，但对于我们的讨论来说，次序还是重要的，因为无论把哪一首视为先写下来的赠诗，另一首就变成了"答诗"，自然会影响到我们对它的解读。有一件事可以肯定：这两首诗几乎是逐联互相呼应，联系非常紧密，如黄节所说，其手法类似于"拟"。[2]但这样逐句逐联呼应的写法在现存早期古典诗歌中极为罕见，最早的例子是陆机的《拟古诗》，而那是半个多世纪后才出现的。[3]这里我们要再提一个也许无法回答的问题：一首诗对另一首诗在前十二句中的重复，究竟意味着诗人是在用另一位诗人的口吻写作呢？还是因为他与朋友感同身受，所以写下类似的词语？

　　无论我们如何理解这两首诗，其中飞鸟的形象都非常关键。鸟是比喻性的，对比阅读的时候其比喻性质尤其明显。在王粲诗中，飞鸟独栖，"怀春向我鸣"，他的回应则是"褰衽欲从之"，亦即化身为鸟，随之远走高飞，这种欲望在建安诗歌中是很常见的。在开花的树上独栖的鸟代表了曹植还是其他人？我们不得而知。我们只知道曹植诗中的鸟不是在树上而是在池中，一边哀鸣一边寻求"匹俦"（而不是"向我鸣"）；而诗人也没有表达和鸟儿一起飞走的常见愿望，而是想要"执此鸟"，"执"字有"拿在手中""捕捉""控制"之意，都令人感

---

[1]《曹子建诗注》，第33—34页；韩格平，《建安七子诗文集校注译析》，第256页。
[2]《曹子建诗注》，第34页。
[3] 黄节认为"建安诸子为诗，往往互相奉拟，不独此篇矣"，但事实上在建安诸子的现存作品中，我们找不到另外的这样一对诗——一首对另一首做出逐行的模拟。

到不安。[1]曹植的诗为王粲诗增加了一个复杂的维度，也诱人地指向与当时政治形势有关的众多阐释可能，譬如曹植为了与曹丕争夺权位而对贤才与盟友进行的热烈追求。[2]

* * *

217年王粲在随曹操征吴途中病逝。其后，王粲的两个儿子牵连进反对曹氏的密谋，于219年秋被曹丕下令处斩。当时曹操在外出征，回来后听说此事，叹息道："孤若在，不使仲宣无后。"[3]当时，刘廙之弟刘伟也被牵连其中，与王粲同传的刘廙依照法律也在当诛之列，但得到了曹操的特赦。这不禁让人怀疑曹操是否确实无法救下王粲之子，还是说他的叹息遗憾只是表演而已。

当然了，这个故事也许只是传说，为了显示曹操的宽仁与曹丕的无情。但无论如何，《三国志》王粲传的最后一句称其"后绝"，这和传记开篇时对王粲高贵出身的铺叙形成了鲜明的对比。旧日的汉朝贵族，如果无法很好地服务于曹氏家族的目的，是可以弃之如敝屣的，孔融、杨修以及王粲的儿子们都是如此。曹丕对其亡友的感伤从未影响到政治，而如此看来，他的感伤本身也就是政治。

---

[1] 黄节对"执"字甚感不安，以至于做出相当牵强的解读，把"执此鸟"与《礼记》的"执友"相联系，认为曹植此句意味着"愿与为同志也"。《曹子建诗注》，第33页。
[2] 吴淇认为曹植"有罗致群彦以为羽翼之意"，见氏著《六朝选诗定论》，第122页。
[3] 《三国志》卷二十一，第599页，裴松之注。

第二部

铜雀

第三章 南方视角
「扇的书写」

引言：南方视角

在魏、蜀、吴三国鼎立时期，曹魏在标准的文学史叙述中向来得到最多的关注。打开任何一本典型的中国文学史，我们会发现，吴、蜀两国的文化生产基本上不被提及。这些文学史基本上是对三个政治时期的文学作品的线性叙述：东汉的建安，曹魏的正始（240—249），西晋的太康（280—289）；其中，少数几个群体，也即三曹、七子、竹林七贤（尤其是阮籍、嵇康），构成了叙事的中心。但即使是三国中最弱小的蜀国，也不是没有自己的文化活动与一定程度的文学活动。至于吴国，情况就完全不同了：根据《隋书·经籍志》与早期史料中的记载，吴国宫廷是有着数量相当令人瞩目的学者与作家的。[1]

尽管如此，5、6世纪的主流文学观却基本上忽视了吴、蜀二国，把北方中原的魏国视为文学传统的正宗代表。南朝自视为晋朝的继承者，西晋代魏，又统一了中国；因而，南朝的文学观也受到正统与合法的政治观的影响。具有影响力的《文选》没有收录吴、蜀作家的任何诗赋，虽然很多吴国作家的别集在6世纪时都还存在。这种偏爱曹魏而忽视蜀吴的倾向，代表了长期以来对建安与曹魏作家的经典化过程之极点，这个经典化过程，如第一章所论，可以追溯到5世纪初。建安曹魏的经典化，在很大程度上导致了蜀、吴两国，尤其是吴国大多数文学作品的失佚，这进一步阻止了现代学者对3世纪文化生产全面的了解。现存的吴国作品只是当时文学生产的一小部分而已。吴国作家不仅撰写了大量注疏、子书、国史，还创作了很多严格属于美文传统的诗赋。

诚如学者法墨（J. Michael Farmer）所言，现代学者对曹魏文化与思想的重视"反映了也延续了对南方文化的传统偏见，造成了我们对早期中古精神史的扭曲与片面的认识"。[2] 在很多方面，我们如果抛开吴、蜀，也不能公允地评价曹魏的文化与文学生产。曹丕对品味的孜孜追求与压倒敌国的政治需要有很大关系。三国的统治者在政治合法性与文化优越性这两方面，进行过相当激烈的竞争，也经常刺激

---

[1] 关于吴、蜀，尤其是吴国的文学创作及其对我们更完整地认识3世纪文化生态的重要性，详见笔者《重造历史》（"Remaking History"）中的讨论（中文版见笔者《影子与水文：秋水堂自选集》一书）。

[2] J. Michael Farmer, *The Talent of Shu*（《蜀才》）, pp. 2—3.

彼此在文化事业方面确立优越的地位。

最明显的层面就是使者之间的相互斗智，有很多关于善辩的使者维护国家体面的故事。以口才知名的赵咨曾经得体地回答曹丕提出的种种尖锐问题，如"吴王何等主也？""吴王颇知学乎？""吴可征不？"之类。[1] 蜀、吴大臣如费祎（？—253）、诸葛恪（203—253）、薛综（？—243）曾用四言进行巧妙的对答。[2] 蜀国学者秦宓（？—226）曾对吴国使者提出的一系列难题，例如"天有姓乎"，做出机智的答复。[3] 当然了，这些口辩故事的风貌都要依据记载者的政治立场而定，不一定能准确反映当时的实况，但它们毫无疑问展示了这些记述对国家形象之话语建构的重要性。

在一个更微妙的层次上，魏、蜀、吴三国都希望被视为汉朝遗产的继承人。在蜀国和吴国，与汉代名门世族的关系构成了重要的文化资本，在列传中常被作为值得骄傲的背景而特意提及。[4] 吴国在其文化事业方面处在一个有利的

---

[1]《三国志》卷四十七，第1123—1124页。
[2]《三国志》卷六十四，第1430页；卷五十三，第1250页。
[3]《三国志》卷三十八，第976页。
[4] 举例来说，许靖（约150—222）是有知人之誉的东汉名士许劭（150—195）的堂兄，在蜀国地位极为崇高，据说诸葛亮见他都要下拜致敬。他的本传在《三国志·蜀书》中占据显著地位，虽然他除了"爱乐人物，诱纳后进，清谈不倦"之外，似乎并没有任何具体作为（《三国志》卷三十八，第967页）。在吴国，经学家程秉曾师事郑玄，吴主孙权对他非常尊敬，拜其为太子太傅（《三国志》卷五十三，第1248页）。北方世族的揄扬和认可常被拿来作为一个士人的文化价值的证明书，如吴人虞翻（164—233）曾把他的《周易》注疏寄给孔融，得到孔融回信赞美，此信被节录于《三国志》虞翻本传（卷五十七，第1320页）。

地位，尤其是在历史书写与仪典音乐建设方面足以与曹魏抗衡。吴国作者还撰写过各种南部风土记，表现出对南方地理风俗的兴趣，也记录了吴国的殖民探索。

重新考量三国时期的文化张力，还有一个更为重要的方面，那就是文本生产丰盛的吴国，为魏、蜀两国提供了另一种局外的、独特的视角。很多吴国作家都有社会政治性质的长篇书著，在其中对时事与人物做出敏锐的观察。负责外交事务的吴国大鸿胪张俨（？—266）曾在其《默记》中对蜀、吴官员做出比较分析，甚至还录有一篇诸葛亮（181—234）自己文集中遗漏了的奏表。最值得注意的是吴国无名氏作者撰写的《曹瞒传》，[1] 以出色的文笔，塑造了一个生动、复杂的曹操形象：狡诈，无情，但又极富个人魅力。裴松之的《三国志》注大量引用了《曹瞒传》，其中载有很多不见于其他史料的逸事，这些逸事中的曹操形象，聪明机智，充满戏剧性，又非常亲切随和，可以在和客人一起吃饭时开怀大笑到把脸埋进食物，与此同时却又阴险残忍，让人不寒而栗——严肃的曹魏正史是不可能如是描述他们王朝的始祖的，但这些逸事却对后世文学作品中曹操形象的塑造起到了决定性的作用。

对曹魏政权的外人视角，在陆机（261—303）、陆云（262—303）兄弟身上得到了登峰造极的体现。陆氏兄弟来

---

[1] 参见柯睿在《曹操的形象》(Paul Kroll, *Portraits of Ts'ao Ts'ao*, pp. 122-126, 271-279) 中对此做出的讨论。

自吴地高门,是吴大帝孙权之兄、孙吴始创者孙策(175—200)的曾外孙。280年晋灭吴,他们在家中隐居十年之后才北上洛阳入仕晋廷。在北方,尽管他们的文学才华得到了广泛的赞赏和仰慕,但他们被视为外来者,自己对此也有非常敏感的意识。兄弟二人都有强烈的南方认同,但又深为北方文化尤其是曹魏文化遗产倾倒。两兄弟里,陆机无疑是更有创新性的作家,对南朝诗歌产生了深远的影响。在早期中古时代,他一直被视为建安之后最重要的诗人。与北方诗人傅玄(217—278)、张华(232—300)相比,虽然傅、张两位也都是3世纪晚期文坛的重要人物,但陆机的独特之处就在于他把自己的南方身份带入了北方诗歌,为北方文学传统带来了只有一个"外来者"才能带来的改变。

本章重点探讨陆机对曹魏文化遗产的保存与变形。这一南方视角是中国文学史中关键的一环:一方面,当时受到曹氏家族喜爱但还属于低俗文类的五言诗,在陆机笔下达到了新的文学高度;另一方面,陆氏兄弟创造了不少历久弥新的诗歌象喻与叙事结构,它们构成了后世建安想象与三国故事的基本框架。因此,本章题目一语双关:作为魏朝文化遗产的热烈爱好者(fan),陆机的诗作体现了不少现代同人文学(fan literature)的特征;同时,他也用羽扇(fan),一件南方物品,比喻了北上的南方才子。[1]

---

[1] 译者注:英文fan具有扇子与热烈爱好者的双重含义,因此本章标题"Fan Writing"既意味着"扇的书写",也可理解为"同人写作"。

羽 扇

当时北方常用的扇子一般是方形或圆形的,为竹与帛所制。吴国的扇子却有不同的形状和质地,常由鸟羽例如鹤羽做成。晋灭吴之后,羽扇这种吴国的地方特产在北地洛阳成为时髦的装饰品,很多北方作家为它作赋,把它作为来自新征服领土的、带有异域情调的方物来描写。如傅咸(239—294)《羽扇赋》序所云:

> 吴人截鸟翼而摇风,既胜于方圆二扇,而中国莫有生意。灭吴之后,翕然贵之。[1]

在北方贵族的相关赋作中,我们经常能在他们对羽扇的揄扬中体会到一丝纡尊降贵的轻蔑之意,如嵇含(约262—约303)《羽扇赋》序:

> 吴楚之士多执鹤翼以为扇。虽曰出自南鄙,而可以遏阳隔暑。昔秦之兼赵,写其冕服,以□侍臣。大晋附吴,亦迁其羽扇,御于上国。[2]

潘尼(约250—约311)说得更直接:"始显用于荒蛮,

---

[1]《全晋文》卷五十一,第1752页。
[2]《全晋文》卷六十五,第1830页。□代表缺文。

终表奇于上国。"[1]羽扇乃鸟羽所制,它自身也像飞鸟一样,扶摇直上社会等级的青云梯。

潘尼勾勒出来的羽扇的旅程,与南方精英入仕晋廷的过程有相似之处。3世纪80年代中期,吴国宦家之后华谭(约250—约324)被举为秀才,到洛阳应试。晋武帝亲出试题。其中一题问的是晋灭蜀之后,蜀人顺服,而吴人却经常作乱,这是否因为"吴人轻锐,难安易动乎"?又该如何安抚?华谭承认吴人"轻悍",他提出的一个建议是,"先筹其人士,使云翔阊阖",亦即把吴国人才纳入朝廷。[2]

陆机、陆云兄弟便在这些"云翔阊阖"的吴国人才之列。像羽扇一样,他们于289年北上洛阳,迎接他们的既有真诚的爱慕赞赏,也有毫不掩饰的敌意和对他们这些"亡国之余"的蔑视。[3]关于陆氏兄弟与北方精英的敌对、南北之争、陆机作品中表现出来的地方意识等话题,学界已多有探讨。[4]这些研究成果有助于我们理解一个新统一帝国中的

---

[1] 《全晋文》卷九十四,第2000页。此作题为《扇赋》,但显然是专门写羽扇的。同时代人张载(约250—约310)也写过一篇《羽扇赋》,现仅存残篇,未及写到羽扇来历,见《全晋文》卷八十五,第1949页。
[2] 《晋书》卷五十二,第1450页。
[3] 这两种态度都可以在《晋书·陆机传》中看到。大臣张华非常看重陆氏兄弟,但驸马王济却对他们不屑一顾,这位王济还曾当面说华谭是"亡国之余"(《晋书》卷五十二,第1452页)。王济之父王浑参与征吴之役,灭吴后在吴宫饮酒作乐时也曾如此称呼吴人(《晋书》卷五十八,第1570页)。
[4] 如林文月《潘岳陆机诗》、佐藤利行《西晋文学研究》、唐长孺《读〈抱朴子〉》、康达维(David R. Knechtges)《柑橘》("Sweet-peel Orange")。

地方身份问题，当时有多种不同的社会势力在相互竞争与较量。但是，强调3世纪的南北文化张力，也难免会让我们忽略历史的另一面：陆氏兄弟对北方文化，从历史、建筑到音乐，都抱有强烈的兴趣。北方精英视他们为"外来者"，而在他们眼中，北方也同样是"外国"，既有异国的疏远，也有异国的新鲜，带来无穷的兴奋，也提供了无限的灵感。

陆机在北方创作了很多作品，其中就有一篇《羽扇赋》。赋中捍卫了羽扇的价值，抨击了北方贵族对南方羽扇的轻视。字里行间，不难看出羽扇是作者自身的写照。[1]作为北方文化的景仰者，陆机既是羽扇（fan）又是"粉丝"（fan）：他翔入"上国"，为其所见所闻心醉神迷。陆机确实有"南方意识"，但本章希望提醒读者注意的，是陆氏兄弟对北方文化的向往，特别重点探讨陆机的"北方书写"，也即他诗中对北方文化的微妙感情以及对曹魏王朝怀旧之情的书写。吴、魏二国对峙了相当长的一段时间，但吴与魏最终都为西晋所灭，陆机对曹魏旧日光荣的怀念，似乎也寄托着

---

[1] 参见康达维在《南金》（"Southern Metal"）一文中对此赋的讨论。吴国作家闵鸿（约240—约280）也写过一篇《羽扇赋》，见《全三国文》卷七十四，第1452页。闵鸿曾仕吴，吴亡后不肯出仕。他在赋作中把羽扇和高贵的白鹤紧密结合在一起。此赋是否是晋灭吴后的作品，现在已不可确知。如果写于晋灭吴之前，这篇赋就不免带上预知的色彩，不过扇赋本来就有悠久的传统。如果写于晋灭吴之后，我们可以看到强烈的地方自豪感，南北文化冲突在战争结束后依然延续。闵鸿与陆氏兄弟并不陌生：陆云还是孩童时曾见过闵鸿，闵鸿赞美他"若非龙驹，当是凤雏"。见《晋书》卷五十四，第1481页。参见笔者《重造历史》一文中对闵鸿赋的讨论。

某种个人的亡国之悲。陆机是第一位将三国浪漫化的诗人，也创造出了三国想象的核心意象——铜雀台。事实上，陆机自己的文学盛名，在很大程度上，根源于他对魏国的音乐与文学遗产的严肃投入。

洛阳记

南方精英，包括陆机、陆云兄弟，自称是北方先祖的后代。[1]比这种想象的血统更重要的是他们与北方共享的文化遗产，其中心在东周和东汉的首都——洛阳。

在当时，除了长安之外，能引起陆氏兄弟如此惊叹、仰慕和怀旧之情的城市，也只有名都洛阳。陆氏兄弟在亲眼见到这座都市之前，一定早就在很多书中读到它，也听很多人谈起到它。爱德华·吉本（Edward Gibbon，1737—1794）在回忆自己的第一次罗马之旅时写道："时隔二十五年，我仍然无法忘记，更无法形容，我初次临近和踏入那座永恒之城时感到的震撼。在彻夜无眠之后，第二天以高昂的步伐踏上已成废墟的广场。罗穆罗斯曾经站立过、塔利曾经演讲过、恺撒曾经倒下过的处所，这些可歌可泣的场地，现在全都历历在目。"[2]吉本的话很好地形容了一个读者在终于亲眼看到阅读对象时的激动之情。

---

[1] 陆云《祖考颂》是典型的例子，见《陆士龙文集校注》，第881—885页。参见康达维《柑橘》一文对此的讨论（"Sweet-peel Orange," pp. 42-45）。
[2] Edward Gibbon, *The Autobiographies*, p. 267.

遗憾的是，我们并没有陆氏兄弟初入洛阳时第一印象的记述。陆机的名句，"京洛多风尘，素衣化为缁"，经常被人引用，来说明他对帝国中心名利场的厌恶。[1]但在一首乐府诗《君子有所思行》里，诗中主人公从山上俯瞰名都的繁华，他的情绪是很复杂的，既有向往，也有不安：[2]

> 命驾登北山，延伫望城郭。
> 廛里一何盛，街巷纷漠漠。
> 甲第崇高闼，洞房结阿阁。
> 曲池何湛湛，清川带华薄。
> 邃宇列绮窗，兰室接罗幕。
> 淑貌色斯升，哀音承颜作。
> 人生诚行迈，容华随年落。
> 善哉膏粱士，营生奥且博。
> 宴安消灵根，酖毒不可恪。
> 无以肉食资，取笑葵与藿。

洛阳的北山也即著名的北邙，东汉魏晋的王公贵族都埋葬于此。这一视角为都市繁华投下阴影，也为诗中后半的黑暗警告做出铺垫。

这首乐府诗的开篇呼应了两首前人的诗作，其一是东

---

[1] 诗题为《为顾彦先赠妇诗》，见《先秦汉魏晋南北朝诗·晋诗》卷五，第682页。顾彦先也是吴人。
[2] 《文选》卷二十八，第1302页。

汉梁鸿的《五噫之歌》：[1]

> 陟彼北芒兮，噫！
> 顾览帝京兮，噫！
> 宫室崔嵬兮，噫！
> 人之劬劳兮，噫！
> 辽辽未央兮，噫！

另一首是曹植的《送应氏》其一，诗的开篇同样描写了登高望远，但看到的是被战火焚烧殆尽的洛阳：[2]

> 步登北邙阪，遥望洛阳山。
> 洛阳何寂寞，宫室尽烧焚。

陆机对前人诗句的呼应表现了他对北方文学传统的熟悉，也体现了他对登北邙望洛阳主题的创新。

陆机的洛阳既是现实中的城市，也是来自文学文本的语言和意象的城市，一个充满回声的场所，南北共享的文化记忆在这里随处可以见到痕迹。陆机于298年任著作郎时撰《洛阳记》，[3] 其全文已佚，只有佚文保存于注疏、类

---

[1]《先秦汉魏晋南北朝诗·汉诗》卷五，第166页。
[2]《先秦汉魏晋南北朝诗·魏诗》卷七，第454页。《文选》版"北邙"作"北芒"。
[3]《册府元龟》卷五六〇，第6730页："陆机为著作郎，撰《洛阳记》一卷。"又见陆机年谱（《陆士衡文集》，第1416页）。

书中。[1]尽管如此,我们对原作的规模还是能略见一二。

《洛阳记》可能是以叙述洛阳的起源与城市的当前范围开篇的:"洛阳城,周公所制,东西十里,南北十三里。"[2]之后,陆机描述了各个城门,指出其值得注意之处。[3]他描述了洛阳城中主要的宫殿建筑群及其以云母为窗的楼阁台观。[4]他记述了城内重要的文化遗址,比如灵台与太学。陆机如数家珍地描写公元175年在太学竖立的石经:"本碑凡四十六枚,西行,《尚书》《周易》《公羊传》十六碑存,十二碑毁……"[5]洛阳夹植榆槐的大道给陆机留下深刻的印象:"宫门及城中大道皆分作三,中央御道,两边筑土墙,高四尺余,外分之。唯公卿尚书章服道从中道,凡人皆行左右,左入右出。"[6]洛阳的大道几乎肯定要比吴国都城建邺宽广得多。[7]陆机还提到洛阳的公共空间,例如繁华的"三市",或著名的铜驼街,那里是洛阳时髦少年的聚集之地。[8]

---

[1]《陆士衡文集》(第1287—1294页)、《陆机集》(第183—185页)均有残句辑佚,但两者都不完整。本章尽量引用早期文本来源而非现代别集版本。

[2]《艺文类聚》卷六十三,第1133页。学者史为乐认为,陆机这里所记载的洛阳城规模,意味着包括了洛阳城的周边地区,不仅仅是城墙之内的城池。见史为乐,《陆机〈洛阳记〉》,第28—32页。

[3]《太平御览》卷六十八,第452页保存了有关宣阳门冰室的记载。

[4]《艺文类聚》卷六十三,第1134页。

[5]见《后汉书》李贤(654—684)注,卷六十下,第1990页。

[6]《太平御览》卷一九五,第1070页。

[7]建邺成为东晋都城后改名建康,其城市设计曾因道路曲折迂回而为人所诟病,见《世说新语笺疏》卷二,第156页。

[8]《太平御览》卷一九一,第1054页;卷一五八,第899页。

此外还有洛阳被划分为"里"的住宅区,其中步广里乃郡邸之所在。[1] 陆机的描述似乎不止于城内,还包括了洛阳近郊各处,例如城东南五十里左右的嵩高山。[2]

在《洛阳记》里,陆机常把现实中的物质的城市和文字书写中的城市进行比较和验证:

> 吾常怪谒帝承明庐,问张公,张公云:魏明帝在建始殿,朝会皆由承明门。然直庐在承明门侧。[3]

"谒帝承明庐"是曹植《赠白马王彪》的首句,[4]"张公"即是以博学著名也对陆氏兄弟赏爱有加的大臣张华。

《洛阳记》不是洋洋巨著,[5] 但它是现存最早的一部对洛阳的记录,那个时代的地理著作还大多限于对作者故土或是遥远异域风物的记述,《洛阳记》却与此不同[6]:陆机对洛

---

[1]《太平御览》卷一八一,第1009页。
[2]《文选》卷十六,第731页,李善注。
[3]《文选》卷二十一,第1016页;卷二十四,第1123页。后者引文作:"魏明帝作建始殿。"这也许是传抄之误,因曹丕在位时建始殿就已在使用中,见《三国志》卷二,第76页,裴松之注。建始殿属于洛阳城北的宫殿建筑群。
[4]《先秦汉魏晋南北朝诗·魏诗》卷七,第453页。
[5] 据《隋书·经籍志》记载,《洛阳记》只有一卷。见《隋书》卷三十三,第982页。
[6]《隋书》卷三十三,第982—987页。在陆机《洛阳记》之前,《隋书》还记录了一部四卷本的《洛阳记》,无作者名。一般来说《隋书·经籍志》按照年代顺序排列,但失名作品也可能被排在同类作品之首。在这种情况下,无名氏《洛阳记》可能是华延俊所作,他的(转下页)

阳当然不可能像土生土长的本地人一样熟稔，他的兴趣完全是一个外来者和访客的兴趣，但他却又通过阅读对洛阳有很多了解，这座古老城市在他看来想必既陌生而又亲切。我们知道陆机曾计划写赋描写三国都城，但据说在看到曾被他称为"伧父"的左思（约250—约305）所写的《三都赋》之后就搁笔了。[1]《洛阳记》也许是这个流产了的写作计划的副产品？抑或只是陆机对洛阳城爱慕之情的文字记录？——他在给弟弟陆云的信中经常如数家珍地罗列洛阳的种种奇观。无论如何，他虽然没有像奥古斯坦时代的作家普罗佩提乌斯（Propertius）那样宣称"我将在忠诚的诗句里建筑城墙"，但他确如贺拉斯（Horace）所言，"建立了一座比青铜要更持久的丰碑"。洛阳大道的铜驼已不复存在，但陆机用文字建立的洛阳城却依然保存着它的残垣断壁，昭示着一个南方人对北方名都的向往之情。我们在其中似乎听到了西塞罗（Cicero）赠给瓦罗（Varro）的话："我们在自己的城池中是游子，像陌生人那样漂泊流荡，您的著作却带领我们重新回家，让我们终于认识到自己是何许人也，又是身处何地。"[2]

（接上页）《洛阳记》在注疏、类书中曾被多次征引，大约于南宋时亡佚。其中有佚文提到晋元帝（317—323在位）南渡，所以华延俊想必是东晋或东晋以后的人。佚文见元代《河南志》（有学者认为此乃基于北宋宋敏求问题的著作，详见张保见，《宋敏求〈河南志〉》，第79—82页）。

[1]《晋书》卷九十二，第2377页。伧父是当时对北人的蔑称。
[2] Cicero, *Academica*, Vol.1, p. 7.

铜　雀

对于陆氏兄弟来说，曹操的权力基地邺城是另一座重要的北方城市，也代表着更切近的过去。曹操在其生前就已经是一个传奇人物，无论敌友都对他充满敬畏。[1]陆机和陆云都是他的仰慕者。

陆机在写《洛阳记》的时候任著作郎，有机会接触皇家档案资料，偶然看到了曹操的遗令。陆机深受感动，写下《吊魏武帝文》，此文后来被收入《文选》。[2]但吊文之序，特别是其中引用曹操遗令的部分，反而比吊文本身要有名得多。曹操遗令因陆机此序而得以传世，更成为中国文学传统中的名篇。

陆机的序以主客问答作为结构框架，对曹操一生叱咤风云但在生命最后陷入感伤与私情表示了同情与遗憾：

> 观其所以顾命冢嗣，贻谋四子，经国之略既远，隆家之训亦弘。又云："吾在军中，持法是也。至小忿怒，大过失，不当效也。"善乎达人之谠言矣！持姬女而指季豹以示四子曰："以累汝。"因泣下。伤哉！
> ……
> 又曰："吾婕好妓人，皆着铜爵台。于台堂上施八

---

[1] 据说曹操有一次出征时连敌军将领都在战场上向他致敬，士兵都争先恐后地渴望一睹其风采。见《三国志》卷一，第36页，裴松之注。
[2]《文选》卷六十，第2594—2601页。

尺床，穗帐，朝晡上脯糒之属。月朝十五，辄向帐作妓。汝等时时登铜爵台，望吾西陵墓田。"又云："余香可分与诸夫人。诸舍中无所为，学作履组卖也。吾历官所得绶，皆着藏中。吾余衣裘，可别为一藏。不能者兄弟可共分之。"

陆机对曹操遗令中触动他的每段话都有评论，最后提出"贤俊"之人不应"系情累于外物，留曲念于闺房"。在序言与吊文中，陆机一再使用空间隐喻，在一个规模气度宏大的生命（"咨宏度之峻邈，壮大业之允昌"）和窄小的死亡（一方面临终之际陷于内室之"密"，一方面遗体困于"区区之木"和"蕞尔之土"）之间创造出鲜明的对比。

在吊文中，陆机通过阅读曹操遗令的文本对历史做出回应，而他的解读因为对历史事件的视觉想象而变得栩栩如生：陆机用视觉化语言描述的不仅是曹操临终的场面，更是曹操的婕妤妓人遥望曹操陵墓的这一想象场景。曹操在遗嘱中说："汝等时时登铜爵台，望吾西陵墓田。"这显然是说给遗令的执行者也即他的儿子们的，但陆机却有意将"汝等"理解为曹操的姬妾，勾勒出一幅寂寞空虚、思念渴望的悲凉画面。这一想象的场景从此成为中国古典文学中最著名的场景之一，并形成了自己的诗歌传统，下一章对此将有详论。

通过对铜雀台女子的遥想，陆机把历史想象空间化，铜雀台成为凝聚人生无常之悲与人类欲望之愚痴的场所。他把曹操的宏伟人生变得更广大，扩展为穗帐之"冥漠"与西陵之"茫茫",用空间意象描述人生:"死生者,性命之区域。"而死亡的具体展示正是铜雀台。

虚拟的"客"质疑陆机的悲伤反应:"临丧殡而后悲,睹陈根而绝哭。"对于设问者来说,目睹丧殡是兴感之由;但陆机却让我们看到,对于一个富于想象力的读者来说,文本的作用比任何实物都要强大:"览遗籍以慷慨,献兹文而凄伤。"

如果说陆机是通过阅读文本来回应过去,陆云则是通过阅读一个场所。陆云于302年被任命为成都王司马颖(279—306)右司马,前往司马颖治所邺中。[1] 陆机考察了曹操的"遗令",陆云则在宫殿建筑中考察了曹操的"遗事":[2]

> 省曹公遗事,天下多意长才乃当尔。作毙屋向百年,于今正平。夷塘乃不可得坏,[3] 便以斧斫之耳。尔定以知吏称其职、民安其业也。

在邺城,陆云寻访曹魏宫殿,尤其是曹操下令建筑的

---

[1] 据《晋书·陆机陆云传》,齐王司马冏于303年初被杀之后,陆云"转大将军右司马"(《晋书》卷五十四,第1484页)。但陆云在《岁暮赋》序中却说,自己于永宁二年夏被任命为右司马,永宁二年亦即302年(《全晋文》卷一〇〇,第2031页)。司马颖从299年开始便镇守邺城。
[2] 《与兄弟陆平原书》,《全晋文》卷一〇二,第2041页。
[3] "夷塘"或作"謼[謼]塘",见徐锴《说文解字》"謼"条注:"曹公所为屋,坏其謼塘不可坏,直以斧斫之而已。"徐锴,《说文解字系传》卷五,第47页。

三台：铜雀、金虎、冰井。他给陆机写过数封书信，从中可见他对这些场所的强烈兴趣：[1]

> 一日案行，并视曹公器物。床荐席具，有寒夏被七枚。介帻如吴帻，平天冠远游冠具在。严器方七八寸，高四寸余，中无鬲，如吴小人严具状，刷腻处尚可识。梳枇剔齿纤绖皆在。拭目黄絮二在，有垢黑，目泪所沾污。手衣卧笼挽蒲棋局书箱亦在。奏案大小五枚。书车又作敧枕，以卧视书。扇如吴扇要扇亦在。书箱五枚。想兄识彦高书箱，甚似之。笔亦如吴笔。砚亦尔。书刀五牧。[2] 琉璃笔一枝，所希闻。景初三年七月七日，刘婕妤折之。见此期复使人怅然有感处。器物皆素。

> 今送邺宫大尺间数。[3] 前已白其穗帐及望墓田处。是清河时。[4] 台上诸奇变无方。常欲问曹公：使贼得上台，而公但以变谲因旋避之，若焚台当云何？此公似亦不能止。文昌殿北有阁道。去殿丈。内中在东。殿东便属陈留王，内不可得见也。[5]

---

[1]《全晋文》卷一〇二，第 2041 页。
[2] "书刀"可能是用来刮去竹简上笔误的小刀。
[3] 我以为"尺间"应即"尺简"。
[4] "是清河时"可能有讹阙。
[5] 曹魏末代君主曹奂退位后封陈留王，住在邺宫。《三国志》卷四，第 154 页。

书信的前半读起来有点像一份物品清单，传递出曹操个人物品在后人眼中的光环。所有物品都是被它们的主人在日常生活中使用过的，不难看出用旧磨损的迹象。陆云显然被发刷和黄絮上的垢污所震撼，这是曹操留下的"迹"——不是丰功伟业之类的无形的"事迹"，而是一个有血有肉的历史人物留下来的身体的痕迹。通过仔细观察这些器物，陆云似乎是在表示，他可以直接体认逝者，无需文本的中介。

陆云在描写这些物品时，经常提到吴地的相似之物作为参照系，很显然是希望陆机也能像他一样"看到"这些器物。他诉诸熟悉和家常的效果（妆具"如吴小人严具状"），结果是把读者的注意特别地聚焦于被他称作"希闻"的一件器物：一支损坏的琉璃笔。七夕那天，这支笔被刘婕妤折断了。我们无从知道陆云是怎样得到如此详细的信息——折笔的日子和折笔之人，但这些细节指向一个被压抑下去的诱人的故事，一个被显眼地隐藏起来的过去，而具有反讽意味的是，笔的作用正是记录和传播。琉璃笔成为历史的物质象征，这段历史既无比贴近，又遭受了无可挽回的断裂，这双重的逼近与断裂在曹魏旧宫的空间安排中也得到了体现：陆云无法进入文昌殿东，因为它现在是被迫禅位的陈留王的居所。

对于陆云来说，曹魏灭亡不过几十年而已，很多前曹魏皇室成员也为他提供了与过去的千丝万缕的联系。在陆云的朋友里，有一位爱好文义的崔君苗，他是曹操之孙曹志（？—288）的女婿。崔君苗对陆机的作品非常仰慕，陆云说他每次看到陆机的新作,就宣称要毁掉自己的砚台笔墨,从此再不写作。[1]崔君苗也与陆云展开过友好的竞争:302年夏,陆云和崔君苗齐作《登台赋》,[2]而这也正是铜雀台刚落成时曹操自己与曹丕、曹植同作的题目。[3]陆云在给陆机的信中写道:[4]

> 前登城门,意有怀,作《登台赋》。极未能成。而崔君苗作之。聊复成前意,不能令佳,而羸瘵累日。犹云逾前二赋。不审兄平之云何?愿小有损益。一字两字,不敢望多。音楚,愿兄便定之。

其后,他把崔君苗的《登台赋》寄给了陆机:[5]

> 今送君苗《登台赋》。为佳手笔。云复更定,复胜此。不知能逾之不。

有趣的是,这两封信都提到了对作品的辛苦构思与修改。陆云写《登台赋》时的"羸瘵累日"令人想到登台与筑台的辛劳。用笔墨呈现楼台,不比登台、筑台更轻松。

---

[1]《全晋文》卷一〇二,第2045页。
[2]《全晋文》卷一〇〇,第2032—2033页。
[3] 见《三国志》卷十九,第557页。曹操的《登台赋》现在只存两句。曹植、曹丕的《登台赋》佚文将在下一章具体讨论。
[4]《全晋文》卷一〇二,第2043页。
[5]《全晋文》卷一〇二,第2045页。

崔君苗赋现已不存,但陆云的赋保留至今,我们在下一章会详细探讨。这里只提一点:陆云的赋与曹植九十年前的赋形成了有趣的对比。曹植赞扬曹操的丰功伟业,祝愿父王的荣耀与生命万岁无疆;陆云则写道:"感旧物之咸存兮,悲昔人之云亡。"最后赞美魏元帝顺应天命、禅位于晋:[1]

> 清文昌之离宫兮,虚紫微而为献。[2]
> 委普天之光宅兮,质率土之黎彦。
> 钦哉皇之承天,集北顾于乃眷。[3]
> 诞洪祚之远期兮,则斯年于有万。

然而,尽管作出洪祚远期、斯年有万的祝颂,西晋十四年后就灭亡了,不过陆云未及见到而已。就在陆云写《登台赋》的第二年,也即公元303年,陆氏兄弟都被成都王所杀。

陆云对北方与北方人物特别是曹操的浓厚兴趣,在他的邺中书写里历历可见。在阅读和现实生活中与曹氏家族形成的种种文学性关联,也更促使他想要连接现在和过去。陆云不止一次把曹操的个人物品作为礼物寄给陆机,为了让陆机也能分享这些物品的光环。有一次他给陆机寄了两匣石墨,[4] 还有一次甚至寄了曹操的牙签:"近日复案行曹公器

---

[1] 《全晋文》卷一〇〇,第2021—2033页。
[2] 紫微在此象征皇宫。
[3] 《诗经·大雅·皇矣》:"乃眷西顾。"《毛诗注疏》卷十六,第567页。
[4] 《全晋文》卷一〇二,第2041页。

物,取其剔齿纤一个,今送以见兄。"[1]兄弟二人都是曹操的崇拜者。陆云在信中提到"穗帐"和"望墓田处"很可能是对陆机《吊魏武帝文》的回应。

诚如曹丕《典论·论文》所言,"贵远贱近"似乎是个相当普遍的问题。[2]彼特拉克(Francesco Petrarch)1337年参访罗马时感叹道:"谁能比罗马的公民对罗马之事更无知呢?令人悲哀的是,正是在罗马,罗马最不为人所知。"[3]同理,我们需要一个南方人,对北方名都和名人做出爱慕的检视和思考。具有讽刺意味的是,众多的本土居民反而被一个外来者变成了真正的外地人,而那个外来者却通过阅读与写作,入住异地一似家乡。

羽扇同人

陆机与曹魏君主的一个相似之处,在于他们对北地宫廷音乐的浓厚兴趣。曹操"好音乐",据说他命乐师演奏"常以日达夕","及造新诗,被之管弦,皆成乐章"。[4]曹操现存的诗歌全都是乐府,保存在《宋书·乐志》中。魏文帝曹丕、魏明帝曹叡(226—239在位)也都爱好音乐,关注

---

[1]《全晋文》卷一〇二,第2045页。
[2]《全三国文》卷八,第1097页。
[3] Francesco Petrarch, *Rerum familiarum libri* (*Letters on Familiar Matters*), p. 293.
[4]《三国志》卷一,第54页,裴松之注。

魏朝宫廷音乐的创作与演奏，这些曲目经过必要的改动之后在晋朝宫廷继续沿用着。[1] 曹氏所好之乐不是郊庙礼乐，而是富娱乐性的清商乐，有管弦伴奏的相和曲。[2] 陆机诗集中保存了不少乐府，他还写过一系列"拟古诗"。早期"乐府"与"古诗"无别，其区别多据文本来源而定：一首诗可以见于《宋书·乐志》而被视为乐府，但也可能作为"古诗"引用收录在其他地方。陆机的"拟古诗"和乐府诸作是受到北方宫廷音乐传统很大影响的作品群。

首先应该指出的是，没有任何文本内证或者外在证据，供我们给这些作品系年。有学者认为陆机的"拟古诗"是陆机在吴时所作，另一些学者则认为当为入晋后所作。我同意雷久密（C. M. Lai）的说法：这些作品的具体创作时间，简单一句话，就是并不可考。[3] 由于陆机拟作的特殊性质（将在下文讨论），我不认为这些"拟作"是为了练习创作技巧，也不认同那些更早的作品本为"民间"文学，因为这种说法并无实证，而且若非作为宫廷音乐保存下来，这些文本根本

---

[1] 曹丕与曹叡都创作了很多用于宫廷演奏的乐府。关于曹丕、曹叡在位时的音乐革新，见《宋书》卷十九，第534—539页。关于西晋对魏廷音乐的改变与延续，见《晋书》卷二十二，第676、679、684—685、702—703页。用于郊庙祭祀的音乐，至少是歌辞，需要根据朝代更替而重写，但娱乐性音乐则未必。

[2] 王僧虔曰："今之清商实由铜雀，魏氏三祖风流可怀。"见郭茂倩，《乐府诗集》卷四十四，第638页。司马光《资治通鉴》："魏太祖起铜爵台于邺，自作乐府，被于管弦，后遂置清商令以掌之。"卷一三四，第898页。

[3] C. M. Lai, "The Craft of Original Imitation," pp.122—124.

无法流传至今。换言之,无论其"最初起源"为何,那些早期乐府成为了从东汉到西晋宫廷中演奏的"相和歌"或"清商乐"的一部分,也只是因为这个缘故,我怀疑陆机只有在入洛之后才有机会大量地接触到这些歌诗。

陆机的"拟古诗"被学者描述为狭义的"拟",亦即"用修辞格更高的语言逐句重写原作"。[1]其乐府诗作也与此类似。与"拟古诗"一样,这些乐府文辞华美,和无名氏同题先例相比修辞格更高级,显示出自觉的文学修饰。虽然陆机的动机可能是文学性的,我以为他的诗歌实践在很大程度上体现了一个吴人对北方音乐传统的爱好、移用与修订。

在很多方面,当代文化与文学研究中同人文学(fan literature)理论,对我们的讨论有着出人意料的相关性。同人文学,尤其是同人小说(fanfic),被定义为"衍生出明确宣称自己为'变体'的'变体'"。同人小说的情形与互文性(intertextuality)有本质不同,不少理论家认为后者是一切文学作品之所共有的条件,然而前者则"通过自觉引用其他文本进入了那些其他文本的档案库"。[2]同人小说体现了社会从属群体的兴趣,因为"绝大部分同人小说的作者是女性,对媒体产品做出回应,而那些媒体产品大多对女性的代表性不足"。[3]对研究同人小说的学者来说,吉尔·德勒兹(Gilles Deleuze)关于重复与差异的讨论颇有启发性:德勒兹

---

[1] Stephen Owen, *The Making of Early Chinese Classical Poetry*, p. 311.
[2] Abigal Derecho, "Archontic Literature," p. 65.
[3] Abigal Derecho, "Archontic Literature," p. 71.

认为,"重复"不是机械的,也并非原作的从属,而是本身即包含了一个"被伪装和被置换"的"差额"。同人小说学者利用德勒兹的理论摆脱传统上在原作与新版之间发展出主从等级的关系模式,也即同人创作不过是原作衍生品的一般成见。[1]

当然了,陆机拟诗和现代同人小说还是存在着重要的差别。一个主要区别在于,五言诗在当时还是比较低俗的形式,而陆机尝试在修辞方面提升五言诗似乎正好是把原作带入一个和同人创作相反的方向。虽然创作条件非常不同,但陆机的"拟古诗"和那些受到北方宫廷音乐传统影响的乐府诗却还是体现了当代同人文学的数种特征,其中最关键的就是有差异的重复。换言之,陆机选择了改写现有的作品,而不是进行原创;他的重写不仅提升了原作的修辞级别,也在更深的层面上提供了具有政治正确性的版本,用以代替那些他认为不再适合统一帝国新形势的原作。陆机虽不像典型的同人文学作者那样是一个女性,但他是"亡国之余",又是晋朝之臣,因此也同样占据着一个社会从属者的"阴性"地位;他重写与改进北方音乐传统的努力,也是介入和干涉强势文化的努力。还有一点相似之处,就是对这种创作的文化与文学价值的公开认可来得较迟。英语学界对同人创作的重视是近年才开始的。在陆机的情况里,他虽被视为杰出作家,但他的拟古诗与乐府诗直到5世纪初期才得到主流诗人

---

[1] Abigal Derecho, "Archontic Literature," pp. 73–74.

谢灵运、谢惠连、颜延之等人的特别重视，那时的五言诗在成为日益尊贵的文体。陆机的拟作激发了更多的拟作，诚如德里达所言，"档案库是永远不会关闭的"。[1]

陆机的"拟古诗"学界已多有讨论，相比之下他的乐府诗对已有作品的改写更有创新性，却较少被提及。这里讨论两首，第一首题为《顺东西门行》。[2]现存乐府诗并无此题，但有《西门行》和《东门行》，都保存于《宋书》。[3]《西门行》如下：

> 出西门，步念之。今日不作乐，当待何时？
> 夫为乐，为乐当及时。何能坐愁怫郁？当复待来兹？
> 饮醇酒，炙肥牛。请呼心所欢，可用解愁忧。
> 人生不满百，常怀千岁忧。昼短而夜长，何不秉烛游？
> 自非仙人王子乔，计会寿命难与期。

---

[1] Jacques Derrida, *Archive Fever*, p. 68.
[2] 《先秦汉魏晋南北朝诗·晋诗》卷五，第667页。这里"顺"与"巡"通。
[3] 《宋书》卷二十一，第616—618页（亦见《先秦汉魏晋南北朝诗·汉诗》卷九，第269页）。有一篇署名曹操的《却东西门行》，以"鸿雁"二字开篇，但此诗只见于相当晚出的《乐府诗集》（卷三十七，第552页）。6世纪释智匠《古今乐录》转引王僧虔《伎录》，称曹操《却东西门行》"今不传"，这一描述与"今不歌"有很大区别："今不歌"常见于《伎录》，意谓辞在而乐亡。《乐府诗集》中的《却东西门行》，其来源值得怀疑。

> 人寿非金石，年命安可期？贪财爱惜费，但为后世嗤。

《宋书》还收录了一个略为不同的版本，前四节与上引完全相同，但用以下数句作结，是为第五节：

> 行去之，如云除，弊车羸马为自推。[1]

《乐府诗集》收录了《宋书》的第一个版本，称其为晋朝宫廷乐师演奏的版本；此外，还收录了一个被认为代表了"本辞"的版本：[2]

> 出西门，步念之。今日不作乐，当待何时？
> 逮为乐，逮为乐，当及时。何能愁怫郁？当复待来兹？
> 酿美酒，炙肥牛。请呼心所欢，可用解愁忧。
> 人生不满百，常怀千岁忧。昼短苦夜长，何不秉烛游。
> 游行去去如云除，弊车羸马为自储。

吴兢（670—749）《乐府古题要解》概括了诗篇大意之后

---

[1]《宋书》卷二十一，第617—618页。
[2]《乐府诗集》卷三十七，第549页。

说："又有《顺东西门行》，为三七言，亦伤时顾阴，有类于此。"[1]

陆机的《顺东西门行》如下：

> 出西门，望天庭，阳谷既虚崦嵫盈。
> 感朝露，悲人生，逝者若斯安得停。
> 桑枢戒，蟋蟀鸣，我今不乐岁聿征。
> 迫未暮，及时平，置酒高堂宴友生。
> 激朗笛，弹哀筝，取乐今日尽欢情。

将陆机此诗与《西门行》略作比较，就能看出陆机运用古典如《论语》、《楚辞》、汉赋的程度。[2] 第三节用了两个典故："桑枢"出自《庄子·让王》，"原宪居鲁……蓬户不完，桑以为枢"，但依然"匡坐而弦"；[3] "蟋蟀"出自《诗经》"蟋蟀在堂，岁聿其莫，今我不乐，日月其除"。[4] 有意思的是，"日月其除"与《西门行》异文中那句颇为费解的"如云除"都用到"除"字，似乎暗示着某种关联。

---

[1] 见《乐府诗集》卷三十七，第549页。毛晋（1599—1659）本引文略有不同："诸家乐府诗又有《顺东西门行》。""诸家"二字，似暗示这个乐府题目本无佚名原作。见《历代诗话续编》，第30页。
[2] 日出阳谷，日落崦嵫，常见于《楚辞》、汉赋。逝者若斯用《论语·子罕》："子在川上曰：逝者如斯夫！不舍昼夜。"《论语注疏》卷九，第17页。
[3] 《庄子集释》卷九，第975页。
[4] 《毛诗注疏》卷六，第216页。

《西门行》对《诗经》雅歌里及时行乐主题的隐约回声，在陆机诗中得到了明确的阐发。

陆诗第四节没有具体典故，但"置酒高堂宴友生"是对《西门行》中"酿美酒，炙肥牛"的比较文雅的重写。与朴素的"心所欢"相比，陆机用了曾出现于《诗经》的词语"友生"。[1]原作中对食物的物质化描写——"肥牛"——也被转换成对宴会地点的空间性描写，亦即"高堂"。

最后一节的典故将诗作中及时行乐的主题带入了一个不甚确定的方向。张衡《西京赋》讽刺西汉帝王与贵族的奢侈享受："取乐今日，遑恤我后。"[2]陆机完全搬用"取乐今日"，是否在暗示这种"遑恤我后"的态度？倘若如此，此诗就不再是简单地召唤人们及时行乐，而是包含了自我批判的可能性，消解了表面上传递的信息，也为"及时平"的描写笼罩上了一层令人不安的阴影。这种模糊的态度不见于《西门行》，它对及时行乐毫无内疚。东汉大学者蔡邕曾批评"清商乐"曲辞，认为"其词不足采著"。[3]受到他批判的作品之一是《出郭西门》。鉴于早期中古诗题的流动性极大，《出郭西门》与我们在这里讨论的《西门行》很有可能别无二致。而陆机所做的则是将《西门行》变得更高雅。值得一提的是，陆机很可能是遵循了《宋书》中《西门行》的第二种版本，他的诗共五节而非六节，且"桑枢"似乎是对原诗

---

[1] "虽有兄弟，不如友生。"《毛诗注疏》卷九，第322页。
[2] 《全后汉文》卷五十二，第763页。
[3] 见《乐府诗集》卷四十四，第639页。

中"弊车羸马"的文雅的改头换面("弊车羸马"的意象只见于《宋书》第二种版本与《乐府诗集》所谓"本辞"版)。此外,《宋书》第二种版本第五节用了很显眼的三三七形式,这也是陆机选择使用的形式。

陆机对这种三三七形式似乎情有独钟,他在《鞠歌行》的序中写道:[1]

> 案汉官门有含章鞠室、灵芝鞠室。后汉马防第,[2]宅卜临道,连阁、通池、鞠城弥于街路。鞠歌将谓此也。又东阿王诗"连骑击壤",[3]或谓蹴鞠乎。三言七言,虽奇宝名器,不遇知己,终不见重。愿逢知己,以托意焉。

怀着外来人才有的那种热情,陆机研究了洛阳的城市地理和北方诗歌地理,寻找《鞠歌行》的源头。陆机并未详细说明他为什么如此看重"三言七言",但值得指出的是,有一首同时代的北方作品《陌上桑》重写了《楚

---

[1] 《全晋文》卷九十八,第 2020 页。亦见《乐府诗集》卷三十三,第 494 页,文字略有不同。

[2] 马防及其弟马光均以豪奢著称,他们"大起第观,连阁临道,弥亘街路",《后汉书》卷二十四,第 857 页。

[3] 东阿王即曹植。曹植《名都篇》云:"连翩击鞠壤",见《文选》卷二十七,第 1290 页。陆机的引文也许是压缩了原句,也可能文本有脱误,因为陆诗描写的球戏听起来更像马球而非蹴鞠。

辞·九歌》中之一首，用的也正是这种句式。[1]陆机自命为此种北方诗歌形式的"知己"，将其比为可以寄托己意的"奇宝名器"，并希望自己的"三言七言"作品也能遇到同样的知己。这一序言可以说代表了陆机对北方音乐传统的总体看法：它们是未受到应有重视的"奇宝名器"；同时，序言也传达了陆机对自己在北方传统中撰写的作品所抱有的相当高的期待。

我们要讨论的下一个例子，其乐府原诗表面看似与陆机同题诗无关，但在陆诗里可以看出对原作的文字呼应和主题上的相通。乐府题为《豫章行》：[2]

> 白杨初生时，乃在豫章山。
> 上叶摩青云，下根通黄泉。
> 凉秋八九月，山客持斧斤。
> 我□何皎皎，梯落□□□。
> 根株已断绝，颠倒岩石间。
> 大匠持斧绳，锯墨齐两端。
> 一驱四五里，枝叶自相捐。
> □□□□□，会为舟船燔。[3]

---

[1]《先秦汉魏晋南北朝诗·汉诗》卷九，第261页。
[2]《先秦汉魏晋南北朝诗·汉诗》卷九，第263—264页；《乐府诗集》卷三十四，第501页。文本多有缺字，逯钦立在诗后注云："四库本乐府补阙字多处。不知根据何本。"
[3]"燔"一作"蟠"（见《乐府诗集》卷三十四，第501页），于上下文义似更为通顺，盖指树木被盘曲以制成舟船。

> 身在洛阳宫,根在豫章山。
> 多谢枝与叶,何时复相连。
> 吾生百年□,自□□□俱。
> 何意万人巧,使我离根株。

题目中的豫章是豫章树,但豫章也是南方一个郡名。宇文所安指出这首诗的主题与陆贾《新语·资质》中的一段话有相似之处,二者都描写了一棵树的成材/才。[1]陆贾强调"通"对木材与人才的重要性:普通的白杨只因生长在都城附近而被用于国家仪典,而美好的豫章却因生在荒野而被弃置。但与此相反,《豫章行》描写了豫章山上一棵白杨树,对被山客砍伐、变成木材、不得不远离生长之地与自己的枝叶根株感到悲哀。

对陆机这个北上洛阳的南方人才来说,南方树木变成木材被送往北方都城,想必是一个可以引起共鸣的主题。在统一帝国里,人物与物资都需要流通以便增值,就像羽扇或豫章木那样。这一主题在陆机的《豫章行》中得到了令人瞩目的微妙表现。[2]

> 泛舟清川渚,遥望高山阴。
> 川陆殊途轨,懿亲将远寻。

---

[1] Stephen Owen, *The Making of Early Chinese Classical Poetry*, pp. 153–156.
[2] 《先秦汉魏晋南北朝诗·晋诗》卷五,第657—658页;《乐府诗集》卷三十四,第502—503页。

> 三荆欢同株,四鸟悲异林。[1]
> 乐会良自古,悼别岂独今。
> 寄世将几何,日昃无停阴。
> 前路既已多,后涂随年侵。
> 促促薄暮景,亹亹鲜克禁。
> 曷为复以兹,曾是怀苦心。
> 远节婴物浅,近情能不深。
> 行矣保嘉福,景绝继以音。

首联带出山水的对比:诗人泛舟川上,眺望山阴亦即山朝北的一面,隐然使北方目的地与清川所代表的南方故乡形成对照。[2]我们联想到陆贾对木材迁移的描述:"浮于山水之流,出于冥冥之野,因江河之道,而达于京师之下。"[3]

乐府的木材主题在陆机诗中压缩为一句:"三荆欢同株。""株"与原作的"离根株"呼应,诗人显然是在暗示自

---

[1] 三荆同株比喻兄弟,是一个常见的意象,见《上留田行》,《先秦汉魏晋南北朝诗·汉诗》卷十,第288页。周景式《孝子传》(今不存)记载兄弟欲分家,出门见三荆同株而回心转意,见《艺文类聚》卷八十九,第1548页。吴均《续齐谐记》也记载了类似故事,见《汉魏六朝笔记》,第1004页。四鸟云云用完山之鸟的典故,据说孔子曾听到妇人的哭声,颜回以为非独哭死,又哭生离,因为她的哭声"似完山之鸟":"完山之鸟生四子,羽翼已成乃离四海,哀鸣送之。"孔子派人询问,果然如此。见刘向,《说苑》卷十八,第647—648页。
[2] 陆机在《答张士然诗》中自称为"水乡士",见《先秦汉魏晋南北朝诗·晋诗》卷五,第681页。
[3] 《新语校注》,第101页。

已被迫离开同株亲人的命运。但在第四句中，被砍伐的树分散为"林"的意象，树木也变形为可以自由"择木"的鸟。而且鸟可以发"音"传回家中，这也正是诗人在诗的最后许下的诺言："景绝继以音。"换言之，他会给亲人写信报告消息。

这里的"景"是（诗人的）影子，但这个字也有阳光的意思。全诗不断指涉光与影：诗人在开篇远望"高山阴"，诗的中间点太阳西斜而"无停阴"，其后不久便接近"暮景"。全诗的最后，光影并无，在黑暗中，视线无能为力，只能转向言语的声音，而这一自我指涉正是诗篇本身。从明到暗的转变模仿了太阳、时间以及人生的轨迹，同时也镜像般地体现了诗人由南方的朱明炎夏之土，迁移到了玄冥治下的寒冷北国。[1]

当诗人在时间与空间层面都迫近暮景之际，心中充满矛盾：

> 曷为复以兹，曾是怀苦心？
> 远节婴物浅，近情能不深。

前两句提出了北方乐歌中常常听到的"人生苦短，多忧何为"之设问，[2] 后两句提供了答案：诗人因心怀"远节"

---

[1] 玄冥既是北方之神，亦司掌冬天。《礼记注疏》卷十七，第340页。
[2] 如《古诗十九首·其三》："极宴娱心意，戚戚何所迫？"《古诗十九首·其十二》："晨风怀苦心，蟋蟀伤局促。荡涤放情志，何为自结束？"对这两首诗陆机都写过拟作。

而踏上征程，同时却又难免"近情"——对所爱之人的牵挂。

在这首诗中，陆机保持了乐府旧题远游入京求取功名的主题内容，但把它转化为情感复杂的表达，既没有直白地赞颂材得其所，也没有单纯地感慨材离故土。诗人感于岁月流逝，有志欲申，自愿踏上旅途，但又为思乡之情所苦。值得注意的是，诗人以"前路既已多，后涂随年侵"为言，扭转了"人生如旅途"的常见比喻，把旅途比喻为人生，只不过如此一来，诗人被诗篇的修辞逼入了一个黑暗的绝境，此诗遂成了入北诗人自身命运的诡异预言。

统一帝国的诗学

上节讨论了陆机对北方乐府传统的重新塑造，如同人小说写作一样，以现成的主题、情节、人物等元素为基础，对之进行扩充阐述与个人化的处理。在陆机的情况里，最后成品比原作要复杂和微妙得多。《豫章行》与陆机由南入北的人生轨迹关系尤为密切，也体现了诗人对两地的深切关注。但归根结底，陆机期待创作的是一种新的诗歌，也即一个统一帝国的诗歌，而非仅仅属于南方或者北方的诗歌，为自己和自己的作品创造出一个新的身份。这在他对《从军行》和《棹歌行》这两首北方乐府的重写中得到了最好的体现。

《从军行》有两组先例：第一组是系于曹魏宫廷乐师左

延年（3世纪初中期在世）名下的两首歌诗的残句。[1]第二组是王粲的五首《从军行》以及两段佚文。[2]左延年的第一首乐府佚文保存于唐宋类书中：[3]

从军何等乐，一驱乘双驳。
鞍马照人目，龙骧自动作。

第二首佚文见于沈建《乐府广题》：[4]

苦哉边地人，一岁三从军。
三子到燉煌，二子诣陇西。
五子远斗去，五妇皆怀身。

王粲的诗并非同时所作。在《文选》选录的五首当中，第一首作于216年初，庆祝曹操大破张鲁；[5]第二至第五首传统上系于216年底，随曹操征吴途中所作。[6]《文选》组诗第一首开篇如下："从军有苦乐，但问所从谁。"这似乎是

---

[1]《三国志》卷二十九，第807页："自左延年等虽妙于音，咸善郑声。"
[2]《文选》中的王粲组诗题为《从军诗》，但这组诗亦见于《乐府诗集》，可见早期诗与乐府的模糊界线。
[3]《初学记》卷二十二，第537页"目"作"白"。又见《太平御览》卷三五八，1775页。
[4]见《乐府诗集》卷三十二，第475页，《先秦汉魏晋南北朝诗·魏诗》卷五，第411页。
[5]《三国志》卷一，第46页。
[6]见《文选》卷二十七，第1270页，李善注。

把左氏上面两首歌诗的"苦"与"乐"合写在一起了。这或许代表了从军主题的一个常见写作法：诗人或是歌咏战士充满粗豪大男子气概的从军之乐，或是悲叹从军之苦并表达对故乡和妻子的思念之情。

值得注意的是，王粲五首诗中的四首都是写征吴的，而且其两首歌诗佚文中也有一首描写水战，"楼船凌洪波，寻戈刺群虏"，可以定为描写南方战役的作品。[1]相比之下，上引左延年第二首乐府残句中有"燉煌""陇西"等地名，二者都属于汉帝国的西北边疆，汉军与匈奴的征战之地。

陆机的《从军行》与这些诗作的不同颇耐人寻味：[2]

> 苦哉远征人，飘飘穷四遐。[3]
> 南陟五岭巅，北戍长城阿。
> 深谷邈无底，崇山郁嵯峨。
> 奋臂攀乔木，振迹涉流沙。
> 隆暑固已惨，凉风严且苛。
> 夏条焦鲜澡，寒冰结冲波。
> 胡马如云屯，越旗亦星罗。
> 飞锋无绝影，鸣镝自相和。
> 朝食不免胄，夕息常负戈。
> 苦哉远征人，抚心悲如何。

---

[1]《太平御览》卷三五一，第1746页。
[2]《先秦汉魏晋南北朝诗·晋诗》卷五，第656—657页。
[3]《艺文类聚》卷四十一，第750页，"飘飘穷四遐"作"飘飘穷西河"。

陆机此诗开篇虽然用了左延年"苦哉……"的句式结构,但两者在修辞格方面的差别非常明显:陆诗文雅而左诗朴质。此诗风格比起王粲作品也更为高华,以其重对仗而少叙事之故。但最重要的不同之处在于:左、王二人的每首歌诗分别描述了一个方位和地域,或南或北;陆机诗却有意识地包括南北,创造出一个类型化的"士兵"为国从军的普遍性和全息性经历,而不是任何一个具体特定历史人物的独特经历。首联虽然提到"四遐",但读者很快便会发现东、西并不在诗人视线之内。在第二联中,陆机巧妙地运用对仗,设立了南北的对峙;其后,分别与南方和北方联系在一起的地理特征、气候特征频频出现:森林对沙漠,炎热对寒冷。诗联的对仗结构很容易引导读者把属于同一地域的地理现象和具有普遍性的季节变化——比如说高山与深谷,暑热与秋寒,春华与冬冰——分别和南方或者北方联系在一起。这样一来,南与北不仅分别被赋予热与冷的永久属性,还被赋予了某些特定的地质特征,而地质特征又进一步与性别特征连在一起,比如说山谷＝阴/女性,高山＝阳/男性。从这个意义上说,陆机是开始了漫长的"文化南方与文化北方"建构过程的先驱者之一。[1]

陆机所写的,是一个统一帝国的诗歌。王粲《从军行·其三》称吴人为"东南夷",吴国《鼓吹曲》称魏人

---

[1] 关于六朝时期对"文化南方和文化北方"的建构,详见笔者《烽火与流星》第七章。

为"寇贼",[1]然而在陆机诗中我们看不到这样的词语;相反,陆机把北方敌人和南方敌人的身份重心移位到"胡"与"越"的民族身份。通过这样的移位,陆机暗示种族身份与文化身份,而不是地域身份,才是——才应该是——一个统一帝国所需要面对的问题。

同样,在《棹歌行》里,文学与文化的改变和地缘政治紧密相关。我们不难理解陆机为何要选择这个北方乐府题进行再创作——其先例被系于魏明帝(或左延年)名下,主题是征吴:[2]

> 王者布大化,配乾稽后祇。
> 阳育则阴杀,晷景应度移。
> 文德以时振,武功伐不随。
> 重华舞干戚,有苗服从妫。[3]
>
> 蠢尔吴蜀虏,[4]冯江栖山阻。
> 哀哉王士民,瞻仰靡依怙。

---

[1] 吴国大臣韦昭(204—273)创作一组《鼓吹曲》,歌颂孙吴,攻击魏、蜀,其中第三首题为《克皖城》,庆祝孙权大败魏国"寇贼"。《先秦汉魏晋南北朝诗·魏诗》卷十二,第545页。相关讨论见笔者《重造历史》一文。
[2] 《先秦汉魏晋南北朝诗·魏诗》卷五,第416页。
[3] 重华与妫皆指舜帝。有苗也称三苗,是上古时期南方的强大部族,据说舜时被迁移。
[4] 《宋书》卷二十一,第621页,《乐府诗集》卷四十,第593页,均作"吴蜀虏",逯钦立采取一作"吴中虏"的异文。

第三章 南方视角:"扇的书写"

皇上悼愍斯,宿昔奋天怒。
发我许昌宫,列舟于长浦。

翌日乘波扬,棹歌悲且凉。
太常拂白日,旗织纷设张。
将抗旄与钺,耀威于彼方。
伐罪以吊民,清我东南疆。

现存陆机《棹歌行》显然已不完整:[1]

迟迟暮春日,天气柔且嘉。
元吉隆初巳,[2] 濯秽游黄河。
龙舟浮鹢首,羽旗垂藻葩。
乘风宣飞景,逍遥戏中波。
名讴激清唱,榜人纵棹歌。
投纶沈洪川,飞缴入紫霞。

陆机在此描写的是上巳节的盛况。从魏朝开始,每年三月三日洛阳的人们都要去黄河洗濯祓除。上巳在诗赋作品中频频出现,不少为应诏而作,从中可见上自皇室公侯、下至

---

[1] 《先秦汉魏晋南北朝诗·晋诗》卷五,第660页;《艺文类聚》卷四十二,第757页;《乐府诗集》卷四十,第593页。
[2] 《艺文类聚》《乐府诗集》在此作"隆",而逯钦立本作"降"。

庶民百姓都非常重视这个节日。[1]与陆机同时的会稽隐士夏统北上洛阳为生病的母亲买药时，碰巧看到了上巳节的盛况：

> 洛中公王以下，莫不方轨连轸，并至南浮桥边禊。男则朱服耀路，女则锦绮粲烂。[2]

陆机《棹歌行》与魏乐府有着显著区别，不是出征前夕水军的战歌，而是太平时期的节日颂歌。魏军的战旗，包括天子仪仗队所用的太常，变成了装饰着羽毛的华丽旗帜。魏乐府中的"王者"在文字层面上被置换为"龙舟"。魏乐府与陆机乐府都有对"棹歌"的自我指涉，但魏乐府中的棹歌是"悲且凉"的，象征着战争与死亡，陆机诗中的棹歌则悠然自在，可谓歌舞升平之乐。魏乐府的"将抗旄与钺，耀威于彼方"暗示着战争的暴力，而陆机乐府则把暴力置换到"投纶"与"飞缴"，亦即钓鱼射鸟。

最根本的区别在于诗的开端数句。魏乐府明确表示王者德配天地，阴阳兼备，阳育阴杀，但通篇强调的是王者之"武"；陆机诗却以描写温暖春阳的"迟迟"二字开篇，强调

---

[1] 成公绥（231—271）、张协（？—约307）都写过《洛禊赋》。《全晋文》卷五十九，第1795页；卷八十五，第1951页。
[2] 见《夏仲御别传》，《艺文类聚》卷四，第63页。又见《晋书·夏统传》。有意思的是，据说夏统因其高超的驾船技术和在黄河之上纵歌南曲而使他的北方贵族观众甚为惊悚。《晋书》本传想必是根据其在南方流传的"别传"而作，从侧面反映了南方与北方在西晋统一帝国中的相遇与碰撞。

王者"阳育"的一面。值得注意的是第二句中用了"柔嘉"一词,"柔嘉"出自《诗经》,一般用来描写人的品质,[1]这里被用来形容当日的"天气",赋予天气以道德维度,与顺应自然季节的人类能动性相应。陆机此诗再次体现了统一帝国的诗学:在这里,暴力只应施于鱼鸟,和经常被非人化的"夷狄"。

陆机于303年不幸被杀,西晋也于其后不久灭亡,导致了绵延历久的南北朝时期。南朝自命汉文化的维护者与汉、魏、晋的正统继承者;吴国旧都改名建康,成为南朝首都,4—6世纪之间一个新的政治与文化中心。

陆机对北方的重塑,对5—6世纪"文化南方"的建构有很大影响:《棹歌行》成为受到南朝诗人青睐的乐府题目,他们看到把采莲、采菱、浣纱、荡舟等江南意象融入《棹歌行》的可能。[2]萧纲的同题乐府代表了这一转型:诗中场所从黄河移到充满《楚辞》联想的湘江,把上述江南意象全部囊括其中,为《棹歌行》赋予了浓厚的南方气氛。通过把诗中女主人公描写为一个被世俗化的湘水女神、一个足以与大

---

[1] 例如《烝民》,《毛诗注疏》卷十八,第675页。
[2] 浣纱因越女西施的传说而产生"南方联想"。郭茂倩《乐府诗集》收录了一系列南朝诗人的《棹歌行》(卷四十,第594—595页)。《棹歌行》的题目也频频出现于其他南朝诗歌,如沈约《江南曲》(《先秦汉魏晋南北朝诗·梁诗》卷六,第1621页)、徐勉《采菱曲》(同前,卷十五,第1811页)。莲花与菱角都并非南方所独有,但通过南朝的文化宣传,这两者在文学作品中变成了"南方"的象征物。详见《烽火与流星》第七章中相关讨论。

汉帝国传奇性的歌姬舞女相提并论的宫廷歌手，也通过直接在诗中宣称《棹歌行》本身的优越，萧纲把《棹歌行》重新包装成一首南方歌曲，宣示了南朝宫廷的文化优胜。[1]

结　语

与闵鸿的赋相似，陆机《羽扇赋》中的扇子（fan）成为白鹤的提喻（synecdoche）："累怀璧于美羽，挫千岁乎一箭。"[2]但闵鸿选择留在吴中，陆机却选择仕晋北上，而且在政局动荡、不少吴人都解职还吴之际仍然淹留不去。[3]因美羽而被害的仙鸟成为谶言，鹤的意象在洁白的羽扇上投下了一道阴影。

但陆机作为另一个意义上的"fan"得以历千岁而不朽，作品成为中国文学经典的一部分。陆机属于那种通过改造前作而标志了文学史上新转折点的诗人，但转折一旦发生，他的改造也就逐渐被忽视了。当我们把陆机的诗作重新放入当时的语境，我们可以理解南朝诗人为何会对他如此推崇有加：陆机比前代诗人要更重视全面而细致的修辞技术，他把

---

[1] 关于萧纲《棹歌行》，详见笔者《扇的写作》（"Fan Writing"）一文，第75—76页。
[2] 《全晋文》卷九十七，第2015页。"怀璧"之典见《左传注疏》桓公十年，卷七，第121页："匹夫无罪，怀璧其罪。"
[3] 吴国大鸿胪张俨之子张翰在洛阳形势恶化之前辞官返吴（《晋书》卷九十二，第2384页）。另一对文学兄弟张协、张载也因世乱而告归乡里（《晋书》卷五十五，第1518—1524页）。

还属于低俗体裁的五言诗变成了具有内在层次感的细腻而复杂的诗歌。南朝诗人仍然可以全方位地接触到早期的文化世界，因此比后来者更能欣赏陆机的创新，而想要真正赏识陆机的作品，有赖于读者对陆机所心醉神驰的文学与文化世界的熟悉。唐代以后，那个世界只有很小一部分幸存下来，而就连这一小部分，也在相当程度上是多亏了陆机的作品才获得注意而得以保存。

进入5世纪，陆机对谢灵运与其族弟谢惠连影响极大，他们二人都写过拟迹陆机的乐府诗。很难说谢灵运对邺和曹魏诗人的兴趣究竟是源自他对陆机的仰慕，抑或这种对陆机的仰慕，来自他对早期古典诗歌的投入，而这又是5世纪建康"文艺复兴"的一部分。[1]无论如何，陆机对北方主流强势文化的介入与干预可谓"吴国视角"的顶峰。一方面，陆机试图用统一帝国的诗学来抵制和代替分裂时期的敌视与矛盾；另一方面，他对辉煌往日的怀旧情绪也可见于他把曹魏浪漫化的写作，由此形成了三国浪漫化之滥觞。陆机塑造的最强有力的诗歌形象之一是铜雀台的意象。魏武王曹操当年尽管建立此台也享受此台，但让这座高台得以不朽的，却是一个吴国的后裔。

---

[1] 对此"文艺复兴"现象和二谢对陆机的拟作，参见笔者在《剑桥中国文学史》第三章中的讨论（Vol.I, pp.226-229）以及《"远想"：晋宋之际的回顾诗学及其前后》一文。

第四章

台与瓦

想象一座失落的城池

引言:邺城面面观

公元545年初秋,庾信(513—581)奉命出使,前往东魏首都邺城。庾信的文才当时已颇负盛名,魏廷也选择了才学出众的朝臣来接待梁朝使者,其中包括"颇有辞情"的祖孝隐(518—549)。[1]祖孝隐赋诗赠与庾信,但只有庾信的酬答之作保留下来,题为《将命至邺酬祖正员》:[2]

> 我皇临九有,声教洎无堤。

---

[1] 祖贲之,字孝隐,以字行。见《北齐书》卷三十九,第521页。
[2] 《先秦汉魏晋南北朝诗·北周诗》卷二,第2358页。

> 兴文盛礼乐，偃武息氓黎。
> 承乏驱骐骥，旌旗事琬圭。[1]
> 古碑文字尽，荒城年代迷。
> 被陇文瓜熟，交塍香穗低。
> 投琼实有慰，报李更无蹊。

在这首诗里，邺城被描述为一座没有时间感的"荒城"，也就是说，没有以朝代或年号标志的政治时间。古碑上的文字是纪念性的、令死者不朽的，但碑文都已在日晒雨淋中磨灭了，大自然主宰了一切。南方的梁朝在武帝的倡导下"兴文盛礼乐"，相比之下，这里唯一的"文"却只存在于被满田陇的"文瓜"。这让人想到秦朝的东陵侯邵平在秦亡后以种瓜为业，他的身世成为王朝兴废无常的象征。诗人对邺城辉煌不再的暗示，在下面一句的"香穗"意象里更为明显：这句诗隐然指向《诗经·黍离》，传统上都把这首诗视为周大夫对旧京的哀悼。

似乎是为了强化与《诗经》的关联，庾信紧接着明确地化用了《木瓜》一诗中的反复咏唱："投我以木李，报之以琼玖。匪报也，永以为好也。"[2] 语言的游戏在庾信诗的最后一句达到高潮：庾信巧妙地借用了"桃李不言，下自成

---

[1] 关于"琬圭"，倪璠在《庾子山集注》中引用郑玄《周礼》注，以为"诸侯有德，王命赐之，使者执琬珪以致命焉"，见《庾子山集注》卷三，第197页。庾信在这里使用"琬圭"，似有视东魏为诸侯的贬低之意。
[2]《毛诗注疏》卷三，第141页。

蹊",[1]表面上是说自己"无蹊"报答祖孝隐之"琼",但实际上很有可能也是对邺城的挖苦,因为诗人似乎在暗示,在邺下的荒城,草木过于茂盛,以致报李"无蹊"。

庾信这首诗无论听起来有多么地傲慢无礼,我们都应记住这不是故事的全部。祖孝隐的原作没有保存下来,其中是否有嘲弄梁朝使者之意也不得而知,庾信可能只是在一场南北使节相互嘲戏的诗歌赠答中以其人之道还治其人之身而已。不过,庾信对邺城带有偏见的描写还是可以反映当时南朝人对北方的某种常见态度:一个外族统治下的文化荒原。石碑虽古,但文字早已不可辨认;北方也许有"过去"(past),但它没有"历史"(history)。就算有,也不属于北方现在的居人,而是归住在南方的文化守护者所有。

邺城和南朝首都建康(金陵)不一样,从未成为过一个主要的怀古地点,但它有着自己的文本历史,与其社会历史相关而又不同。邺城的第一次全盛时期,是在成为曹操的权力基地之后。335年,后赵君主石虎(295—349)迁都于此,进行了大规模的建设。他重修在西晋末年战乱中荒废的邺城三台,为避讳而将"金虎"改名为"金凤"。重建之后的邺城比曹魏时期还要壮丽,据郦道元(约470—527)《水经注》记载:"当其全盛之时,去邺六七十里,远望苕亭,巍若仙居。"[2]石虎的浩大土木工程,以及他对奢侈盛大排场

---

[1]《史记》卷一〇九,第2878页。
[2] 郦道元,《水经注》卷十,第179页。

与新奇机关的喜爱、他那些衣着华丽骑马随行的女官女侍，很快便成为传奇的材料。东晋陆翙《邺中记》有非常详尽也许还带有不少浪漫夸张的描写，虽然保存不完整，但从中不难看出时人对后赵"野蛮"君主的轻蔑与艳羡。

嗣后，邺城几经战火，毁而复兴：357年，鲜卑族的燕国君主慕容俊（319—360）建都邺城，下令重修铜雀台，但邺城很快就被前秦军队在370年攻陷。[1] 6世纪中叶，邺城先后成为东魏（534—550）和北齐（550—577）的都城。据《北齐书》记载，共有三十万人参与了邺中三台的营修，整个工程于558年完成。"铜雀"改名"金凤"，"金虎"改名"圣应"，"冰井"改名"崇光"。[2]

邺城在北齐统治下重现了往日的辉煌，但北齐也是在邺城建都的最后一个王朝。577年，北周（557—581）灭北齐，周武帝（560—578在位）下令将三台与齐国宫苑全部摧毁。[3] 最后，580年，北周权相杨坚（541—604）的军队在此镇压了北周将领尉迟迥的反叛，下令把邺城一把火烧毁，所有居民南迁四十五里。[4] 杨坚于589年统一全国，成为隋朝的开国皇帝，是为隋文帝。

在后赵、北齐的统治下，邺城的建筑肯定要比曹魏时代华丽得多，陆翙在《邺中记》中给出了很多鲜明生动的细

---

[1]《晋书》卷一一〇，第2838页。
[2]《北齐书》卷四，第65页。
[3]《资治通鉴》卷一七三，第5372页。
[4]《资治通鉴》卷一七四，第5426页。

节。但所有这些都没有激发当代与后人的诗歌想象。换言之，邺城作为文字之城在文学传统中的形象，与异族统治下繁华的现实之城，是互相脱节的。这种脱节体现了对邺城的某些看法的形成，显然服务于某些特定的利益和目的。对南朝诗人来说，邺城与石虎等异族领袖占据着的城池几乎没有任何关系；相反，邺城与文化记忆息息相关，凝固在时间之流里；它是一座诗歌文字与诗性哀感之城，和三曹、七子、陆氏兄弟的文学遗产息息相关。他们对邺的视域，基于他们对自己作为汉文化正统继承人的身份之坚信不疑；他们在社会与文化想象之内勾勒出邺城的根本形象，以此来保卫这座城池。

在5世纪的南方，出现了我称之为"回顾"的现象——对文学史的兴趣，以及对早期五言诗的关注；与此相应，我们开始在文学作品中看到一种独特的历史想象的运作。先是大诗人谢灵运尝试重塑建安、邺与曹魏宫廷；此后，谢灵运的族人谢庄（421—466）创作名篇《月赋》，虚构了曹植与王粲哀悼应刘之死的戏剧性对话场景。

邺城最具有震撼力的形象被凝聚在铜雀台的意象里，保存于一个文本中的文本，也即陆机《吊魏武帝文》中的曹操遗令。这一特定的铜雀台意象既代表了曹操的丰功伟业，又唤起对人生无常的哀感。它为一些最优秀的南朝宫廷诗人带来灵感，铜雀台与铜雀伎的主题在此后五百年中成为标准的诗歌题材，虽有变化，但构成了一个基本稳定的诗歌传统。

南朝诗人的作品成功地塑造了人们对邺的认知。这直到 11 世纪才开始发生变化：当时的文化想象从铜雀台转向它的提喻性割裂（synecdochical fragmentation）——所谓的铜雀台瓦被做成砚台，在古董市场上卖出昂贵的价钱。历史被压缩、凝聚成一个有价值的物件，被艺术鉴赏家与古董爱好者欣赏、交换、买卖。同时，铜雀台的哀感被道德谴责与讽刺所取代，对三国历史的评价出现了尖锐的转向，对曹魏充满道德批判，建安、魏晋、南朝诗歌也不再受到重视。本章探讨中古时期邺城／铜雀诗歌传统从发端到逐渐丧失能量的发展轨迹，以及这些发展所昭示的文化演变。

登台：早期作品

这一节讨论关于铜雀台的早期作品，这些作品与后人的诗作形成了鲜明对比。在早期作品中，从高台上向外远望的视野非常开阔，既包括城中的建筑景观，也包括周遭的自然景物。这种恢弘的视野，对这座新修整的城市作为王霸之业的象征加以歌颂，在修辞层次上，把一座虽然规划新颖，但规模远比长安洛阳为小的地方性城市，变成了具有王者风范的帝都。

212 年春，铜雀台刚刚落成，曹操与诸子登台作赋。曹操的赋仅存两句："引长明，灌街里。"[1] 这指的是曹操引漳河水入城，既保证了城市水源，又改善了城市样貌。这是曹

---

[1]《全三国文》卷一，第 1055 页。

操邺城修建工程中他特别引以为傲的重要一环。

曹丕的赋同样仅存片段:[1]

> 登高台以聘望,好灵雀之丽娴。
> 飞阁崛其特起,层楼俨以承天。
> 步逍遥以容与,聊游目于西山。
> 溪谷纡以交错,草木郁其相连。
> 风飘飘而吹衣,鸟飞鸣而过前。
> 申踌躇以周览,临城隅之通川。

第二句的"灵雀"显然就是台名中的铜雀。[2]据陆翙《邺中记》,石虎曾在铜雀台上建五层楼阁,顶上安置了"舒翼若飞"的巨大铜雀,[3]有可能是对其旧日样貌的复原。左思在《魏都赋》中写到三台:"云雀跱甍而矫首,壮翼擒镂于青霄。"[4]"云雀"在《文选》五臣注里被释为"凤凰",[5]指的应该也就是台名中的铜雀。铜雀之名可能是基于西汉都城长安的传闻。根据一首"古歌辞",长安城西双阙上的一

---

[1]《全三国文》卷四,第1074页。
[2] 在《乐府诗集》中,郭茂倩称铜雀台是以台巅巨大的铜雀像命名的,但现存的同时期文献都未提到铜雀像的存在。《乐府诗集》卷三十一,第454页。
[3] 陆翙《邺中记》,《四库全书》第四六三册,第308页。
[4]《全晋文》卷七十四,第1888页。
[5]《宋本六臣注文选》卷六,第125页。

对铜雀,"一鸣五谷生,再鸣五谷熟"。[1]《三辅黄图》以为铜雀即"铜凤"。[2]这首"古歌"在几种早期文献中也系于曹丕名下,[3]可见长安铜雀与邺城铜雀的混淆。可以肯定的是,邺台以铜雀为名,是为了唤起对汉朝旧都的记忆。

曹丕赋现存片段着重于登台远望时所见的城西景物。台上灵雀"丽娴"之静态与真鸟的飞鸣形成了有意思的对比。通过强调众鸟"过前",曹丕含蓄地赞美了铜雀台之高峻。相比之下,曹植的《登台赋》保存更完好,很难说这是否能准确代表原作的聚焦点,但我们在其中可以看到对人工与人力更多的描写。《三国志》本传中称曹植《登台赋》为援笔立成的"可观"之作,令曹操叹赏不已。[4]在后世,此赋更是因为被《三国演义》巧妙地纳入小说情节并加入了虚构的句子而闻名,下一章会详细讨论。

曹植原作如下:

> 从明后而嬉游,聊登台以娱情。

---

[1] 原文如下:"长安城西双员阙,上有一双铜雀宿,一鸣五谷生,再鸣五谷熟。"此诗有几种不同版本,见《先秦汉魏晋南北朝诗·魏诗》卷四,第406页。
[2] 《三辅黄图校释》卷二,第130页。
[3] 《北堂书钞》卷一五六,第8页。见《文选》卷五十六,第2420页,李善注。
[4] 《三国志》卷十九,第557—558页。我们不知道曹植赋现存版本是否完整。这里引用的版本来自《艺文类聚》卷六十二,第1120页;又见《初学记》卷二十四,第575—576页。裴松之《三国志》注从阴澹《魏纪》中转引此赋。

见太府之广浦，观圣德之所营。
建高殿之嵯峨，浮双阙乎太清。
立冲天之华观，[1]连飞阁乎西城。
临漳川之长流，望众果之滋荣。
仰春风之和穆，听百鸟之悲鸣。
天工坦其既立，[2]家愿得而获呈。
扬仁化于宇内，尽肃恭于上京。
唯桓、文之为盛，[3]岂足方乎圣明？
休矣美矣，惠泽远扬。翼佐皇家，宁彼四方。
同天地之矩量，齐日月之辉光。
永贵尊而无极兮，等年寿于东王。[4]

与曹丕不同，曹植用了一系列充满主动性的动词来描写人工策划与劳力：营、建、浮（使动用法）、立、连。这种修辞策略突出了城市建设与人力工程而非自然风景地貌，想必会令主持邺城营建的人，曹操，感到欣悦。但曹植赋作缺乏曹丕的层次感和对细节的关注，这在两兄弟作品中屡见不鲜。比如说，曹植和曹丕都各有一联写风与鸟的对句，曹

---

[1] 阴澹《魏纪》"冲天"作"中天"。班固《西都赋》："树中天之华阙。"见《全后汉文》卷二十四，第603页。
[2] 《初学记》"天工"又作"天功"。
[3] "桓、文"指春秋霸主齐桓公与晋文公。曹操《让县自明本志令》对他们有如下评价："齐桓、晋文所以垂称至今日者，以其兵势广大，犹能奉事周室也。"见《全三国文》卷二，第1063页。
[4] 东王指仙人东王公。这最后两句只见于阴澹《魏纪》引文。

植直接用抽象的"和穆"形容春风,曹丕则选择用具体的描写——"风飘飘而吹衣"——来展示风的形态,这也是人们在登高时常会遇到的现象。

近一个世纪后,陆云也写了一首《登台赋》,我们在上一章中简单讨论过此赋的结尾。在赋文中,陆云既描写了他眼中所见的铜雀台本身,也描写了他从台上远望时所见之景。值得注意的是,他把曹氏兄弟的"风/鸟"对句转化成一幅更为复杂的图景,表达了迥然不同的情感:[1]

> 尔乃伫眄瑶轩,满目绮寮。中原方华,绿叶振翘。
> 嘉生民之亹亹兮,望天晷之茗茗。
> 历玉阶而容与兮,步兰堂以逍遥。
> 蒙紫庭之芳尘兮,骇洞房之回飙。
> 颓响逝而忤物兮,倾冠举而凌霄。
> 曲房萦而窈眇兮,长廊邈而萧条。
> 于是迥路委夷,邃宇玄芒。深堂百室,会台千房。
> 辟南窗而蒙暑兮,启朔牖而履霜。
> 游阳堂而冬温兮,步阴房而夏凉。
> 万禽委蛇于潜室兮,惊凤矫翼而来翔。
> 纷谲谲于有象兮,遹攸忽而无方。

曹氏兄弟作品中,清风和穆、众鸟飞鸣,但在陆云赋

---

[1] 见《全晋文》卷一〇〇,第 2032—2033 页。下引此赋均从此。

里，空荡荡的回廊中一阵飙风吹走了他的帽子，栖息在空房之中的"万禽"受到来客的惊吓而瞬间飞散。这段描述精彩地表现了人去台空之后萧条阴森的气氛，也是在对同时代作家左思的《魏都赋》致敬。在《魏都赋》中，有一段对铜雀台昔日辉煌的想象描写：[1]

> 周轩中天，丹墀临飊。增构峨峨，清尘彯彯。
> 云雀蹠甍而矫首，壮翼摛镂于青霄。
> 雷雨窈冥而未半，曒日笼光于绮寮。
> 习步顿以升降，御春服而逍遥。
> 八极可围于寸眸，万物可齐于一朝。

这段赋文极写铜雀台之高，以致迥出于雷雨云层之上，登台而望，可以目极八荒。飙风、清尘、云雀、绮寮的意象在陆云赋中都有出现。

陆云赋的下半部分堪称对"八极可围于寸眸，万物可齐于一朝"的扩写：

> 玩琼宇而情庨兮，览八方而思锐。
> 陋雨馆之常规兮，鄙鸣鹄之蔽第。[2]
> 仰凌眄于天庭兮，俯旁观乎万类。

---

[1]《文选》卷六，第273页。
[2] 据《晋宫阙名》，邺有鸣鹄园，见《艺文类聚》卷六十五，第1160页。我怀疑"雨馆"也是邺中旧馆名。

第四章 台与瓦：想象一座失落的城池

北溟浩以扬波兮,青林焕其兴蔚。[1]

扶桑细于毫末兮,昆仑卑乎覆篑。

曹氏兄弟的《登台赋》着重于眼前的景物与建筑,相比之下,陆云赋从极北的溟海写到南天的青林星宿,从东方的扶桑写到西面的昆仑仙山,视域要广阔得多。这种涵盖宇宙的视角,意味着改变了大小巨细正常认知的哲学洞见。陆云也许是受到了当时洛阳流行的玄学清谈的影响,正如比他年长的作家张华在反映了庄子相对论的《鹪鹩赋》中赞美小鸟而非扶摇万里的鲲鹏。

陆云接着转入对朝代兴亡的反思:"感崇替之靡常兮,悟废兴而永怀。"但他没有把这种感慨应用到当代,而是像曹植那样,祝愿本朝"诞洪祚之远期兮,则斯年于有万",在晋朝的大运恒昌和王朝的"崇替靡常"之间留下了未解的矛盾。

4世纪初,卢谌(284—351)写下《登邺台赋》。当年陆云在邺时,卢谌的父亲卢志也曾在邺担任太守。[2]卢谌本人于338年开始服侍石虎,他的赋很可能是在到达邺城不久后所作,当时石虎还未开始修缮工作。卢谌赋仅存片段,证实了台上原有铜雀,现在却已坠落在台下:[3]

---

[1] 青林是天苑星宿的别名,天苑在天囷之南,共十六星。
[2] 《晋书》卷四十四,第1256页。
[3] 《全晋文》卷三十四,第1656页。

> 显阳隤其颠隧，文昌鞠而为墟。
> 铜爵陨于台侧，洪钟寝于两除。
> 奚帝王之灵宇，为狐兔之攸居？

赋中的荒凉景象与曹植赋的壮丽辉煌形成了鲜明对比。赋作的残片成为城市废墟的文本体现。

台上远望中的变化景观

在早期作品中，从铜雀台上远望时看到的风景总是很开阔的，无论是邺城风貌还是宇宙宏观。5世纪的铜雀台诗歌受到陆机《吊魏武帝文》的影响，台上的恢弘视野发生了很大变化。

在某种程度上，曹丕描写自己站在铜雀台上"游目于西山"，竟成了奇特的谶言：曹操在遗令中吩咐诸子"时时登铜爵台，望吾西陵墓田"。但在陆机吊文中，必须遥望墓田的不是曹操诸子，而是曹操的婕妤妓人。按照曹操遗嘱，她们要在曹操去世后住在铜雀台上，"月朝十五，辄向帐作妓"。陆机展现出一幅失落与渴望的画面，从此开创了一个独立的诗歌传统：[1]

> 矫戚容以赴节，掩零泪而荐觞。

---

[1]《文选》卷六十，第2600—2601页。

> 物无微而不存，体无惠而不亡。
> 庶圣灵之响像，想幽神之复光。
> 苟形声之翳没，虽景音其必藏。
> 徽清弦而独奏，进脯糒而谁尝？
> 悼穗帐之冥漠，怨西陵之茫茫。
> 登爵台而群悲，贮美目其何望。

曹氏群公曾经在铜雀台上俯瞰邺城，现在却只有一群女子眺望主公的坟墓。在人生的变幻无常中，她们被固定在高台上，她们的视线也被凝固于一个无法获得的欲望对象。5世纪的文学想象聚焦在建安时代，对铜雀伎的同情也在一些杰出的南朝宫廷诗人笔下得到表现。[1]

江淹对文学历史和这一历史的文学都表现有浓厚的兴趣；与此相应，他的《铜雀妓》是最早描写这个题材的诗作之一：[2]

> 武皇去金阁，英威长寂寞。
> 雄剑顿无光，[3] 杂佩亦销烁。
> 秋至明月圆，风伤白露落。
> 清夜何湛湛，孤烛映兰幕。

---

[1] 以铜雀伎为主题的南朝与唐代诗歌大多收录于郭茂倩《乐府诗集》（卷三十一，第454—461页）。但也有一些颇有意思的遗漏。
[2] 《先秦汉魏晋南北朝诗·梁诗》卷三，第1555页。
[3] 传说干将莫邪曾制双剑，一雄一雌。

抚影怆无从,[1]惟怀忧不薄。

瑶色行应罢,红芳几为乐?

徒登歌舞台,终成蝼蚁郭。

金属(剑)与矿石(玉佩)的坚硬,屈服于时间带来的变化,但秋风也可以和剑一样"伤"人。铜雀台上的女子是作为投在兰幕上的影子出现的,孤烛的微光代替了雄剑的"无光"。在5世纪写作的语境中,诗的最后一句尤其引人注目:在早期文学作品里,蝼蚁是卑微低下的意象,而在陆机《挽歌诗》中,蝼蚁成为坟墓中尸体的啮噬者;[2]江淹的"蝼蚁郭"是新颖的表述,把浪漫化了的建安酒宴与诗人所歌颂的邺,转化为阴森恐怖的蝼蚁盛宴之城。

江淹对烛光与影子的兴趣是很"现代化"的,[3]虽然整体来说他处理这一题材的方式比较拙重,带有"古诗"风格。开篇用叙述性的诗句,以曹操的谥号明确点出他的身份,直截了当地陈述他的去世;其后,诗中的一切也都非常直白:秋"至",月"圆",露"落",夜"湛湛",女子因

---

[1] 在君主逝世的语境中,"从"有作为殉葬者从君于地下之意,也可指合葬,见《礼记注疏》卷七,第125页:"舜葬于苍梧之野,盖三妃未之从也。"江淹此句也可能意味着"因无人可从而伤感","从"有"三从之义",参见《仪礼注疏》卷三十,第359页。

[2] "丰肌飨蝼蚁",见陆机《挽歌诗》其三,《先秦汉魏晋南北朝诗·晋诗》卷五,第654页。

[3] 文学作品中对光与影的兴趣是5世纪晚期到6世纪前半叶的新现象,这一时期的作品中"烛光"与"影"的出现频率大增。详见笔者《烽火与流星》中的论述,第211—259页。

"无从"而"怆",最后更是毫不含糊地宣称,一切都终将化为"蝼蚁郭"。

当代诗歌美学趣味的转变,在谢朓《同谢谘议咏铜爵台》中体现得最明显。[1] 比江淹年轻二十岁的谢朓,是新兴的含蓄优雅宫廷诗风的先驱者,这种宫廷诗学对后世诗歌起到了至关重要的影响。

> 穗帷飘井干,樽酒若平生。
> 郁郁西陵树,讵闻歌吹声?
> 芳襟染泪迹,婵娟空复情。[2]
> 玉座犹寂寞,况乃妾身轻。

将谢朓此诗和江淹诗加以对照,我们会注意到一些颇有意思的特点:首先,谢诗通篇不提曹操,但第二句"樽酒若平生"却以其深刻的反讽打动所有熟悉曹操作品的读者,因为它回应了曹操自己在《短歌行》里写下的名句——"对酒当歌,人生几何?"这里的句眼是"若"字,这是一个后世诗论者所谓的"虚字",它传达了诗人的主观感受,也传达了"之前"与"之后"的对比,把一样实物,也即樽酒,转化为了一件空虚之物,也就是过去。

---

[1]《先秦汉魏晋南北朝诗·齐诗》卷三,第 1418—1419 页。
[2]"婵娟",《文选》《艺文类聚》作"婵媛"。《九章·哀郢》:"心婵媛而伤怀兮。"《楚辞补注》卷四,第 134 页。江淹《去故乡赋》:"情婵娟而未罢。"《全梁文》卷三十三,第 3143 页。

曹操陵墓上的树郁郁葱葱，显示了时间的流逝。这些树像屏障一样挡住了从铜雀台上传来的歌吹声，但这两句也可以理解为：树木本是无情之物，怎可能听到歌吹声？这让人几乎联想到英国诗人华兹华斯著名的《露西组诗》之一，《沉睡封吾魂》("A Slumber Did My Spirit Seal")：诗中死去的女孩"仿佛无情之物，/ 一任人间岁月流逝。/ 她没有动作，没有力量，/ 不复听闻，不复注视，/ 随着地球日夜旋转，/ 何异草木与岩石"。

江淹诗中的铜雀伎被淡化成映在兰幕上的影子，虚幻而短暂。谢朓的"芳襟"还原了她们身体的物质性，也借此轻轻点到曹操遗令中"余香可分与诸夫人"的吩咐。女子的芳襟为思念之泪所染，隐隐透露出佛教内涵。在佛教话语中，"染"意谓着情欲对心的污染，与下一句"婵娟空复情"的"空"针锋相对，更加深了诗的佛教意味。在谢朓生活的时代，精英阶层受佛教影响至深，竟陵王萧子良（460—494）是虔诚的佛教徒，作为"竟陵八友"之一的谢朓经常出入其宅邸，参与竟陵王主持的讲经与法会。[1]"染垢"在佛学词典里被解释为"执着于人生虚幻的理念与物象和感官之乐，由此产生污染而不纯净的状态"。[2] 铜雀台上的女子和要求她们在自己死后继续为亡魂演奏的君王，是"染垢"的最好体现。

---

[1] 见《梁书》卷一，第2页。
[2] 见苏西尔（William Edward Soothill）与霍道思（Louis Hodous）编写的《中国佛学词典》(*A Dictionary of Chinese Buddhist Terms*)，第309页。

诗中最后两句直接出以女子的声口，以自我慰藉作结：她们"轻"而温暖的身体，和重而寒冷的"玉座"形成了鲜明对比，"玉座"在这里是一个使曹操去个性化的转喻。这把我们带回了诗的开头：首句"穗帷飘井干"也同样有轻盈飘动的意象与沉重而毫无生机的意象的对比，井干的压迫性重量使铜雀伎无法移动，终老台上。"玉座犹寂寞"带来的只是冰冷的安慰。

谢朓的诗风为时人所仰慕，这首诗在很多方面都可谓典型：它的感情表达优雅而蕴藉，读者能从中获得的"信息"完全取决于自身对同样的文化与文学话语以及修辞训练的参与程度。

6世纪初最杰出诗人之一的何逊（？—约518）也写下了一首《铜雀妓》，同样体现了这种含蓄的自制，而又能独出心裁[1]：

> 秋风木叶落，萧瑟管弦清。
> 望陵歌对酒，向帐舞空城。
> 寂寂檐宇旷，飘飘帷幔轻。
> 曲终相顾起，日暮松柏声。

头两联使用了谢朓诗前四句里面的元素：秋风、木叶、管弦、曹操的《短歌行》，同时天衣无缝地加入了两个与

---

[1]《先秦汉魏晋南北朝诗·梁诗》卷八，第1679页。

君王之死有关的典故——"秋风木叶"明显是在呼应《九歌·湘夫人》的"袅袅兮秋风,洞庭波兮木叶下",此诗被视为湘妃在舜帝死后的思念哀悼;[1]"空城"之典一向很少受到注意,此用西汉燕刺王刘旦事,刘旦谋反失败,在自杀之前大宴嫔妃和群臣,于酒席之间作歌,想象自己死后国废城空,华容夫人亦伴歌起舞。[2]注出刘旦典故,"舞空城"的说法才有了着落,而且与"歌对酒"构成更好的对仗。

何逊诗中的女子不再眺望西陵,而是互相注视。视线受到更大的限制并转而向内。对声音的重视也很值得注意。如宇文所安所言,这首诗"以秋风木叶之飒飒开篇,转入管弦与歌唱之声,最后以风吹松柏之声作结"。[3]人为的音乐被自然的萧瑟声取代,隐括了人类功业的短暂和脆弱。在很多方面,何逊此诗也是对陆云《登台赋》的致敬,赋中有一段形容空房中的回飙与回声的生动描写。但我们由此也能看出赋与诗的文体不同,尤其是深受这种新兴诗歌美学所影响的诗:前者铺陈与详述,用语言的陈列淹没读者;后者挑动与启示,通过语言的约束与控制引发读者的想象。

6世纪以降,铜雀伎似乎成了诗人的必作题目之一,形式以五言八句为多。这些诗作大都相当可读而又乏善可陈。

---

[1]《楚辞补注》卷二,第65页。
[2] 见《汉书》卷六十三,第2757页。何逊诗的两个现代笺注本都未注出此典,见刘畅注,《何逊集注》,第11—12页;李伯齐校注,《何逊集校注》,第308—310页。
[3] Stephen Owen ed. and trans., *An Anthology of Chinese Literature*, p. 325.

其中初唐诗人王勃(650—676)的两首因包含了双重视角而显得较为独特[1]:

其 一

金凤邻铜雀,漳河望邺城。
君王无处所,[2]台榭若平生。[3]
舞席纷何就,歌梁俨未倾。[4]
西陵松槚冷,谁见绮罗情?

其 二

妾本深宫妓,层城闭九重。
君王欢爱尽,歌舞为谁容?
锦衾不复襞,罗衣谁再缝?
高台西北望,流涕向青松。

这两首诗构成一曲二重唱,双重视角的交缠:一方是从远处向高台眺望的视角,另一方是从高台上远望的视角。它们在诗歌史上的先例是《古诗十九首·其二》:[5]

---

[1]《全唐诗》卷五十六,第678页。
[2] "无处所"是对《高唐赋》中的神女(而非君王)"风止雨霁,云无处所"带有反讽意味的借用,见《全上古三代文》卷十,第73页。
[3] "若平生"借用谢朓诗中的"樽酒若平生"。
[4] "歌梁"指歌声绕梁。
[5]《先秦汉魏晋南北朝诗·全汉诗》卷十二,第329页。

青青河畔草，郁郁园中柳。
盈盈楼上女，皎皎当窗牖。
娥娥红粉妆，纤纤出素手。
"昔为倡家女，今为荡子妇。
荡子行不归，空床难独守。"

与我们的讨论相关的，是这首经典作品中的双重视角：首先，镜头拉近——男性过路人的视线？——穿透笼罩花园的郁郁草木，呈现园中的楼阁，又向上移至楼上窗边的女子，最后聚焦于一只从窗里伸出的纤纤素手，由此完成了对边界的双向穿越；其后，我们听到女子的独白，她讲述自己的人生故事，呈现她对自己目前所处困境的看法。这种由外至内观看的结构——从花园到楼阁，再到女子的个人生活与内心世界——完全在王勃的两首诗中得到了复制。

在王勃的第一首诗里，主人公从漳河边上眺望邺城，视线从金凤台移到铜雀台。邺城的宫殿楼阁依然可见，但讽刺的是，君王却像化为朝云的巫山神女一样"无处所"了。主人公逐渐接近，注意到台上的"舞席"和"歌梁"都还在。在这个时候，他回首眺望西陵，这一视角拉近了他与铜雀伎的距离，以至于他成为她们当中的一位。而接下来的第二首诗就正是以台上女子的口吻来描写从铜雀台上远望的视角。

第一首诗的尾联以"冷"字来形容西陵松柏，因为太阳西下，失去了温暖的光线照射；当然也可能是因为西陵树木郁郁，阳光难以穿透，而树木的青绿在视觉上属于冷色。[1]在黄昏暮色中，面对屏障般挡住视线的树木，诗人不禁感叹："谁见绮罗情？"感情并非可"见"之物，但这个问题提醒我们，这首诗与视觉息息相关：什么可见？什么不可见？诗人间接地回答了这个问题，他把自己，而不是死去的君王，设定为能真正"见"到绮罗情的人，因为他已进入其中，成为她们的一员。

第二首诗的首联仿拟《古诗十九首·其二》的最后四句，但又完全把它反转过来："古诗"中的女子说自己"昔为倡家女"，铜雀台上的女子说自己"本"为"深宫妓"；但如果前者暗示自己面向公众的可及性，后者则强调了深宫之中的庇护和隔离。和"古诗"中的荡子一样，她的主公也在外不归，但她没有化上"红粉妆"，而是强调无以为容。[2]第三联用了南朝诗歌的两个常见意象，锦衾与罗衣。对熟悉6世纪诗歌的读者来说，锦衾不复折叠也许有些出人意料，因为打开的锦衾一般是和情人共眠联系在一起的，因此，著名诗人王僧孺（465—522）诗中一个孤独的女子说她"锦衾襞不卧，端坐夜及朝"。[3]但王勃诗中的女子却恰好相反，锦衾不襞，也许是表示因为哀伤而忽视日常生活，也许是暗

---

[1] 后来，王维（699—761）在其名作《过香积寺》中写下过"日色冷青松"的句子。《全唐诗》卷一二六，第1274页。
[2] 《诗经·伯兮》中的女主人公表示丈夫不在家时自己是绝对无心梳妆打扮的："自伯之东，首如飞蓬。岂无膏沐，谁适为容？""古诗"中的女子却偏偏背道而驰。《毛诗注疏》卷三，第140页。
[3] 《为人宠姬有怨诗》。"卧"一作"开"。《先秦汉魏晋南北朝诗·梁诗》卷十二，第1768页。

示想要保存与主公在一起最后一夜的原貌。下一句中的"罗衣不缝"让人想到鲍照（？—466）和谢朓诗集中的类似诗句。[1]在诗的最后一联里，女子独立高台远望，不是像"古诗"女子那样回望路上的行人，而是眺望君王的陵墓；她的远望呼应了第一首开篇时行人对高台的远望，她的泪水呼应了第一首开端的漳河意象，她眼中的青松也呼应了第一首结尾处的西陵松槚，圆满地完成了组诗的回环结构。

王勃这两首诗的中心问题是观看：第一首诗中的无名主人公遥望台上的女子，暗示自己是唯一能"见"绮罗情的人，但是台上的女子却在眺望另外一个无法回视她的男子。这两首针锋相对的诗，其美妙之处在于完全缺乏回报与反馈，无论在诗的主人公和女子之间，还是在女子和她的主公之间。

南朝以来，对邺城的诗歌想象大都集中在铜雀伎身上，但从6世纪末至8世纪初，我们依然能看到人们对建安、曹魏之邺城的兴趣。北齐史学家李德林（532—592）之子李百药（565—648）的《赋得魏都》即是一个引人注目的例子。[2]李百药少时生长于邺下，北周于577年灭齐之后，他与父亲李德林一起被迁到长安。李百药年轻时出仕隋朝，后

---

[1] 鲍照"舞衣不复缝"，《先秦汉魏晋南北朝诗·宋诗》卷七，第1259页。谢朓"舞衣襞未缝"，《先秦汉魏晋南北朝诗·齐诗》卷四，第1447页。女子在夜中相思无眠时常以缝衣打发时间，如谢朓《玉阶怨》中的女子"长夜缝罗衣，思君此何极"。同前，卷三，第1420页。
[2] 《全唐诗》卷四十三，第536页。

来入仕唐。我们虽然不知道这首诗的具体创作时间，但可以确定它作于580年邺城被夷为平地之后，很有可能在唐太宗时。

> 炎运精华歇，[1]清都宝命开。
> 帝里三方盛，[2]王庭万国来。
> 玄武疏遥隥，[3]金凤上层台。
> 乍进仙童乐，时倾避暑杯。[4]
> 南馆招奇士，西园引上才。[5]
> 还惜刘公幹，疲病清漳隈。[6]

这首诗展现了对邺城的动态观，与帝国的视野息息相关。第一联提出曹魏王朝的正统，第三句对此加以强调：在

---

[1] 汉属火德，故称"炎汉"。
[2] 陆机《辨亡论》用"三方"指魏蜀吴三国，《全晋文》卷九十八，第2023页。
[3] 郦道元《水经注》："魏武王又竭漳水，回流东注，号天井堰。二十里中，作十二墱，墱相去三百步。"《水经注校释》卷十，第179页。
[4] 曹丕《折杨柳行》："西山一何高，高高殊无极。上有两仙僮，不饮亦不食。与我一丸药，光耀有五色。"《先秦汉魏晋南北朝诗·魏诗》卷四，第393—394页。据鱼豢《典略》记载，袁绍驻守邺城时，常"以盛夏三伏之际……饮酒至于无知，云以避一时之暑"，故当地有"避暑饮"之说，见《艺文类聚》卷五，第86页。
[5] 南馆、西园在曹丕和曹植邺下游览的诗文中都有出现。南馆见曹丕《与吴质书》，《全三国文》卷七，第1089页。曹植《公宴诗》："清夜游西园，飞盖相追随。"见《先秦汉魏晋南北朝诗·魏诗》卷七，第449页。
[6] 刘桢《赠五官中郎将》："余婴沉痼疾，窜身清漳滨。"《先秦汉魏晋南北朝诗·魏诗》卷三，第369页。

三国之中,邺被描写为最辉煌灿烂的都市。此后,诗中视角随着万国使者来朝而由城外转向城内。第五句继续上文的向心动势,描写漳河如何被引入邺城;第六句开始向上的动态,实指铜雀被安装在层台之巅。随着读者视线上行,自然引到第七句的求仙,[1]但第八句倾倒的"避暑杯"又以向下的趋势而回到人间,这里与天上不同,有寒暑冷热,更有饮食之需,不像曹丕诗里的"仙童"那样,可以"不饮亦不食"。这引发了第五联中熟悉的建安酒宴之描写,再次刻画了朝向政治与文化中心亦"招"亦"引"的向心力。

可是最后一联突然笔锋一转,从城内移往城外,从中心移往边缘:刘桢养病漳滨,曹丕前去看望,刘桢作诗表示感谢。在家卧病的诗人受到主公的殷勤关怀,对这首诗里帝国的建构来说至关重要:无人可以超出帝国的视野;刘桢虽暂时隐退,但还是要接受主公的探望,也不得不对主公之"惜"表示感激——惜是对人的爱惜,也是对一件贵重物品的吝惜。事实上,卧病诗人的形象可能对李百药有着特殊意义:正因他从小体弱多病,他的祖母才给他起了"百药"这个名字。[2]

数十年之后,唐朝名相张说(663—730)写了一首《邺都引》:[3]

---

[1] 这里的"金凤上层台"指铜雀台上的铜雀,不是石虎给铜雀台改的名字,虽然北齐改"铜雀"为"金凤"可能影响了李百药的修辞选择。
[2] 见《旧唐书》李百药本传,卷七十二,第2571页。
[3] 《全唐诗》卷八十六,第939—940页。

君不见魏武草创争天禄,群雄睢盱相驰逐。
昼携壮士破坚阵,夜接词人赋华屋。[1]
都邑缭绕西山阳,桑榆汗漫漳河曲。[2]
城郭为虚人改代,但有西园明月在。[3]
邺傍高冢多贵臣,娥眉曼睩共灰尘。[4]
试上铜台歌舞处,唯有秋风愁杀人。

我们看到铜雀台诗中常见的意象:秋、月、风、树,但在这首诗里它们的质地都有所不同。和王勃的《铜雀伎》一样,张说此诗的聚焦点也在于视野:邺城及其所承载的历史有哪些可见,又有哪些不可见。第一句"君不见"是反问,但以否定句式出之,此后的一切全都可以视为"不见"的宾语。全诗通篇都突出了眼睛的意象:英雄相争的"睢盱",宴席间歌姬舞女的"曼睩"。但诗篇到了最后,却以一个听觉意象作结——可闻而不可见的秋风之声。

从曹操时代遗留下来的唯一可见之物是文本的:"但有西园明月在"——西园的明月,是曹植在诗中歌咏的明月。李善对曹植诗句"年在桑榆间"的注解称言:"日在桑

---

[1] 曹植《箜篌引》(一名《野田黄雀行》):"生存华屋处,零落归山丘。"
[2] 曹植《赠白马王彪》:"年在桑榆间,影响不能追。"《先秦汉魏晋南北朝诗·魏诗》卷七,第454页。
[3] 曹植《公宴诗》:"清夜游西园,飞盖相追随。明月澄清景,列宿正参差。"《先秦汉魏晋南北朝诗·魏诗》卷七,第449页。
[4] "曼"一作"曼",《楚辞·招魂》:"蛾眉曼睩,目腾光些。"《楚辞补注》卷九,第205页。

榆，以喻人之将老。"[1] 在张说诗中，桑榆漫漫，长满河畔，大自然战胜了人为的建筑，诗人以此表现一座都城的衰老与死亡：邺化为废墟，居人也已不再，只有用诗歌语言建筑的"华屋"保存下来。诗中的第二联呈现出文与武、创造力与破坏力的完美平衡：坚阵可以被壮士击破，但词人赋写的华屋却在城郭为墟之后流传千古。张说的诗，通过对诗歌的礼赞，最终指向自身，验证了自身的价值。

谈到中古时期的铜雀台诗，不得不提到李贺（790—816）的《追和何谢铜雀妓》。[2] 李贺因其怪诞华丽的意象而被后世称为"鬼才"。他写过不少以汉末三国为题材的诗作，可见他对那段历史的浓厚兴趣。[3] 对李贺来说，铜雀伎想必是一个不容错过的机会和挑战。更何况他所生活的时代对南朝有强烈的文化怀旧感，这种怀旧感赋予南朝一层它本身所不具有的忧郁颓废的氛围。[4]

> 佳人一壶酒，秋容满千里。
> 石马卧新烟，忧来何所似？

---

[1]《文选》卷二十四，第1124页。
[2]《全唐诗》卷三九二，第4412页。
[3] 例如《汉唐姬饮酒歌》《金铜仙人辞汉歌》《吕将军歌》，还有一首颇有意思的《古邺城童子谣效王粲刺曹操》，这首诗我们会在后文谈到。见《全唐诗》卷三九四，第4441页；卷三九一，第4403页；卷三九三，第4433页；卷三九二，第4420页。
[4] 见 Fusheng Wu（吴伏生），*The Poetics of Decadence*（《颓废诗学》），p. 77；Stephen Owen, *The Late Tang*, p. 209；以及笔者《烽火与流星》，第328页。

歌声且潜弄,陵树风自起。
长裾压高台,泪眼看花机。

注家多以"佳人"为铜雀伎,[1]但古汉语中的"佳人"事实上并不限于女性。这里诗人显然在指称何逊、谢朓诗中都有提及的曹操《短歌行》。"佳人"的性别不确定性使之既可指曹操,也可指铜雀台上以樽酒祭奠曹操亡灵的女子。"佳人"的模糊性,还有"佳人"与"一壶酒"之间的灵活关系,奠定了全诗的基调,此诗的感人力量正来自它的丰富阐释空间与意象修辞的流动性。

第二句的"秋容"一般认为是指秋日的景象,但对应上一句的"佳人",也可以指铜雀伎老去的容颜。谢庄以建安为题材的《月赋》有"隔千里兮共明月"的名句。[2]李贺诗句的感染力并不逊色于谢赋,因为他描写的不是生离而是死别,秋容满千里而无法"共明月"。

明月意象含蓄的在场,在第四句"忧来何所似"中得到强调,这句诗的背景文本是曹操《短歌行》:"明明如月,何时可辍?忧从中来,不可断绝。"诗人"何所似"的发问,也隐隐是在邀请读者把忧愁比作明月,就像在曹操的诗里那样。死者不为人世的悲愁所动,这在第三联里得到自然界的呼应:秋风"自"起,与铜雀伎的歌声(也是"风")毫不

---

[1] 李贺《昌谷集》卷三,第93页,与《李长吉歌诗》卷三,第98页(并收入《李贺诗注》);《李贺诗集》,第162页;《李贺集》,第183页。
[2] 《全宋文》卷三十四,第2625页。

相干。

李贺诗作与谢朓、何逊诗最引人注目的交接互动,是对轻/重主题的处理。我们先看第三句"石马卧新烟":马以行动迅速为特色,现在却沉重冰冷、无法移动,并借助转喻的延伸,指向马上的骑士——此刻他也一样冰冷地躺卧在坟墓中。石马的重量,固体,还有清晰的轮廓,通过"卧"字得到了清晰的表现:"卧"是一个具有物质性的静态的动词,但石马却又是"卧"在空灵缥缈、瞬息万变、没有固定形状的烟雾里;不仅如此,烟还是"新烟",[1]"新"体现了发生在自然界的变化,也再次突出了在神道上昭示死者高贵地位的石马是如何地恒定不变。

轻与重的相互作用在"长裾压高台"一句中被彻底转变:"压"用在这里显得突兀,因为它暗示着重量,而女子的罗衣,特别是铜雀伎的"芳襟",应该是轻盈的。这个奇特的动词引发了一些过于坐实也相当穿凿的解读,比如说有论者以为这是因为铜雀伎人数太多了,所以才会压着高台。但实际上这句诗的灵感,来自谢朓"穗帷飘井干"句中对织品的轻盈与建筑物的沉重之间的对比,也来自"玉座犹寂寞,况乃妾身轻"句中铜雀伎微弱的自我安慰。李贺做了两处改动:首先,这首诗里的织物是女子身体所着的罗衣;其二,织物与高台的关系成为压迫的关系。我们可以说,相对

---

[1] 有些明清笺注家认为"新烟"指新墓之上的新生草木,但这种解释不能让人满意,因为新绿之"烟"与全诗的秋天氛围不符。见《昌谷集》卷三,第93页;《李长吉歌诗》卷三,第98页。

于谢朓诗中女子身体和价值的轻微，也相对于这首诗里代表了死去君王的沉重石马，这首诗中的女子构成了一种平衡性的重量；她们被一个强于她们的意志固定在高台上，但同时她们的生命也沉甸甸地压迫着这座高台。

最后要谈一下诗的末句："泪眼看花机。"所有注家都试图改"机"为"几"，把它理解为摆放祭品的几案。这种解读的问题是，祭桌或灵桌几乎从来都不会被人称为"花几"。我怀疑李贺大胆怪诞的诗歌想象很可能把他带到了曹操遗令中一个铜雀诗从来不曾提及的因素：曹操要他的姬妾在他死后织履卖履。"机"指织布机，虽与制履并不完全吻合，但它表示台上女子在不为亡灵表演歌舞的时候，是要做女红的。归根结底，诗以视线聚焦于贴近之物作结，与何逊诗中的"曲终相顾起"有相似之处：两首诗中的女子都不再眺望远方的陵墓。

反讽与批判：后代的变调

如果说早期铜雀台诗歌中的铜雀伎表达了对君王的思念，那么在李贺诗中已经完全看不到这样的情感了。当然，曹操遗令引发的讽刺感与铜雀主题相去不远：对曹操的痴迷的否定态度和对他的人性弱点表示的同情之间存在着张力，这在陆机的《吊魏武帝文》中已可可见端倪。但随着时间的流逝，人们渐渐更偏向于同情铜雀伎的悲惨命运，而从8世纪开始，对曹操的批判日益增多。

崔国辅(726进士)《魏宫词》的辛辣讽刺让我们看到了铜雀伎的另一面:[1]

> 朝日照红妆,拟上铜雀台。
> 画眉犹未了,魏帝使人催。

这首绝句貌似简单,实内涵复杂。在崔国辅的时代,铜雀伎已经基本专指在台上为曹操亡灵演奏的女子,她们并不服侍任何在世的君王。那么这里的"魏帝"究竟是谁?崔国辅所指的很可能是《世说新语》中记载的"文帝悉取武帝宫人自侍"一事。[2]在崔国辅笔下,铜雀台这一充满忧伤与渴望的空间,被转化为活生生的性与欲望的所在。诗中隐含的批判甚至不必非得针对乱伦行为,因为君王还在清晨就迫不及待地要欣赏歌舞,这本身就已经够荒淫了。

著名的作家和书法家李邕(678—747)是《文选》注家李善之子,他写过一首颇不寻常的《铜雀妓》,批判此前所有以铜雀为题材的诗作:[3]

> 西陵望何及,弦管徒在兹。

---

[1]《全唐诗》卷一一九,第1202页。
[2]《世说新语·贤媛》:"魏武帝崩,文帝悉取武帝宫人自侍。及帝病困,卞后入户,见直侍并是昔日所爱幸者。太后问:'何时来邪?'云:'正伏魄时过。'"见《世说新语笺疏》卷十九,第786—787页。"伏魄"作为招魂仪式,一般在死者去世不久之后进行。
[3]《全唐诗》卷一一五,第1168页。

> 谁言死者乐，但令生者悲。
> 丈夫有余志，儿女焉足私？
> 扰扰多俗情，投迹互相师。
> 直节岂感激，荒淫乃凄其。
> 颍水有许由，西山有伯夷。
> 颂声何寥寥，唯闻铜雀诗。
> 君举良未易，永为后代嗤。

这首诗的一个特色是大量使用反问句和感叹句，全诗十六句中五句都用了这样的句式，加强了道德谴责的雄辩和宣言效果。有意思的是，这首诗虽然题为《铜雀妓》，却并未收入《乐府诗集》，这当然可能只是郭茂倩的疏忽，但考虑到此诗强烈的"反铜雀"性质，他的遗漏似乎也并非偶然。

刘商（活跃于8世纪末）的《铜雀妓》代表了形式上的变调：虽然还是五言，但他的诗长达二十二句，比普通的铜雀诗长将近三倍。[1] 这首诗公开地批评曹操，不过还是保留了传统上对铜雀伎的同情：

> 魏主矜蛾眉，美人美于玉。
> 高台无昼夜，歌舞竟未足。
> 盛色如转圜，夕阳落深谷。
> 仍令身殁后，尚纵平生欲。

---

[1]《全唐诗》卷三〇三，第3447页。

> 红粉泪纵横,调弦向空屋。
> 举头君不在,惟见西陵木。
> 玉辇岂再来?娇鬟为谁绿?
> 那堪秋风里,更舞阳春曲。
> 曲罢情不胜,凭阑向西哭。
> 台边生野草,来去罥罗縠。
> 况复陵寝间,双双见麋鹿。

在此前的铜雀诗作中,曹操的西陵墓田生满了郁郁松柏,但在刘商的想象里,"野草"就长在铜雀台边:通往居处的小径因人迹罕至而长满了青苔蔓草,这也是形容失宠宫人或隐士生活的常见诗歌意象,但这里的野草牵绊住铜雀伎的罗衣("罥罗縠"),是对传统意象的巧妙改动,也生动地表现了铜雀伎的困境,与李贺的"长裾压高台"有异曲同工之妙。草木丛生的铜雀台,让人联想到吴国的姑苏台,伍子胥曾劝谏吴王不要接受越王求和,否则"臣必见越之破吴,豕鹿游于姑胥之台,荆榛蔓于宫阙"。[1] 刘诗末句也出现了麋鹿的意象,但麋鹿的成双成对是新变,借以反衬铜雀伎的孤独。

我们当然可以在所有的铜雀诗作中读出对曹操的道德谴责,但刘商诗的独特之处在于开篇即对曹操喜好声色做出明确的批评。诗中不言"魏帝"或"魏王",但言"魏主",

---

[1]《吴越春秋》,第149页。

这一字之差已经包含了道德评价："主"在传统正史中用来指称所谓不合法的统治者。[1]诗人在描写铜雀伎的困境与悲哀时，有意避开任何含蓄和微妙，这也增强了诗作的谴责语气。而且，铜雀伎究竟是因思念逝者而悲伤，还是在自伤自怜，也并不清楚。

9世纪的铜雀台诗依然可见早期作品优雅的哀婉，但变化也很明显。这个时期的诗人似乎在有意避免老调重弹：上文讨论过的李贺诗，借用前代名作的意象但对之加以改造；温庭筠（约812—约870）也尝试着推陈出新，不写铜雀台而写金虎台，并尽量把北齐历史重新嵌入邺城诗歌话语。[2]与此同时，以三国为题材的作品日益增多，诗人对一些新的历史人物与事件产生兴趣，其中最突出的是诸葛亮和赤壁之战，这将在下一章中讨论。

在9世纪，邺城/铜雀诗中的讽刺意味越来越显而易见。李贺的《古邺城童子谣效王粲刺曹操》是一首值得注意的早期作品：[3]

---

[1] 例如沈约在《宋书》中称北魏皇帝为"魏主"，见《宋书》卷四，第65页；卷四十六，第1397—1400页。而北朝史学家魏收（506—572）在《魏书》中则称梁朝皇帝为"梁主"，见《魏书》卷一〇五，第2448—2449页。
[2] 见《金虎台》（《全唐诗》卷五七七，第6711页）。温庭筠以北齐为题材的诗作包括《邯郸郭公词》《达摩支曲》等，见《全唐诗》卷五七七，第6712页；卷五十六，第6703页。
[3] 《全唐诗》卷三九二，第4420页。

> 邺城中，暮尘起。探黑丸，斫文吏。[1]
> 棘为鞭，虎为马。团团走，邺城下。
> 切玉剑，射日弓。献何人？奉相公。
> 扶毂来，关右儿。香扫涂，相公归。

这首诗刻画的图景是一个混乱的年代，城中恶少骑马横行，公然刺杀朝臣。诗之"刺"在于少年对法律的漠视和他们对"相公"也即曹操一心一意的忠诚。他们进献的礼物很成问题，尤其是隐含叛逆之意的"射日弓"。

这首诗明快的三言节奏和《后汉书》中记载的一些"童谣"有相似之处，但王粲现存作品中并无任何讽刺曹操之作；相反，陈琳倒是写过一篇收入《文选》的《为袁绍檄豫州文》。也许王粲在奉事刘表时写过讽刺曹操的作品，但现已散佚，不过这更有可能是李贺自己的想象：如他曾以著名梁朝宫廷诗人庾肩吾（约487—551）的口吻写过一首《还自会稽歌》，因为他认为庾肩吾在建康沦陷时"想必"写过诗篇。[2]

李贺诗中的曹操隐然是一群恶少年的首领，一个怀抱野心、令人不安的权相。9世纪以降，这种负面形象逐渐获

---

[1]《汉书》卷九十，第3673页："永始、元延间，上怠于政……长安中奸滑浸多，闾里少年群辈杀吏，受赇报仇，相与探丸为弹，得赤丸者斫武吏，得黑丸者斫文吏，白者主治丧；城中薄暮尘起，剽劫行者，死伤横道……""探黑丸"或作"将黑丸"，见《乐府诗集》卷八十七，第1229页。

[2]《还自会稽歌》序："仆意其必有遗文，今无得焉，故作《还自会稽歌》，以补其悲。"见《全唐诗》卷三九〇，第4392—4393页。

第四章 台与瓦：想象一座失落的城池 225

得越来越大的影响。李咸用（活跃于860—874）的《铜雀台》是明确讽刺曹操的。[1]他的诗集直到南宋仍保存良好，南宋大诗人杨万里（1127—1206）很敬仰他，为他的《披沙集》写过序。[2]李诗如下：

> 但见西陵惨明月，女妓无因更相悦。
> 有虞曾不有遗言，滴尽湘妃眼中血。

张说诗中的"西园明月"变成了"西陵惨明月"，而且现在的西陵唯一可见的也只有明月了。后两句写舜帝去世并无遗言而二妃却为之泣血，以此反衬曹操的愚痴。

著名晚唐诗人陆龟蒙（？—881）有两首《邺宫词》，[3]分别写曹操和石虎，毫不含蓄地指出曹操在诗人眼中的虚伪：

> 魏武平生不好香，枫胶蕙炷洁宫房。
> 可知遗令非前事，却有余熏在绣囊。

陆龟蒙这首绝句是据曹操诫令而作的。诫令有两段文字，可能是同一诫令的两段，也可能是两次不同的诫令。其一云："昔天下初定，吾便禁家内不得香熏。后诸女配国

---

[1]《全唐诗》卷六四四，第7383页。
[2] 见《杨万里集笺校》，第3289—3290页。
[3]《全唐诗》卷六二九，第7221页。

家，[1]为其香，因此得烧香。吾不好烧香，恨不遂所禁，今复禁，不得烧香，其以香藏衣着身亦不得。"[2]其二云："房室不洁，听得烧枫胶及蕙草。"[3]在诫令中曹操说自己"不好香"，在其遗令中说"余香可分与诸夫人"：陆龟蒙显然认为前后二令中曹操态度不一致（虽然这两处说法并不一定有任何矛盾），于是作诗讽刺。

罗隐（833—910）向以讥刺风格著称，他在《邺城》（又题为《铜雀台》之二）中问道："英雄亦到分香处，能共常人较几多？"[4]在《铜雀台》中，他对铜雀伎表达出罕见的讽刺之意：[5]

> 强歌强舞竟难胜，花落花开泪满膺。
> 只合当年伴君死，免交憔悴望西陵。

至此，铜雀台诗歌传统的能量似乎已经消耗殆尽，薛能（约817—880）《铜雀台》充满平淡乏味的道德说教，读来宛如一首乡村打油诗：[6]

---

[1] 曹操"诸女配国家"为213年事，此令应颁布于213年之后。
[2] 《太平御览》卷九八一，第4476页。
[3] 《太平御览》卷九八二，第4480页。
[4] 《全唐诗》卷六五五，第7538页。辛文房《唐才子传》称罗隐"诗文凡以讥刺为主"，《唐才子传校笺》卷九，第123页。
[5] 《全唐诗》卷六五六，第7545页。
[6] 《全唐诗》卷五六一，第6514页。

> 魏帝当时铜雀台，黄花深映棘丛开。
> 人生富贵须回首，此地岂无歌舞来。

李百药、张说等人作品中对铜雀台、曹操、邺城的浪漫想象在逐渐消失，这在梅尧臣（1002—1060）的那首讽刺漫画一般的《邺中行》里达到极致。[1] 在宋朝，除了陶渊明之外，人们对先唐诗歌兴趣甚微，建安七子的声名进入了一个新的低谷期。

> 武帝初起铜雀台，丕又建阁延七子。
> 日日台上群乌饥，峨峨七子宴且喜。[2]
> 是时阁严人不通，虽有层梯谁可履？[3]
> 公幹才俊或欺事，平视美人曾不起。[4]
> 五官褊急犹且容，意使忿怒如有鬼。
> 自兹不得为故人，[5] 输作左校滨于死。
> 其余数子安可存，纷然射去如流矢。

---

[1]《全宋诗》卷二五四，第2842页。梅尧臣，《梅尧臣编年校注》，第255页。
[2]《诗经·棫朴》："奉璋峨峨，髦士攸宜。"传统注家认为此诗赞美了周文王举贤任能。《毛诗注疏》卷十六，第556页。
[3] 应玚《侍五官中郎将建章台集诗》："欲因云雨会，濯翼陵高梯。"见本书第二章的讨论。
[4]《三国志》卷二十一，第601页，裴松之注："其后太子尝请诸文学，酒酣坐欢，命夫人甄氏出拜。坐中众人咸伏，而桢独平视。太祖闻之，乃收桢，减死输作。"但此诗写刘桢服役"滨于死"，并无历史根据。
[5] 刘桢《赠五官中郎将诗》其二："常恐游岱宗，不复见故人。"《先秦汉魏晋南北朝诗·魏诗》卷三，第370页。

乌乌声乐台转高，[1]各自毕逋夸虺尾。[2]
而今抚卷迹已陈，唯有漳河旧流水。

全诗是以"绕树三匝"、择枝而栖的乌鹊为中心意象的。曹操建筑的铜雀台上饥饿的乌鸦，在曹丕的高阁中参加宴会的七子，形成了奇特而充满反讽的对比。第五联描写曹丕对刘桢平视甄氏的包容和曹操一反常态的发怒，也很意味深长，但无论诗人用意何在，他只是暗示而不明言。曹操喜欢自比周公；周公的形象隐隐在"各自毕逋夸虺尾"一句的背景里浮现，但在这一混用典故的诗句里，虺尾的老狼被转换成不知处境困难而徒然夸耀的乌鸦。第十五句的"乌乌声乐"暗示人去台空。

诗中的乌鸦不是什么正面的形象，七子亦然。他们"纷然射去如流矢"，用陈琳在其檄文惹怒曹操后面对曹操质问时的回答："箭在弦上，不得不发耳。"这回答把他自己贬低为战争与暴力的器械，毫无自控与自主权。虽然针对一篇特定的作品和一个特定的情境这不失为一句机智的回答，但如果脱离当

---

[1] 《左传注疏》襄公十八年（卷三十三，第577页）："齐师夜遁，师旷告晋侯曰：'乌乌之声乐，齐师其遁。'"杜注云："乌乌得空营，故乐也。"
[2] 此句用了两个典故。第一个是《后汉书·志第十三·五行一》第3281—3282页记载的东汉童谣："城上乌，尾毕逋。"史家云："案此皆谓为政贪也。'城上乌，尾毕逋'者，处高利独食，不与下共。""虺尾"出自《诗经·狼跋》："狼跋其胡，载虺其尾。"这两句形容一匹老狼进退两难，传统注家认为这描写了周公辅佐成王时的艰难处境。见《毛诗注疏》卷八，第304页。

第四章 台与瓦：想象一座失落的城池

时语境，把它作为一个普遍的陈述来看待，就会让人觉得七子不过是侍奉一时之主的工具，没有道德原则可言。这与早期诗歌对邺城之光荣与铜雀台之哀婉的浪漫描述相去甚远。在梅诗的最后一联中，邺城本身也已化为书卷中的陈迹，只剩下漳河的"旧流水"回响着孔子的名言："逝者如斯夫。"

碎片化：铜雀砚

对建安七子的贬低，和宋人对魏晋南北朝诗歌的漠然是一脉相承的。胡宏（1105—1161）写过一首《观建安七子诗》，"观"字颇有意思：建安七子的作品不再是用来阅"读"的文本，而是远"观"的对象。[1]

> 作文发妙理，经国厉远图。
> 游目建安中，才子足欢娱。
> 王刘与应阮，精神可交输。
> 西南落汉日，扬益奋两隅。[2]
> 山河裂地轴，星象分天衢。
> 八师遇有姚，[3]万世垂楷模。

---

[1]《全宋诗》卷一九七二，第22097页。
[2]"扬益"指扬州和益州，分属吴蜀之地。
[3]"有姚"指舜帝，"八师"指上古可以为帝王师的八位贤臣。系于东方朔名下的《七谏》云："虽有八师而不可为。"见《全汉文》卷二十五，第262页。

> 一元均大化，五服拥皇都。
> 悠悠彼七子，流光失其孚。
> 飞觞宴婉娈，鼓瑟吹笙竽。
> 主人敬爱客，徒尔相扬揄。
> 魏祚竟不长，诒谋止斯须。
> 逡巡数十年，犬羊毡八区。[1]
> 所以汉高帝，慢骂轻文儒。

胡宏还是一个年轻人时，北宋灭亡。就和西晋的最后两位皇帝一样，北宋的最后两位皇帝也被俘北上。对于大半生在南方度过的胡宏来说，魏晋历史想必有着强烈的现实意义。在诗的首联，文学作品（作文）与政治成就（经国）被引人注目地一分为二，前者隐然被贬低到次要地位：文之"妙理"除了对文学自身而言是有益的，此外别无是处。此后，胡宏明确表示了他对建安七子的看法：他们是"经国"无一用的"文儒"。这与曹丕的"文章乃经国之大业"截然相反，显示了早期中古时代文化与政治综合一体概念的离散。

随着文学史和政治史评价的变化，对邺城的态度也发生了变化。由于印刷的发达，宋诗保存得远比前朝为多，但

---

[1] "犬羊毡八区"乃据19世纪藏书家陆香圃的抄本，《四库全书》作"刘、石擅八区"，见《全宋诗》卷一九七二，第22097页。"刘、石"指4世纪北方的胡族统治者，或为《四库全书》编者为避讳"犬羊""毡"等字眼而作的改动。

关于邺城的作品却很少。贺铸（1052—1125）的长诗《故邺》算是一个特例。[1]诗序简述邺城历史，交代了创作时间（1078）。当时贺铸在邺城附近任职，在深秋的一天，他骑马访问邺城故址，在回程"马背"上吟作此诗。

> 魏武昔恢图，北平谭尚孽。[2]
> 卜邺筑新都，非徒三狡穴。
> 将行迁鼎志，遽有分香诀。
> 落日穗帷空，奠终歌舞阕。
> 旋闻瀍洛上，载起苍龙阙。[3]
> 四叶不归东，[4]苔花驰道绝。
> 食槽识终验，[5]挂饭期先决。[6]
> 扰攘百年间，覆车寻此辙。[7]
> 山川气象变，朝市繁华歇。
> 白露复青芜，茫茫换时节。

---

[1] 《全宋诗》卷一一〇三，第 12510 页。《清湖遗老诗集校注》，第 62 页。
[2] 袁谭、袁尚为袁绍之二子，曾在邺城与曹操对峙。
[3] 指魏明帝曹叡在位时在洛阳大兴土木、建筑宫阙。
[4] 指曹魏四代统治者都留在洛阳，未返邺城。
[5] 曹操曾梦"三马同槽"，以为不祥，后来曹魏果然为司马氏所灭。《晋书》卷一，第 20 页。
[6] 据贺铸诗序，北魏孝文帝（471—499 在位）在迁都洛阳时经过邺城，据说在城门上悬挂了食瓢。他的大臣崔光说"挂饭"乃"悬飧"，皇帝当有玄孙发祥于此。后来邺果然成为东魏都城。
[7] 以邺为都的东魏、北齐都朝祚不久。

阴风吹葛屦，[1]磷火走兵血。
木叶下西陵，寒虫助骚屑。
当时陪葬骨，马鬣犹环列。[2]
隧碣仆纵横，镌文久残缺。
帛砧与柱础，螭首随分裂。
指此一抔间，贤愚两何别？[3]
悠悠凤漳水，[4]寂寂雀台月。
千古配英魂，未随埃烬灭。
田皋访遗老，谓有兴亡说。
但听黍离篇，叱牛耕不辍。

庾信使邺诗云："古碑文字尽，荒城年代迷。被陇文瓜熟，交塍香穗低。"贺铸这首四十句的长诗在很多层面上都可以说是庾信那四句诗的扩写。但二者的差别也明确体现了这两位诗人及其时代之间的文化差别。和庾信一样，贺铸也提到碑文的残缺，但更令人感慨的是石碑如今被用作捣衣砧或是回收利用的建筑材料，落入平凡，风雅全无。庾信贵为

---

[1] 《诗经·葛屦》："纠纠葛屦，可以履霜。"《毛诗注疏》卷五，第206页。此诗出于"魏风"，虽然此魏非彼魏，但可能是诗人的文字游戏。
[2] "马鬣"指坟墓封土的一种形状，见《礼记注疏》卷八，第149页。
[3] "一抔"即"一抔土"，指坟墓。《史记》卷一〇二，第2755页："假令愚民取长陵一抔土，陛下何以加其法乎？"这两句是说无论贤愚都不外乎一死。
[4] 据说石虎在位末年，邺城凤阳门的两只金凤凰飞入了漳河。见《晋书》卷二十七，第811页。

梁朝国使，贺铸此时则在都作院担任一个卑微的官职。他向当地农夫访问"真实"地方史的举动也反映了六百年间的巨大变化：无论"田皋遗老"多么年迈，早期中古时代的诗人都不会向他们求访朝代兴亡。诗人对此以幽默的语调出之，这种人性化的加工代表了宋诗迷人的一面：我们看到庾信诗中隐含的《黍离》在这里变成了农夫"叱牛耕不辍"的叫喊——他们显然完全忽视了想向他们"访兴亡"的诗人。如果说《黍离》一直以来仅仅被理解为对王朝衰亡的悲叹，那么当它出现在农人辛勤劳作生产黍稷的平凡意象中，就获得了更为复杂的含义。[1] 贺诗的最后一句出乎意外地诉诸听觉，创造出生动的现实感和在场感，既不同于沉默的古碑——历史与文化的境界，也不同于秋日虫鸣——对人事冷漠无情的自然界。如果没有最后四句，这首诗依然可以算是一首像样的作品；但最后几句用鲜活的人间世来范围和限制曾引发无数陈词滥调的历史古城，为它找回了新的尊严。

总体说来，邺城废墟没有在北宋激发出多少佳作。到南宋，邺属于女真统治的领土，宋人无法来访——除非是在否定的意义上。谢薖（1074—1116）是较为知名的诗人谢逸（1068—1113）的堂弟，他以《读三都赋》一诗对左思赋作发出批评。在感叹汉朝末年的丧乱之后，诗人以如下诗句作结：[2]

---

[1] 农人在秋天耕田是为了松土以利来年的春耕。
[2] 见谢薖，《竹友集》卷四。

> 作都虽云美,其如九鼎轻。[1]
> 十年翰墨手,摸写费丹青。
> 人与骨俱朽,山川空炳灵。[2]
> 吾怀鲍明远,寂莫赋芜城。[3]

九鼎是皇权的象征;诗人意谓三国都城虽美,却无法长治久安。在谢薖诗中,"作都"比"作赋"重要,九鼎最终重于都城。凝聚了左思十年心血、为他带来"洛阳纸贵"名声的《三都赋》,不过是费话而已。

有宋一代,以铜雀伎为主题的诗歌少之又少;相反,我们看到了一个新诗题的发展,与当时文人私人生活中的艺术鉴赏和古董收藏这一新的文化与美学现象相呼应,这个新主题就是声称以铜雀瓦制成的铜雀砚。铜雀台坍塌破碎,它的碎片流传四方,成为人们热烈追求的古董,被购置、赠送、交换、欣赏、评价和使用。如此一来,铜雀砚在很多方面成了宋代文人文化的载体,而人们心目中的"宋"往往隐含着与"唐"的对照。

11世纪涌现了一大批铜雀砚诗,作者包括梅尧臣、欧阳修(1007—1072)、韩琦(1008—1075),以及陶弼(1015—1078)、文同(1018—1079)、刘敞(1019—1068)、

---

[1] 楚子曾问周鼎之轻重,周王使者王孙满回应说,统治天下在德不在鼎。见《左传注疏》宣公三年,卷二十一,第367页。
[2] "炳灵"一词出自左思《蜀都赋》,见《全晋文》卷七十四,第1883页。
[3] 按指鲍照名篇《芜城赋》,见《全宋文》卷四十六,第2687页。

王安石（1021—1086）、强至（1022—1076）等。[1]但显然铜雀砚早在此前已经是有利可图的商品了。10世纪末，苏易简（958—997）即在《文房四谱》中提到铜雀砚：

> 魏铜雀台遗址人多发其古瓦，琢之为砚，甚工……昔人制此台，其瓦俾陶人澄泥以缔滤过，加胡桃油，方埏埴之，故与众瓦有异焉……土人有假作古瓦之状砚以市于人者甚众。

对铜雀瓦制砚是否实用的争议很早就出现了。杨亿（974—1020）记载了一则关于南唐大臣徐铉（916—991）的逸事：

> 徐铉工篆隶，好笔砚。归朝，闻邺中耕人时有得铜雀台古瓦，琢为砚，甚佳。会所亲调补邺令，嘱之，

---

[1] 欧阳修和韩琦的诗作见下。陶弼《铜雀砚》，见《全宋诗》卷四〇六，第4993页；文同《问陈彦升觅古瓦砚》，同前，卷四四八，第5438页；刘敞《铜雀台瓦砚》，同前，卷四七四，第5744页；王安石《相州古瓦砚》，同前，卷五六九，第6723页；强至《石兊之出铜雀瓦砚相示信笔题其后》，同前，卷五八八，第6913页。苏轼（1037—1101）在《次韵和子由欲得骊山澄泥砚》一诗（同前，卷七八八，第9131页）首联中也提到了铜雀砚的盛名。苏轼之弟苏辙（1039—1112）的原作题为《子瞻见许骊山澄泥砚》（同前，卷八五〇，第9828页）。苏氏兄弟二诗都以铜雀砚作为澄泥砚的参照系。此外还出现了一系列铜雀砚铭，如苏轼为好友黄庭坚（1045—1105）写的《黄鲁直铜雀砚铭》（《苏东坡全集》，第553页）；黄庭坚自己也写有《铜雀台砚铭》（《黄庭坚全集》，第550页）。苏辙写过《铜雀砚铭并引》（《栾城集》，第1524页）。

凡经年，寻得古瓦二，绝厚大，命工为二砚持归，面以授铉。铉得之喜，即注水，将试墨，瓦瘗土中，枯燥甚，得水即渗尽，又注之，随竭，涪涪有声喷啧焉。铉笑曰："岂铜雀之渴乎？"终不可用，与常瓦砾无异。[1]

975 年，宋灭南唐，徐铉归宋，这个故事显然在嘲笑一个亡国之臣的痴心。铜雀砚质量究竟如何我们已不得而知，因为从它进入文化话语的那个时刻开始，就已经与赝品的传闻掺杂在一起了。对宋代文人来说，真正重要的不是砚台之"实"，而是铜雀之"名"。诚如何薳（1077—1145）在《春渚纪闻》中所言："虽易得墨，终乏温润，好事者但取其高古也。"[2]

诗人们对占有一片切实可触的历史有浓厚兴趣。欧阳修很理解这一点，如他在《砚谱》中所言："相州真古瓦朽腐不可用，世俗尚其名尔。今人乃以澄泥如古瓦状埋土中，久而研之。"[3]

把澄泥做成古瓦片形状埋在土中很长时间然后再制成

---

[1] 杨亿，《杨文公谈苑》，《宋元笔记》第一册，第 553 页。《杨文公谈苑》是杨亿属下黄鉴记载的逸事与语录集，由宋庠（996—1066）编定。原作已佚，经后代辑佚而成。
[2] 《春渚纪闻》卷九，见《宋元笔记》第三册，第 2430 页。具有讽刺性的是，何薳紧接着在下一则笔记中抄录了他父亲写的一篇南皮古瓦砚铭序言，南皮离邺城不远，正是当年曹丕与诸子欢宴之处；在序言里，何父称瓦砚"特润致，发墨可用"，还赞美古人连做这么一块微不足道的瓦片都如此精细，完全不同于后人的粗制滥造。同前，第 2451 页。
[3] 《欧阳修全集》，第 1095 页。

砚台,应该是为了让瓦砚显得更"古"。但欧阳修在收到朋友谢伯景(998—1054)送的"古瓦砚"时,对制作过程的了解并没有妨碍他写下一首长诗,对瓦砚大加赞美:[1]

> 火数四百炎灵销,谁其代者当涂高。[2]
> 穷奸极酷不易取,始知文章基扃牢。
> 坐挥长喙啄天下,豪杰竞起如猬毛。
> 董吕傕汜相继死,绍术权备争咆咻。
> 力强者胜怯者败,岂较才德为功劳。
> 然犹到手不敢取,而使螟螣生蝮蜪。[3]
> 子丕当初不自耻,敢谓舜禹传之尧。
> 得之以此失亦此,谁知三马食一槽。
> 当其盛时争意气,叱咤雷雹生风飙。
> 干戈战罢数功阀,周蔑方召尧无皋。[4]
> 英雄致酒奉高会,巍然铜雀高岧岧。
> 圆歌宛转激清徵,妙舞左右回纤腰。
> 一朝西陵看拱木,寂寞穗帐空萧萧。
> 当时凄凉已可叹,而况后世悲前朝。

---

[1] 《答谢景山遗古瓦砚歌》,《全宋诗》卷二九七,第3741—3742页。
[2] "火数"指汉。东汉末年的谶纬书中有"代汉者当涂高"之语,流传甚广。"当涂高"被认为是对"魏"的指称,见《三国志》卷四十二,第1020页。
[3] 曹操以汉臣终身,并未篡位。
[4] 方叔、召虎是西周贤臣,皋陶是舜之贤臣。这两句形容曹操手下武将文臣的傲慢。

高台已倾渐平地，此瓦一坠埋蓬蒿。
苔文半灭荒土蚀，战血曾经野火烧。[1]
败皮弊网各有用，谁使镌镵成凸凹。
景山笔力若牛弩，句道语老能挥毫。
嗟予夺得何所用，簿领朱墨徒纷淆。
走官南北未尝舍，缇袭三四勤缄包。[2]
有时属思欲飞洒，意绪轧轧难抽缲。
舟行屡备水神夺，往往冥晦遭风涛。
质顽物久有精怪，常恐变化成灵妖。
名都所至必传玩，爱之不换鲁宝刀。[3]
长歌送我怪且伟，欲报惭愧无琼瑶。

这首长诗的前三十句追溯了曹魏历史，描写铜雀台的兴衰之感。与一般性的"砚谱"不同，这方铜雀砚的谱系是非常显赫的。这方铜雀砚经由谱系而获得的文化光环在收礼人的长诗里得到展现，构成了最佳的还礼。诗歌在宋朝的礼物馈赠政治中扮演了重要角色，由此可见一斑。

欧阳修的诗作优美文雅，但与这个时期无数与此类似

---

[1] 《列子》："人血之为野火也。"《列子集释》卷一，第15页。
[2] 李贤《后汉书》注引《阙子》（今佚）的一则故事：一个宋人把一块普通的石头当成宝贝，"革匮十重，缇巾十袭"，有客人闻而求观之后，告诉他这只是普通的石头，"与瓦甓不殊"。宋人不信，"藏之愈固，守之弥谨"。《后汉书》卷四十八，第1614页。
[3] 鲁国有一把名为"孟劳"的宝刀，见《榖梁传注疏》僖公元年，卷七，第70页。

的社会性诗作一样，很难说有多少诗意。值得注意的是，欧阳修似乎试图在社会礼貌允许的范围之内削弱铜雀砚的盛名。一方面，欧阳修在"缇袭三四勤缄包"句中用了宋人以石为宝的典故，似乎是在暗示这方铜雀砚也很有可能"与瓦甓不殊"。另一方面，他明确地说自己没有能力用铜雀砚创作出了不起的文学作品，砚台在他手里只能用于政府公文的"簿领朱墨"而已；而且，对铜雀砚过于珍惜会变成累赘，甚至带来冥晦和风涛。但无论如何，欧阳修以曹魏、铜雀台的简史为开篇的写作模式，在此后的铜雀砚诗中得到沿用。在这种写作模式中我们依然可见哀挽铜雀伎的传统主题，但一般被大大压缩（如欧阳修诗中第二十一至二十六句），其意义也在新的语境中发生了变化。

早期铜雀砚诗中有韩琦的几首作品。1056年韩琦被任命为相州刺史，他给当时任并州刺史的庞籍（988—1063）寄了一方砚台和一首诗。庞籍作诗感谢，韩琦又和韵写了一首。庞籍的诗现已不存，但韩琦的两首诗都还在，第二首写道"邺砚今推第一流"，[1]可见当时邺砚甚为流行。

但韩琦恐怕万万没有想到，他的相州刺史职位把他变成了方便的"邺砚供应商"，他的朋友们纷纷给他寄诗，明目张胆地索要砚台。一位朋友是与欧阳修、司马光过从甚密的陈舜俞（？—1075），另一位是名臣章得象之侄章望之。[2]

---

[1] 《寄并帅庞公古瓦砚》《次韵答并帅庞公谢寄古砚》，见《全宋诗》卷三二五，第4037—4038页。
[2] 韩琦回应二人的诗收录于《全宋诗》卷三一九，第3977—3978页。

韩琦在《答章望之秘校惠诗求古瓦砚》中,细述铜雀砚来之不易:

> 求之日盛得日少,片材无异圭璧珍。
> 巧工近岁知众宝,杂以假伪规钱缗。
> 头方面凸概难别,千百未有三二真。
> 我来本邦责邺令,朝搜暮索劳精神。
> 遗基坏地遍坑窟,始获一瓦全元淳。

韩琦强调获得真品的艰难,甚至不得不利用自己的行政职权责成邺令。徐铉据说是央求了自己一个任邺令的朋友,而作为相州刺史的韩琦却是邺令的顶头上司,邺令想必不敢推辞,而必须努力完成任务。在这些高雅诗句中,我们似乎嗅到一丝腐败的气息。韩琦还特别强调完整的瓦片是多么稀有,遍地挖坑之后才总算找到一块。这首诗可以说是铜雀砚的一则上等广告和一纸真品证书,证实了也增加了礼物的价值。政治权力与文化光环,商品价值与社会资本,在一篇文学作品中纠结在一起。

梅尧臣的《铜雀砚》作于1056年,是时韩琦仍在相州刺史任上,大概有不止一块铜雀砚正在上层文人的小圈子里流行:[1]

---

[1]《全宋诗》卷二五七,第3205—3206页;《梅尧臣编年校注》,第906页。

> 歌舞人已死,台殿栋已倾。
> 旧基生黑棘,古瓦埋深耕。
> 玉质先骨朽,松栋为埃轻。
> 筑紧风雨剥,埏和铅膏精。
> 不作鸳鸯飞,[1]乃有科斗情。
> 磨失沙砾粗,扣知金石声。
> 初求畎亩下,遂厕几席清。
> 入用固为贵,论古莫与并。
> 端溪割紫云,空负世上名。[2]
> 韩著毛颖传,何独称陶泓?[3]
> 倪以较岁年,泓当视如兄。

这首相当平淡的诗作,倒是很好地总结了铜雀台分崩瓦解后被做成砚台、赋予价值的过程。

铜雀砚诗在南宋初期仍不断出现,魏泰(约1105左右在世)、吴则礼(?—1121)、李邴(1085—1146)、陈与义(1090—1139)等都有吟咏。[4]从体裁上看,与早期铜雀伎诗简约克制的五言八句不同,12世纪的铜雀砚诗大都是冗

---

[1] 成对的瓦又称"鸳鸯瓦"。
[2] 端溪石砚很有名,但梅尧臣认为它们不如铜雀砚。
[3] 指韩愈的名篇《毛颖传》,"陶泓"即陶砚。
[4] 魏泰的诗现已不存。吴则礼诗题为《和魏道辅铜雀砚》,见《全宋诗》卷一二六八,第14313页。此外尚有李邴《铜雀砚》(《全宋诗》卷一六四六,第18436页)、陈与义《赋康平老铜雀砚》(《全宋诗》卷一七五八,第19579页)。

长啰唆的七言歌行,如《砚笺》作者高似孙(1158—1231)的《铜雀砚歌》,对铜雀台题材有特别偏好的赵文(1239—1315)也写过《铜雀砚》。[1]和欧阳修的诗一样,这些作品一般都以概述历史开篇,比如周紫芝(1082—1155)的《铜爵研》:[2]

> 藁街夜腹空燃脂,[3]可怜汉祚终陵夷。
> 老瞒自在作家主,欺它寡妇并孤儿。[4]
> 洛阳宫殿皆颓圮,更作高台半天起。
> 台上吹香十里闻,台下洗妆漳水浑。
> 当时歌管一消歇,回望西陵空断魂。
> 百年岁月空中鸟,花不长妍人易老。
> 台倾人去不复存,碧瓦澄泥为谁好。
> 那知流落向寒窗,乞与诗人赋花草。

诗以"老瞒"称曹操,把他写成恃强凌弱的恶霸。铜雀台被描写为寻欢作乐的场所,它的军事与战略功能完全

---

[1]《全宋诗》卷二七一九,第31984页;卷三六一一,第43248页。赵文还有一首《铜雀瓦》,写自己拥有的一方铜雀砚,此外还有一首《铜雀台》,见《全宋诗》卷三六一一,第43241、43243页。
[2]《全宋诗》卷一五〇六,第17174—17175页。
[3] 藁街是汉长安街名,为外国使者所居之处。公元前36年,匈奴单于郅支被汉军击败,其首级被悬挂于此示众,见《汉书》卷七十,第3015页。192年,董卓被杀之后曝尸于长安市,其腹部脂肪被守尸吏用来点灯,见《后汉书》卷七十二,第2332页。
[4] 指曹操对汉帝室的欺凌。

被忽视不计。诗人对铜雀伎没有什么同情：她们是不能"长妍"的比喻之花，最后和坍塌的铜雀台一起被诗人打发掉了。

诗的末句有些意思，因为"赋花草"颇有负面含义。周紫芝生活在道学话语日益猖獗的时代，"赋花草"正属于道学家程颐（1033—1107）所批判的"玩物"。[1]后来，著名的南宋诗人刘克庄（1187—1269）曾为"风月花柳"辩护，以为"康节［邵雍］、明道［程颢］于风月花柳未尝不赏好，不害其为大儒"[2]。但刘克庄并不提倡"赏好"风月花柳，只不过力陈其无害而已。

周紫芝试图写一首不"赋花草"的诗，或者说，一首从负面来"赋花草"的诗。因此，诗中的花草一提出便被否定，比如第十二句中的花"不长妍"，而第十一句中经常与"花"成对的"鸟"也不过是岁月流逝的象征。诗以枯草（"藁"）和燃烧的意象开篇；"泥"也不是为了生长花草之用，而是被烧制成了"寒窗"之下一块硬邦邦、冷冰冰的砚台。

刘克庄本人在《铜雀瓦砚歌一首谢林法曹》的诗史叙述中，对曹氏家族进行了无情的道德批判：[3]

---

[1] 参见傅君劢（Michael Fuller, *Drifting Among Rivers and Lakes*, pp. 476-480）。在程颐看来，把时间花在文学创作上也是一种害道的"玩物"。
[2] 刘克庄，《吴恕斋诗存稿跋文》，见四部丛刊本《后村先生大全集》卷一一一。
[3] 《全宋诗》卷三〇五五，第36440页。

凉州贼烧洛阳宫，黄屋迁播侨邺中。[1]
兵驱椒房出复壁，帝不能救忧及躬。[2]
台下役夫皆菜色，台上美人如花红。
九州战血丹野草，不闻鬼哭闻歌钟。
时人肆骂作汉贼，相国自许贤周公。
一朝西陆瘗弓剑，[3]帐殿寂寞来悲风。
美人去事黄初帝，[4]家法乃与穹庐同。[5]
繁华销歇世代远，惟有漳水流无穷。
时时耕者钁遗瓦，苏侵土蚀疑古铜。
后来好事斫成砚，平视端歙相长雄。[6]
参军得之喜不寐，携归光怪夜吐虹。
谓宜载宝饷洛贵，顾肯割爱遗山翁。
翁生建安七子后，幼览方册梦寐通。
白头始获交石友，非不磨砺无新功。
复愁偷儿瞰吾屋，窃去奚异玉与弓？[7]

---

[1] "凉州贼"指董卓的军队。"黄屋"指天子之车。
[2] 214年，汉献帝伏皇后谋图曹操，事败被杀（《后汉书》卷十下，第454页）。据《曹瞒传》记载，华歆"勒兵入宫收后，后闭户匿壁中。歆坏户发壁，牵后出"。据说她求献帝救命，献帝答曰："我亦不自知命在何时也。"见《三国志》卷一，第44页，裴松之注。
[3] 《水经注校释》卷三，第19页："帝崩，惟弓剑存焉，故世称黄帝仙矣。""弓剑"遂以喻帝王驾崩。
[4] "黄初"是曹丕的年号。
[5] 汉宫人王昭君嫁与匈奴呼韩邪单于，呼韩邪单于去世后又归于其子复株累单于（匈奴阏氏所生），见《汉书》卷九十四，第3807页。
[6] "端"即端溪砚，详见前注。歙县（今安徽境内）亦以其石砚知名。
[7] 《左传注疏》定公八年（卷五十五，第963页），有贼盗窃了鲁国的"宝玉大弓"。

书生一砚何足计,老瞒万瓦扫地空。

在诗中,曹操被描写为一个残暴虚伪的人,无视战乱带来的疮痍,驱使百姓建筑供自己游乐的高台,还自以为贤于周公;但在他去世之后,铜雀台就变得空空如也,因为他的美人全被曹丕纳入宫中,其习俗与蛮夷无异(从侧面反映了南宋人对北方女真统治者的焦虑)。诗人最后幸灾乐祸地想象如果铜雀砚被偷,曹操的"万瓦"就会被洗劫一空,正是"老瞒"的罪有应得。这首诗另一个值得注意之处,是第五至第七句中的"花草":筑台的"役夫"因饥饿而面有"菜色",与台上美人"如花红"形成了鲜明对比;但"花红"又立即转化为染丹了"野草"的"战血"。和这些插入的自然意象(菜、花、草)相比,被称为"石友"的砚台像"古铜"一样坚硬、冰冷。历史凝固成一个可感知的、坚硬的实物,可以把玩,可以交换,可以赠送,也可以盗窃。

归根结底,从铜雀台诗到铜雀砚诗的转变,显示了人与历史的关系在发生转变。王勃可以把自己想象为远望铜雀台女子的行人,也把自己想象为台上的女子;但在刘克庄诗中,我们看不到诗人对任何历史人物表示同情。狭隘的道德观取代了富有历史主义精神的认知和理解,村塾道学先生的说教,取代了凭吊与哀挽的感情。刘克庄在少年时代与建安七子梦寐相通,到晚年被一位冰冷的"石友"取代,这位"石友"只能对诗人重复他自己的所说所写,不容任何他者的声音。历史成了古董市场上的古玩，一件可以伪造、认证、买卖和拥有的商品。

本章讨论的最后一首诗，代表了一个诗人决心中止所有铜雀砚诗写作的努力。艾性夫（约 13 世纪末至 14 世纪初）显然是道学的热烈拥护者，晚年似曾仕元。[1]他的诗有一个啰唆的标题：《诸公赋东园兄铜雀砚，甚夸，余独不然，苏长公诗铭梅都官长句皆尔，如谓"举世争称邺瓦坚，一枚不换百金颁"，"不及鸳鸯飞，乃有科斗情，入用固为贵，论古难与并"之类是已，敢并为之"反骚"》。[2]诗本身是一篇怨气冲天的叫嚣谩骂：[3]

> 临洮健儿衷甲衣，[4]曹家养儿乘祸机。[5]
> 匹夫妄作九锡梦，鬼蜮敢学神龙飞。
> 负鼎而趋不遄死，筑台尚欲储歌舞。
> 但知铜雀望西陵，不觉妖狐叫墟墓。
> 分香卖履吁可怜，所志止在儿女前。
> 竟令山阳奉稚子，[6]出尔反尔宁无天。

---

[1] 见《全宋诗》卷三六九九，第 44383 页。
[2] "反骚"指扬雄批判屈原自沉的《反离骚》，见《全汉文》卷五十二，第 409 页。
[3] 《全宋诗》卷三六九九，第 44386 页。
[4] 董卓是临洮人。
[5] 曹操的父亲是汉朝宦官的养子。
[6] 汉帝禅位给曹丕之后被封为山阳公。

> 陈留作宾向司马,[1]包羞更出山阳下。
> 国亡台废天厌之,何事人犹拾残瓦。
> 古来观物当观人,虞琴周鼎绝世珍。
> 区区陶甓出汉贼,矧可使与斯文亲。
> 歙溪龙尾夸子石,端州鸲眼真苍璧。[2]
> 好奇不惜买千金,首恶宁容污寸墨。
> 书生落笔驱风雷,要学鲁史诛奸回。[3]
> 请君唾去勿复用,铜雀犹在吾当摧。

这首诗充满了自以为是、义愤填膺的道德说教,对曹操的斥责和漫骂比此前的任何诗作都要激烈。相比之下,李邕那首批判铜雀伎诗的作品显得无比温柔敦厚。虽然历史上的铜雀台早已塌掉了,但艾性夫在诗的末句从话语的层面再次摧毁了它。

结　语

那位因获铜雀砚而惹怒艾性夫的"东园兄"很可能并没有因为艾性夫的诗而扔掉砚台,艾性夫的诗也没有中止后人对铜雀砚的爱好或写铜雀砚诗的兴趣。明清时期,铜雀台和铜雀砚诗继续涌现,也不乏砸碎铜雀砚以再次摧毁铜雀

---

[1] 司马炎代魏后,魏帝曹奂被封为陈留王。
[2] 这两句写歙县和端州所产的名砚。
[3] "鲁史"指孔子。相传孔子作《春秋》,每用一字皆寓褒贬,曲折含蓄,被称为"春秋笔法"。然此诗似不尔。

台的热情。在 15 世纪，一位爱好诗歌的医生刘博（号草窗）写下《铜雀砚歌》，声称要用宝剑击碎与"曹贼"有关的铜雀砚。他的诗促使著名画家沈周（1427—1509）写了一首《莫斫铜爵砚歌》，劝刘医生莫要如此鲁莽。沈周还于 1500 年画了一幅以此为题材的画，引发了后人的更多诗作。[1]

在北宋，梅尧臣的好友邵必（字不疑，1038 进士）有一块邺城古砖砚，据说曾属唐朝诗人元结（约 719—约 772）——北魏常山王拓跋遵（？—407）的十二世孙。根据砚背铭文，城砖乃兴和二年（540）烧制，兴和是东魏末代皇帝的年号。王士禛（1634—1711）认为，这说明铜雀瓦在唐朝的时候就已罕见，因此元结只好用东魏城砖来作砚台。[2]但实际上 8 世纪时还根本没有三百年后才出现的铜雀砚癖，元结用东魏城砖作砚很可能只是家族情结和个人怀旧而已。

宋人在诗中歌咏的铜雀砚与曹魏铜雀台建立关系的可能性恐怕微乎其微，但凡是写到邺城古砚的宋诗必然总要提到曹魏，而从来不会想到使邺城焕发光彩的石虎政权，或者东魏与北齐。这既反映了铜雀伎诗歌传统的影响，也是政治、民族和文化偏见造成的结果。铜雀的碎片化——从台，到瓦，再到不断受到击碎威胁的砚——提醒了我们历史上的文化变迁。

---

[1] 见樊志宾《关于曹寅〈题启南先生"莫斫铜雀砚图"〉及相关问题》一文，第 18—36 页。
[2] 王士禛，《池北偶谈》，第 398—399 页。

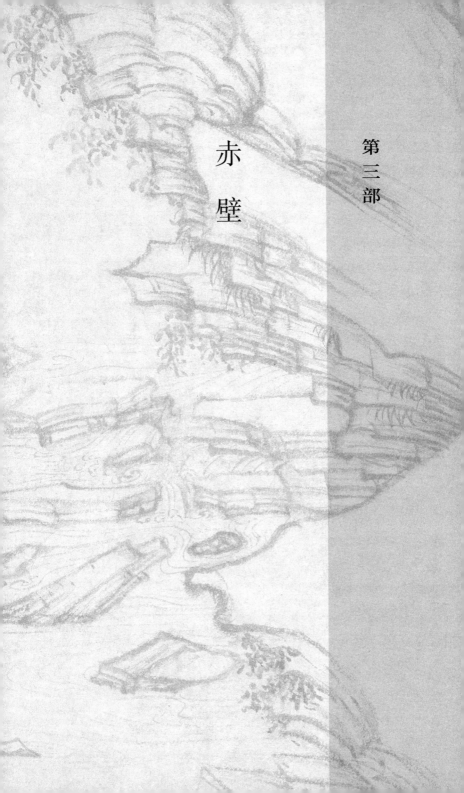

第三部

赤壁

第五章 修复折戟

引言：折戟

> 折戟沈沙铁未销，自将磨洗认前朝。
> 东风不与周郎便，铜雀春深锁二乔。[1]

公元208年的赤壁大战，决定了魏蜀吴三国的命运。9世纪中期，杜牧的绝句首次把铜雀台与赤壁之战联在了一起。这首诗仿佛一道分水岭：如果说在此之前对三国的文学表现以铜雀台为主，那么自此以后赤壁毫无疑问地支配了三国想象，直至今天。

---

[1]《全唐诗》卷五二三，第5980页。

大概很少有中国读者是不知道赤壁的。赤壁是最著名的三国遗址。虽然这场历史战役的实际发生地点到现在还有争议,但实际地点并不重要。[1]没有哪个场所能比赤壁更能唤起对三国的想象。长久以来,它已成为各种意象与感情的聚焦点。

从杜牧的诗到吴宇森的电影,赤壁故事在情节和人物塑造方面可谓千变万化。我们将看到,历史评价也发生了戏剧性的转变,但基本框架却是一样的,就好比下棋有种种不同的下法,但总是受制于棋盘和规则,而且,在赤壁之战的情况里,结局早已决定了。但是,尽管结局已定,无论是文学和影视作品,还是电子游戏,它依然不断地吸引着新棋手前来参赛。那么我们的问题是,这一切是怎样发生的?赤壁如何嵌入中国文学地图和文化想象?赤壁之战的故事如何逐渐产生,被补充、润色、重组,从寥寥数笔的历史记载演变成点染着抒情时刻的史诗画卷?对赤壁传奇的解析,又能让我们得到什么启迪?

地方与个人:出牧黄州

我们必须回到杜牧。从842—844年之间,小杜出任黄

---

[1] 对赤壁之战发生地点的争议被媒体称为"新赤壁大战",详见王琳祥,《赤壁之战战地史研究》。该书描述并节录了从1977—2007年之间九十余篇发表在报刊上的相关文章。张靖龙,《赤壁之战研究》(第179—241页)对此也有更为简洁的讨论。

州刺史，其间写过两首关于赤壁的诗，其中一首就是上文引述的绝句。在杜牧之前，李白（701—762）和杜甫（712—770）都在诗中提到过赤壁，但那些作品鲜为人知，对三国想象影响甚微。[1]李白的《赤壁歌送别》还是值得一提的，因为它给杜牧绝句的巨大成功提供了一个参照系：[2]

> 二龙争战决雌雄，赤壁楼船扫地空。
> 烈火张天照云海，周瑜于此破曹公。
> 君去沧江望澄碧，鲸鲵唐突留余迹。
> ——书来报故人，我欲因之壮心魄。

想象的战争场面被移置于风平浪静的"澄碧"江景，又进一步移置于一封未来的书信。诗中对赤壁之战的描写平铺直叙，"周瑜于此破曹公"已完全是散文句式，没有给读者留下多少想象的余地。

杜牧的绝句正好提供了李白要求故人寄给他的报告，甚至还附上了物质证据：在赤壁战场上找到的折戟——还能有什么是比这更好的"余迹"呢？诗人指出折戟经过他亲手磨洗，这一点很容易被读者忽略，但在诗中非常重要：它强调了与历史的相遇是个人性的，是通过与古物的亲密直接的接触而实现的。

---

[1] 杜甫在《过南岳入洞庭湖》中写道："悠悠回赤壁，浩浩略苍梧。帝子留遗恨，曹公屈壮图。"见《全唐诗》卷二三三，第2567页。
[2] 《全唐诗》卷一六七，第1727页。

这首诗显示了李贺《长平箭头歌》的影响，杜牧曾于831年很不情愿地为李贺的诗集作序。[1]李诗同样描写著名的历史战役，对我们理解杜牧绝句可谓关键。首句"漆灰骨末丹水沙"用了一系列突如其来的比喻和难以辨识的意象，来表达诗人对这块入土数百年的"锈迹斑斑的顽物"的惊诧不解之情。接下来的三句呈现了隐喻式的"磨洗"和逐渐的辨认过程。然后诗人叙述自己如何与箭头相遇：他在古战场上烹羊倾酒，祭奠亡灵饿鬼，"只有在这一仪式和追忆的行为之后，他才得遇箭头"。[2]诗的最后两句陡然笔锋一转，以商品交易的提议作结："南陌东城马上儿，劝我将金换簝竹。"这的确是个反高潮：古老的箭头，凝聚了历史的沉重与战死者的不朽阴灵，竟沦落为一件交易品，而且被马上儿毫无感情地直称为"金"。在陌生人眼中，它被还原为最基本的物质属性，脱离了被制成箭头的人工，脱离了诗人在前半首诗中刻意建构起来的人际关系。我们也许可以把它称之为庸俗的商业性，并对这种剥夺古物之历史分量与诗意的态度感到不安；但我们也未尝不可以把它视为对待古物特别是古兵器的务实性，令人觉得耳目一新。无论我们如何解释"簝竹"——是竹的一种？还是宗庙里盛肉的竹制祭器？——它都绝不是暴力与屠戮的工具。

回到杜牧的绝句，我们在其中看到前人的影响，也就

---

[1] Stephen Owen, *The Late Tang*, p. 292;《全唐诗》卷三九三，第4432页。
[2] Stephen Owen, *Remembrances*, p. 71.

可以更好地认识到它的独特之处。诗同样以磨洗和辨认开篇，首联看似平直，却以精练的语言蕴含和掩藏了深刻复杂的意味。兵器居然折断了，那它显然不是仪式性的而是经历过实战洗礼的武器，仅"折"之一字便传达出战争的暴力。现在，戟被磨洗，这是一件兵器所应受的，但这次却不是为了杀伤，而是为了"认前朝"，解读正在变得模糊的历史。如果兵器是"武"的载体，那么在诗人手中它则成了"文"的承担者，使诗人得以认证一个政治朝代并建构诗篇。

诗人总结出来的历史教训，就是历史教训无法传授或学习：偶然和意外，是周瑜大败曹军的关键。周瑜的火攻策略全靠一场在深冬刮起的反常的东风。无论智慧还是道德，都无法与天气抗衡——天气属于文化所无法留痕的大自然。

那阵东风把读者带到一个虚设的春景：如果周瑜没有东风助力而被曹操打败，那么二乔姊妹就要被掳北上，与曹操的其他姬妾一起住进邺城的铜雀台了。在此，我们必须能够想象杜牧同时代读者的反应：他们必然和杜牧一样熟悉铜雀伎诗歌传统，对这样一个读者来说，"铜雀"带来的联想无疑会指向曹操死后那些被锁在铜雀台上的女子眺望西陵的场景。如此一来，杜牧的诗就不仅仅指向一个虚拟的过去（"试想曹操赢了赤壁之战会如何"），而且还指向这个虚拟过去的虚拟未来（"曹操再过大约十年就会去世，那时二乔就要与其他姬妾一起在铜雀台上度过余生了"）。首句中的未销之"铁"，在末句中作为囚禁南方美人的铁锁重现。我们不用读弗洛伊德也能注意到"折戟"的意象如何可以象征受挫的性欲,虽然这一次,性欲——无论是曹操的,还是铜雀伎的——受挫不是因为战败,而是因为死亡。

在离开这首绝句之前,我们需要指出一个文本的回音(不能算是运用典故)。杜牧所深深仰慕的诗人杜甫,曾在安史之乱爆发后的长安城里写下这样的名句:"国破山河在,城春草木深。"在老杜诗里,战乱中沦陷的城池逐渐荒芜;在小杜诗中,"春深"浓缩了"城春草木深",表示草木长满铜雀台也包围了二乔姊妹,这颠覆了铜雀台诗歌传统中常见的秋景描写,又与人间不得满足的欲望形成对比。它使东风的意象更为有力,因为它让我们看到东风挽救了吴国,却葬送了曹军;带来了春天生命的复苏,也加速了铜雀台的荒芜。东风成为一个"反历史"的符号,超越了人类的历史与人力的控制。

这首诗简单而又意外的教训——就是没有教训可言——镶嵌在语言层面的繁密里,使这首诗千载之下仍在读者心头萦绕不去。在很大程度上,它的重量和感染力来自诗人对亲身体验的强调("自将磨洗"之"自")。体验发生在黄州,杜牧显然相信这是赤壁之战的实际发生地。他在黄州刺史任上,还写过另一首提到赤壁的诗:[1]

柳岸风来影渐疏,使君家似野人居。
云容水态还堪赏,啸志歌怀亦自如。

---

[1] 杜牧《齐安郡晚秋》,见《全唐诗》卷五二二,第5965—5966页。

雨暗残灯棋散后，酒醒孤枕雁来初。
可怜赤壁争雄渡，唯有蓑翁坐钓鱼。

使君的生活很单纯，与"野人"没有多大区别：下棋，饮酒，一觉酣睡，直到黎明时分才被鸿雁的鸣叫声惊醒。在这些懒散的诗句里，隐约律动着一种奇特的惆怅不安，但又很难把握。这也许是因为那句"赤壁争雄渡"忽然出现在并不引发任何古战事联想的幽静山水里，让人感到突兀。在很多意义上，这首诗都构成了一部关于晚唐诗歌专著的恰当的开篇，正如宇文所安《晚唐》一书提出的那样：晚唐诗人"站在过去的大诗人和光荣历史的阴影里，分享一种文化上的迟到感"。[1]但是，从另一方面来看，9世纪也见证了许多新事物新现象的开端：诗人离开京城前往外省，他们写诗吟颂地方风景与遗址，把它们标志在一幅全国性的文学地图上。凡是对三国历史稍有了解的人当然都知道赤壁，但早先的赤壁没有风流气场，缺乏具体的形象与情感，不过是史书里的一个地名而已——直到杜牧声称他亲眼见到过它，又亲手磨洗过它生锈的古戟。曹操和周瑜给了赤壁一个事件，但是杜牧给了它一个形象。这一形象经久不息，而且通过后人的书写不断丰富。

杜牧只有在出任黄州刺史时才提到赤壁，这一点很重要。诗的第七句令人想到李白的"赤壁争雄如梦里，且须歌

---

[1] Stephen Owen, *The Late Tang*, p. 5.

舞宽离忧"。这两句来自李白的《江夏赠韦南陵冰》,[1]江夏（今湖北武昌）当然也是赤壁之战的一个可能的发生地。8世纪中叶的安史之乱后，诗人们更为频繁地离开长安，在帝国各处漫游，唯有如此，才能亲眼见到他们曾在书中读到过的地方，把它们写入诗篇，使它们获得生命。

9世纪的南方转型

与诗人直接体验地方场所相应，三国想象在9世纪发生了关键转型。有两个现象特别值得注意，其一是诸葛亮地位的提升。杜甫在蜀生活时写下多首极力夸美诸葛亮的诗，随着杜甫自己身后地位的提高，在很大程度上导致了诸葛亮声名的显赫。正如提尔曼（Hoyt Cleveland Tillman）所言，在杜甫把诸葛亮描写为千古贤相之前，对诸葛亮的历史评价并不是众口交誉的。[2] 7世纪末，王勃在其《三国论》中重申陈寿对诸葛亮的评论："固知应变将略，非武侯所长。"[3]诸葛亮曾自比乐毅，而李翰（约8世纪中期）却宣称诸葛亮根本不如乐毅。[4]吕温（772—811）甚至批评诸葛亮愚忠汉室是不能"审时定势"，他认为如果曹操能够善待百姓，那

---

[1]《全唐诗》卷一七〇，第1754—1755页。
[2] 提尔曼注意到，在杜甫对诸葛亮盛名的夸示和对诸葛祠堂荒凉破败的描写之间，存在着鲜明的反讽。见氏文《重估杜诗》（"Reassessing Du Fu's Lines," p. 312）。
[3] 王勃《三国论》，见《全唐文》卷一八二，第1857页。
[4] 李翰《三名臣论》，《全唐文》卷四三一，第4382—4383页。

么诸葛亮就应该服侍曹魏。他对诸葛亮的总结是:"才有余而见未至。"[1]这样的观点,在宋元以降深受道学熏染的文化环境里是不可想象的。

名相裴度(765—839)对诸葛亮的崇拜在后代不像杜甫的那么有名,但对于诸葛亮地位的提升应该也起到了很大的作用。裴度显然把诸葛亮视为自己的个人英雄与楷模,他在《蜀丞相诸葛武侯祠堂碑铭》中写道:"或秉事君之节,无开国之才;得立身之道,无治人之术。四者备矣,兼而行之,则蜀丞相诸葛公其人也。"[2]他更是在一封上给皇帝的奏章中宣称:"臣才虽不逮诸葛亮,心有慕于古人。"[3]

杜甫之后有数位诗人都对诸葛亮加以赞美。李商隐(约813—约858)是杜甫的仰慕者之一,他人生中的最后几年在蜀地生活时曾歌咏过诸葛庙前的古柏,而这正是杜甫最初关注的诗歌题材。蜀人雍陶(活跃于834—854)留有同题之作,应非偶然。[4]李商隐也是最早写筹笔驿的诗人之一(诸葛亮曾在筹笔驿驻军)。[5]其他与诸葛亮有关的

---

[1] 吕温《诸葛武侯庙记》,《全唐文》卷六二八,第6340—6341页。
[2] 《全唐文》卷五三八,第5463页。
[3] 《全唐文》卷五三七,第5458页。
[4] 雍陶的诗题为《武侯庙古柏》,见《全唐诗》卷五一八,第5924页。段文昌(772—835)在蜀地生活多年,写过一篇《诸葛武侯庙古柏文》(《全唐文》卷六一七,第6234页)。在韩愈《平淮西碑》被毁后,受命撰写新碑文纪念裴度功劳的即为段文昌。
[5] 杜牧曾就此题写过一首酬答友人殷潜之的五言长诗,见《全唐诗》卷五二三,第5983—5984页。罗隐也写过筹笔驿,见《全唐诗》卷六五七,第7550页。

第五章　修复折戟

时兴题目包括他曾经隐居躬耕的南阳以及他病逝的五丈原。胡曾（约 9 世纪末）著名的《咏史》组诗有十二首写三国，而十二首中的四分之一写的是诸葛亮；他选择的题目是南阳、泸水和五丈原，这些地方分别代表了诸葛亮人生的重要阶段或时刻。[1]

到了宋朝，种种因素，包括 11 世纪之后杜甫自己的经典化，也包括南宋的政治局势，促成了诸葛亮在三国人物中的崇高地位。11—13 世纪之间，他成为三国题材诗歌中除了铜雀砚和赤壁之外最受欢迎的主题。值得注意的是，早期作品中的诸葛亮是巴蜀的地方名人，写过他的诗人如杜甫、李商隐、雍陶都与蜀地有关，此外李白也为诸葛亮写过一首长诗，他当然也来自蜀地。[2] 但随着诸葛亮的名声远播，他逐渐成为全国知名的英雄。在数十首以诸葛亮为题的大同小异的宋诗中，释居简（1164—1246）的《武侯庙》因其好笑的序言而引人注目："太湖上必非武侯，当是瑾与恪。父老必为武侯。"[3] 居简显然与当地父老就太湖上诸葛庙所供奉的诸葛究竟为谁的问题有过争执，居简认为这座诸葛庙是祭祀诸葛亮的兄长诸葛瑾和侄子诸葛恪的，但当地父老一口咬定是诸葛亮。虽然居简在序言里指出"必非武侯"，他接下来的诗到底还是将错就错写了诸葛亮。

---

[1]《全唐诗》卷六四七，第 7421、7427、7425 页。
[2]《读诸葛武侯传书怀赠长安崔少府叔封昆季》，《全唐诗》卷一六八，第 1735 页。
[3]《全宋诗》卷二七九三，第 33125 页。诸葛瑾和诸葛恪都是吴国大臣。

9世纪另一个更值得注意的现象，是人们对三国历史的普遍兴趣。我们在上一章提到，李贺写过数首三国题材的诗：《吕将军歌》写猛将吕布，《汉唐姬饮酒歌》写的是汉少帝的妃子。李商隐《骄儿诗》中的"或谑张飞胡，或笑邓艾吃"经常被学者用来证明三国故事在当时的流行。[1]吕温的绝句《刘郎浦口号》写吴蜀联姻事，据说刘郎浦（今湖北境内）乃是刘备当年迎娶孙权之妹的地方。而就在几十年前，杜甫也曾经在此作诗，诗中却完全没有提及此事。[2]

从吕温诗题可知，他和杜甫一样也曾亲临此地。旅行经历当然会让一个诗人注意到他从前忽略的地方遗址，但是文学地图的形成过程是双向的：当时流行文化中对三国历史的兴趣，很可能会促使诗人注意到此前只为本地人所熟知的地方遗迹。虽然与吕温相比杜甫是更伟大的诗人，但这次吕温的诗却更有名，因为这是最早歌咏刘备与孙权小妹联姻的诗歌之一，吴蜀联姻的故事在后世的传统中变得非常重要：

> 吴蜀成婚此水浔，明珠步障幄黄金。
> 谁将一女轻天下，欲换刘郎鼎峙心。

吕温此诗一出，刘郎浦就成为了有名的三国遗迹，虽然没有任何证据表明它真的就是刘备迎娶孙氏的地方，甚至也难说

---

[1]《全唐诗》卷五四一，第6244页。
[2]《全唐诗》卷三七一，第4167页。杜甫诗题为《发刘郎浦》，作于768年，见《全唐诗》卷二二三，第2373页。

刘郎确指刘备。[1]

现在我们耳熟能详的三国故事，不少在晚唐诗中得到吟咏。9世纪末期，胡曾分别就官渡之战、赤壁之战、跃马檀溪、诸葛亮征泸写下绝句。[2]在罗隐显然据当地人传说而作的《题润州妙善前石羊》中，刘备、孙权曾在妙善寺相会，一起坐在寺前的一块羊形石头上共谈。[3]

> 紫髯桑盖两沈吟，[4]很石空存事莫寻。[5]
> 汉鼎未安聊把手，楚醪虽美肯同心。
> 英雄已往时难问，苔藓何知日渐深。
> 还有市鄽沽酒客，雀喧鸠聚话蹄涔。

后来，这一逸事在《三国演义》中被扩写成了整整一回（第五十四回），既描写了心术权谋，又充满喜剧色彩。在小说中，刘备迎娶孙权之妹前夕，孙权于甘露寺设宴，孙权之母

---

[1] 南宋方志《寿昌乘》云："刘郎浟在郡东江上，故名'流浪'，刘郎语之讹也。"《宋元方志丛刊》，第8411页。然刘郎亦未必不是流浪语之讹。
[2] 《全唐诗》卷六四七，第7437、7430、7423、7427页。
[3] 我在此使用的是蔡居厚（1109左右在世）《蔡宽夫诗话》的版本，见《宋诗话全编》卷一，第625页。蔡居厚写道："相传孙权尝据其上，与刘备论曹公。"苏轼《甘露寺》一诗自注云，坐在石上与孙权讨论曹公的是诸葛亮。见《苏轼诗集》，第310页；《全宋诗》卷七九〇，第9149页。
[4] 孙权据说有紫髯，见《三国志》卷四十七，第1120页，裴松之注。"桑盖"指刘备少时于桑树下戏言"吾必当乘此羽葆盖车"。同前，卷三十二，第871页。
[5] "很石"指羊形石，语出《史记》卷七，第305页："很如羊。"以羊性倔强故。

因刘备比自己的女儿大三十岁而甚为不满,要求借此机会考察这位未来的女婿;孙权则暗中设伏,如果国太相亲不中,即取刘备性命。这时,"很石"已经演变成了"恨石",在小说中刘备暗暗祝祷:如果自己能从吴国脱身、成就霸业,就能将石头一劈两半。石头果然被劈成了两半,但是当孙权问他为何如此"恨"这块石头时,刘备却说是因为他想知道自己是否能"破曹兴汉"。[1]

我们不知道9世纪末流传的石羊故事情节究竟如何,但罗隐诗的最后两句似乎呈现了一幅三国讲史的生动场面。旅人在市集上一边喝酒一边热热闹闹地大话三国,这与刘备和孙权两位主公同饮楚醪而各怀心事隐隐形成了对比。英雄的时代已然逝去,风雨之后只剩下"雀喧鸠聚"的一小滩牛蹄之涔,充满反讽的遗迹。

在罗隐诗的另一个版本里,其首联作:"紫髯桑盖此沈吟,很石犹存事可寻。"[2]比起"紫髯桑盖两沈吟,很石空存事莫寻",用加重号标志出来的文本异文显示出一种更"乐观"也更富于实证主义精神的历史观:只要石头还在,历史事件就确乎有迹可循。[3]

---

[1] 孙权"暗祝",若能拿回荆州、兴旺东吴,就能砍石为两半,但他告诉刘备自己同样是在问"破曹兴汉"之事。孙权也成功了,他和刘备在石头上刻出了"十字纹"。

[2] 见《全唐诗》卷六六二,第7592页。这一版的"楚醪虽美"作"楚醪虽满"。

[3] 据《蔡宽夫诗话》,妙善寺于1100年失火,罗隐题诗的诗版被烧掉,很石也毁坏了。

9世纪时人们对三国历史陡然浓厚起来的兴趣有一个明显的南方转型，从某种程度上显示了当时权力从都城到外省尤其是江南和西南地区的转移。吴国与赤壁之战成为三国想象的中心。杜牧的诗当然非常有名，但9世纪也是咏史诗在整体上相当盛行的时期，其中尤以七言绝句为主，主要作家包括胡曾、汪遵、周昙、孙元晏等。胡曾与孙元晏的七绝组诗都重点渲染了赤壁之战和吴国的众位英雄。胡曾在《赤壁》一诗中，把赤壁之战这场历史性战役的胜利完全归功于周瑜：[1]

> 烈火西焚魏帝旗，周郎开国虎争时。
> 交兵不假挥长剑，已挫英雄百万师。

此外，胡曾还有一首七律，《题周瑜将军庙》，赞美周瑜保全了吴国。[2]

在孙元晏的咏史组诗中，东吴在三国中的重要性体现得最为突出。对孙元晏其人我们所知甚少，但他对江南的历史显然有浓厚的兴趣。他的七十五首咏史诗主要写六朝（吴、东晋、宋、齐、梁、陈）历史，其中以吴为题材的多达十七首，占据了相当大的比例。这十七首诗的结构很值得注意：第一首题为《黄金车》，最后一首题为《青盖》。[3] 前者出自194—195

---

[1]《全唐诗》卷六四七，第7430页。
[2]《全唐诗》卷六四七，第7419页。
[3]《全唐诗》卷七六七，第8702、8704页。

年间被视为预言吴兴的童谣,[1]后者则指吴主孙皓作为晋朝俘虏"青盖入洛"的卜筮。[2]如此一来,东吴组诗以有关预言及天子车驾的绝句开头与结尾,构成了吴国兴亡的诗意循环。

其他十五首咏吴诗体现了孙元晏对吴国历史的熟悉。值得注意的是,孙元晏以两首诗歌咏鲁肃(字子敬,172—217),但没有一首是单写周瑜的,虽然他在《赤壁》诗中将二人作为唯一力主抗曹的吴臣并列。[3]鲁肃诗强调了他在赤壁之战中起到的关键作用:

> 斫案兴言断众疑,鼎分从此定雄雌。
> 若无子敬心相似,争得乌林破魏师?

曹操大军压境,包括张昭等高级官员在内的吴国群臣都主张投降,只有鲁肃坚持抗曹,后来周瑜去见孙权时也表达了同样的看法。裴松之注引虞溥(约3世纪末在世)《江表传》云,周瑜慷慨陈词之后,孙权拔刀斫案,云:"诸将吏敢复有言当迎操者,与此案同!"[4]裴松之在此加按语道:"建计拒曹

---

[1] 见《三国志》卷四十七,第1134页。
[2] 吴末帝孙皓(264—280在位)曾求神问卜,筮人对以"庚子岁,青盖当入洛阳",《三国志》卷四十八,第1178页,裴松之注。孙皓遂于271年冬"载其母妻子及后宫数千,从牛渚陆道西上,云青盖入洛阳,以顺天命"。280年,晋灭吴,孙皓果然作为囚徒入洛,是岁乃庚子年。同前,卷四十八,第1168页,裴松之注。
[3] 《全唐诗》卷七六七,第8703页。
[4] 《三国志》卷五十四,第1262页。

公,实始鲁肃。"并且他认为《三国志》周瑜本传并没有准确地反映鲁肃在此起到的重要作用。孙元晏在组诗中给予鲁肃比周瑜更为显著的地位,显然是认真对待了裴松之的评价。

另一首关于鲁肃的诗,写他年轻时如何仗义疏财、辅佐东吴创业:

> 破产移家事亦难,佐吴从此霸江山。
> 争教不立功勋得,指出千囷如等闲。

鲁肃家境富裕,天下大乱后周穷济困,结交贤才,颇得人心。他有两大粮仓,每仓有三千斛米。有一次周瑜率领数百随从向鲁肃请求资助,鲁肃当即指着一个粮仓,把它全数赠给了周瑜。其后,他举族迁至居巢,与周瑜联盟。[1]

另一位晚唐诗人周昙留下了约二百首咏史绝句,其中有六首三国诗,一半写的是吴国:吴末帝孙皓、王表和鲁肃。[2] 王表自称为神而又不见其形,孙权晚年对他非常信奉,《三国志》孙权本传以为这是吴大帝的衰亡之兆。[3] 诗人的题材选择很耐人寻味:吴国显然在他的三国想象中占有重要地位,但是,他所表现的吴国在无能的君王和出色的臣子之间呈现出一种割裂。写鲁肃的那首诗也歌颂了他对周瑜的慷慨相助:

---

[1]《三国志》卷五十四,第1267页。
[2]《全唐诗》卷七二九,第8357—8358页。
[3]《三国志》卷四十七,第1148—1149页。

> 轻财重义见英奇，圣主贤臣是所依。
> 公瑾窘饥求子敬，一言才起数船归。

这首诗表现的周瑜因窘饥而向鲁肃求助，但在当时人看来，他们二人毫无疑问都是"英奇"。李九龄（964进士）有《读三国志》一诗，从中可见在晚唐时周瑜已被誉为国之栋梁，与诸葛亮齐名：[1]

> 有国由来在得贤，莫言兴废是循环。
> 武侯星落周瑜死，平蜀降吴似等闲。

然而，后来的《三国演义》却把诸葛亮描绘为赤壁之战的真正英雄，他出谋划策，无人能及；周瑜和鲁肃则被丑化为千古笑柄：周瑜被写成气量狭小之人，鲁肃则好心而愚昧，这种没有任何历史证据的负面形象一直延续到今天。[2] 在各种对赤壁之战的艺术表现里，吴宇森的电影是极少数采取了东吴视角的作品之一，选择东亚巨星梁朝伟饰演周瑜，

---

[1]《全唐诗》卷七三〇，第8363页；《全宋诗》卷十八，第265页。
[2] 与小说中的形象不同，《三国志》中的鲁肃深谋远虑，对时局有敏锐的洞见，直言不讳地极力鼓励孙权成就帝王之业，与诸葛亮非常相似。他很早就对孙权说："汉室不可复兴，曹操不可卒除。为将军计，惟有鼎足江东，以观天下之衅。"见《三国志》卷五十四，第1268页。鲁肃的谋划，听上去很像是诸葛亮在刘备三顾茅庐时所出的计策。与吴国其他很多谋臣不同，鲁肃从不惺惺作态，在口头上表示"匡扶汉室"，一直都是东吴利益的坚定维护者。《三国演义》的作者选择把鲁肃刻画成一个讽刺漫画式的愚弱角色，既有意识形态的原因，也有叙事的原因。

虽然影片中的鲁肃还是一个旨在增添喜剧色彩的可有可无的配角。

有宋一代，三国诗歌基本上被无情的道德说教所支配，这在王周（1012进士）的《赤壁》诗中已见端倪：[1]

> 帐前斫案决大议，赤壁火船烧战旗。
> 若使曹瞒忠汉室，周郎焉敢破王师？

王周对道德动力满怀盲目的信仰，诗也平淡寡味。但是，在11世纪，最有影响力的赤壁作品并不出现于诗的领域，而是出现在其他文体里，这本身就是一个很有意思的新发展，我们将在下面一节讨论。

占有赤壁

11世纪标志了"赤壁"建构过程的第二个关键时刻：1080年，苏轼被贬黄州。其背景故事是人们都耳熟能详的：苏轼与王安石政见不合，被诬在作品中诽谤皇帝和朝廷，下御史台狱而险遭处死。这就是有名的乌台诗案，它标志着中国历史上第一次一个著名的文人因其作品——特别是其诗歌——受到法律的审问和裁判。[2] 苏轼最终逃过一劫，

---

[1]《全宋诗》卷一五四，第1762页。
[2] 参见 Charles Hartman（蔡涵墨），"Poetry and Politics"一文。

被贬到黄州安置。1082年，在黄州，苏轼写下了三篇流传千古的名作：前后两篇《赤壁赋》，和《念奴娇·赤壁怀古》一词。这些作品如此有名，以至于形成了一个独立的传统。[1]直到今天，因为苏轼，黄州赤壁仍被称为"文赤壁"，而更有可能是战事发生地的湖北蒲圻的赤壁，则被称为"武赤壁"。

《前赤壁赋》平平而起：[2]

> 壬戌之秋，七月既望，苏子与客泛舟游于赤壁之下。

赋之首句，以直白、准确、枯燥的史笔，交代了"苏子"如何于1082年8月12日的晚上，与朋友在赤壁之下泛舟饮酒。我们立刻注意到，作者没有说"吾与吾友""予与数友""予与友人"等，而是选择了"苏子与客"的表述。在英译文中，我采取了第一人称，但是如果采取第三人称也未尝不可。这固然可以理解为一种与赋中表达的经历拉开距离的修辞方式，但我们首先应该想到的，是这种表述把苏子放在了与"客"相对而言的"主"的地位，任何一个受过教育的古代读者都会意识到这种"主客问答"是一个修

---

[1] 苏轼的赤壁作品学界多有探讨，特别参见艾朗诺（Ronald Egan）《文字、意象、事迹》(*Word, Image, and Deed*, pp. 221-228)以及Robert Hegel（何谷理），"The Sights and Sounds of Red Cliffs," pp. 11-30 中的讨论。
[2] 《苏东坡全集》，第268页。

辞类型，身后有始于西汉的漫长的辞赋传统：在这一传统中，"客"总是充满迷惑的提问者或发难者，他的非难会得到"主"的完美反驳与解答。

  清风徐来，水波不兴，举酒属客，诵明月之诗，歌窈窕之章。[1] 少焉，月出于东山之上，徘徊于斗牛之间，白露横江，水光接天；纵一苇之所如，凌万顷之茫然。浩浩乎如冯虚御风而不知其所止，飘飘乎如遗世独立羽化而登仙。于是饮酒乐甚，扣舷而歌之。歌曰："桂棹兮兰桨，击空明兮溯流光。渺渺兮予怀，望美人兮天一方。"

这里有两点需要注意：首先，月亮是紧接着苏子吟诵《诗经·月出》之后从东山升起的，仿佛是苏子的语言魔术变幻出来的；其次，苏子自己"扣舷而歌"的是《楚辞》骚体，而且，如何谷理（Robert Hegel）所言，桂棹、兰桨都出自《九歌·湘夫人》，歌咏一位捉摸不定的女神。[2] 我们也许还能看出其他前人作品的影响，但《诗经》《楚辞》这两部中国文学传统的双源在此得到引用，这一点非常重要。不仅如此，而且《月出》和《湘夫人》都是求而不得、低回怅惘的作品。这些歌诗里的悲愁渴望，削弱了叙述者对自己

---

[1]《诗经·月出》："月出佼兮，佼人僚兮，舒窈纠兮，劳心悄兮。"《毛诗注疏》卷七，第255页。
[2] Robert Hegel, "The Sights and Sounds of Red Cliffs," p. 19.

"饮酒乐甚"的指称。

正如苏轼的"明月之诗"引出了东山明月,他的舷歌也导向哀乐的转移,不过"苏子"似乎并未意识到这一点,而是将氛围的转变归咎于吹箫之客的悲音。苏子问客:"何为其然也?"得到客人长篇大论的回答:

> 客曰:"'月明星稀,乌鹊南飞',此非曹孟德之诗乎?西望夏口,东望武昌,山川相缪,郁乎苍苍,此非孟德之困于周郎者乎?方其破荆州,下江陵,顺流而东也,舳舻千里,旌旗蔽空,酾酒临江,横槊赋诗,固一世之雄也,而今安在哉?"

曹操的诗句出自《短歌行》。赋文中虽未明确提出曹操酾酒临江横槊而赋的诗就是《短歌行》,但却破天荒第一次在赤壁之战和曹操此诗之间建立起含蓄的关联。作者苏轼在这里通过"客"所做的,与《诗经》毛传对"诗三百"所为如出一辙:也就是说,苏轼为这首诗标示了一个具体的情境,一个创作场合。苏轼的介入不仅从此成为三国想象的一部分,而且在其后的通俗想象中左右了《短歌行》的解读。

"客"的结论完全不出所料:如果就连"舳舻千里,旌旗蔽空"的曹操都已无迹可寻,那么更何况一叶扁舟里的苏子与客呢?

> 驾一叶之扁舟,举匏樽以相属。寄蜉蝣于天地,

> 渺沧海之一粟。哀吾生之须臾，羡长江之无穷。挟飞仙以遨游，抱明月而长终。知不可乎骤得，托遗响于悲风。

"客"对赤壁之游提供了第二个视角——一个"醒者"的视角，与"苏子"截然不同。前文中的浪漫描写被他成功地一一否认：如果苏子"举酒属客"，那么客表示他的酒壶不过是朴质的"匏樽"；[1] 如果小船在苏子眼中"凌万顷之茫然"，那么在客看来不过是天地间的蜉蝣、沧海中的一粟；苏子感觉自己遗世独立、羽化登仙，但是客指出"挟飞仙以遨游"是"不可骤得"的。这段反驳和挑战甚是精彩，苏子必须做出回应。

苏子的回应可分为两部分。第一部分针对客"羡长江之无穷"提出了熟悉的庄子式相对论：

> 客亦知夫水与月乎？逝者如斯，而未尝往也；盈虚者如彼，而卒莫消长也。盖将自其变者而观之，则天地曾不能以一瞬；自其不变者而观之，则物与我皆无尽也，而又何羡乎？

第二部分回应了飞仙遨游之不可骤"得"。"得"与

---

[1] 我们想到桓宽的《盐铁论》："庶人器用，即竹柳陶匏而已。"卷六，第351页。

"有"是当代文化中的关键问题,作者苏轼对这些问题有浓厚的兴趣。

> 且夫天地之间,物各有主,苟非吾之所有,虽一毫而莫取。惟江上之清风,与山间之明月,耳得之而为声,目遇之而成色,取之无禁,用之不竭,是造物者之无尽藏也,而吾与子之所共适。

"主"(主人,主公,所有者)这个字,一直隐含于"客"的存在里,至此——"物各有主"——终于被明确提出。苏子认为物皆有主,除了清风明月之外;对清风明月,他与客可以"取"之、"用"之、享受之,如此而已;但是,它们也同样需要一个感受主体才得以存在("耳得之而为声,目遇之而成色"),而且被主体的感受涂上了主观色彩。这让我们想起佛教影响下的早期中古时代的探讨:人在面对山水时要有正确的态度,山水之美不过是心境的反映。[1] 由此推论,苏子在赋文开篇感受到的一派空明飘逸,亦不过是苏子自身的延伸。在这两句中——"浩浩乎如冯虚御风而不知其所止,飘飘乎如遗世独立羽化而登仙"——"如"字是关键:

---

[1] 苏轼在此对声色形成的表述令人想到《道行般若经》中对因缘条件的讨论:"譬如山中响声,不用一事,亦不用二事所能成。有山、有人、有呼、有耳听。合会是事,乃成响声。"《道行般若经》卷十,第476页,见《大成新修大藏经》般若部,第八册。笔者《神游》(*Visionary Journeys*)一书第一章详细探讨了东晋时期对主观意识和观想的强调,这一强调在嗣后的中国文化传统中变得日益突出。

它意味着主观体验。苏轼最仰慕的早期中古诗人，是写下"心远地自偏"的陶渊明；对苏轼来说，主观体验意味着一切，因此飞仙遨游未必不可骤得。[1]而且，正如作者苏轼从帝都贬到黄州，赋中的苏子本来就已经是仙人，不过暂时被贬谪到人间而已——苏轼在自己的其他作品中经常用"归"来形容飞升天庭，暗以谪仙自许。[2]

后来，这种隐然自命为仙的态度在《后赤壁赋》中大打折扣。在此赋中，诗人离开赤壁之下的酒宴，离开"二客"，独自一人摄衣而上，但最终放弃了攀登与超越，回到舟中："放乎中流，听其所止而休焉。"[3]《后赤壁赋》是一个和《前赤壁赋》同样复杂的文本，在此不暇细论，只是提出苏轼返回江上舟中的重要象征意义：在羽化登仙的永恒与静止状态及历史时间的滔滔长流之间，苏轼选择了后者。[4]所以，他在《后赤壁赋》舟中看到的那只孤鹤必然要飞向西

---

[1] 陶渊明《饮酒诗其五》，见《先秦汉魏晋南北朝诗·晋诗》卷十七，第998页。
[2] 在游赤壁后的一个月左右，苏轼在中秋（1082年9月10日）所写的《念奴娇》一词中表示："便欲乘风翻然归去。"他在1076年中秋写下的《水调歌头》一词中也提到"我欲乘风归去"，但最终决定留在人世，因为"何似在人间"。见《全宋词》卷一，第330、280页。
[3] 《苏东坡全集》，第269页。
[4] 《后赤壁赋》没有了高高在上的"苏子"，而是更谦虚、更个人化的"予"。虽然他依然有"二客相从"，但这三个人的影子在同年中秋的《念奴娇》中亦有出现，苏轼在词中改写了李白的"举杯邀明月，对影成三人"："举杯邀月，对影成三客。"李白原诗用的是"三人"而非"三客"。见李白《月下独酌》其一，《全唐诗》卷一八二，第1853页。

方——那是仙乡昆仑的方向,而长江则是东流入海的。[1]

苏子讲完他的一番道理后,结局全不出所料:

> 客喜而笑,洗盏更酌。肴核既尽,杯盘狼藉,相与枕藉乎舟中,不知东方之既白。

这个结局我们当然早已知道了:"客"质疑苏子,最终被说服,这在主客问答的解嘲文学传统中已成定式。不过,这一位"客"的心态转变还是有点滑稽:他先是悲而且怨,慷慨陈词,后来却又"喜而笑",显然很容易被"外物"所动,无论这外物是外界的风景,还是他人的言论。相比之下,苏子诵明月之诗,不仅与外界环境条件关系甚微(其时月尚未升),甚至具有唤出明月的力量。他们最后也许都酣醉到人事不知,但这位"客"的"不知"却发生在更深的层面:他不像苏子那样能"知"或感受清风明月,也就无法像苏子那样拥有它们——无论其所有权是多么短暂;更重要的是,他"不知"苏子其实不是别人,正是统帅千里舳舻的曹操的投影与双身,虽然苏子/苏轼所羡慕于曹操的,并非"武帝"的军事力量,而是一个优秀诗人的文字之伟力。

何以言之?在苏轼《前赤壁赋》中,处处可以听到曹操《短歌行》的回声:饮酒行乐,忧思难忘,对人生苦短

---

[1] 详见笔者《影子与水文》一文对《后赤壁赋》的讨论(南京大学出版社 2020年,第174—191页)。

的感叹,对贤才的向往,对不朽的渴望。曹操《短歌行》开篇云:[1]

> 对酒当歌,人生几何?譬如朝露,去日苦多。
> 慨当以慷,忧思难忘。何以解忧,唯有杜康。

苏轼的赋以苏子"举酒属客"、歌《诗经》明月之章开篇;朝露的比喻转化为"白露横江"的意象,苏子"饮酒乐甚",再次放歌。

曹操也歌了《诗经》中的篇章:

> "青青子衿,悠悠我心。"[2]但为君故,沉吟至今。[3]
> "呦呦鹿鸣,食野之苹。我有嘉宾,鼓瑟吹笙。"[4]

这里的"悠悠我心"与苏子歌中的"渺渺予怀"竟然形成了完美的对仗,而且,苏子自作的歌词,就像曹操的短歌一样,表达了对天各一方的"美人"的向往。在曹操诗中,鼓瑟吹笙;在苏轼赋里,苏子之"客"吹起洞箫。箫声

---

[1] 《先秦汉魏晋南北朝诗·魏诗》卷一,第349页;《宋书》卷二十一,第610页;《文选》卷二十七,第1281—1282页;《乐府诗集》卷三十,第446—447页。
[2] 出自《诗经·子衿》,《毛诗注疏》卷四,第179页。
[3] 此二句不见于李善本《文选》。
[4] 四句出自《诗经·鹿鸣》,《毛诗注疏》卷九,第315页。在《宋书》中,这四句出现在下面"明明如月"一章之后。

让苏子充满惆怅,正如曹操诗中紧接着音乐演奏而情调一转,由乐生悲:

> 明明如月,何时可辍?[1]忧从中来,不可断绝。

如果用这一章来作为对照,苏子对万物终归不变的议论,就带上了一层新的含义。对人类来说,长江与明月似乎是永恒的,但个人生命却终期于尽,唯一能使之永恒的是歌诗文字——哪怕它是以破碎和变形的面目呈现的。诗的文字把一世枭雄对应于某个转瞬即逝的政治局面而生发的忧思,塑造为一篇经久的艺术作品,在他和他的水军舰队都已灰飞烟灭之后,依然感动着千载之后的人们。在曹操"酾酒临江"而赋诗的形象中,我们看到了饮酒作歌的苏子与创作《赤壁赋》的诗人苏轼。曹操在赤壁的屈辱挫败,就像是苏轼屈辱地被贬到赤壁一样,并不有损他的文学创造的伟大。

赋中多愁善感、未能醒悟的"客"就和"苏子"一样是苏轼的创造,代表了作者的不同侧面。我们知道这一点,因为苏轼还留下一首同样有名的《念奴娇》词,词中同样出现了双身与对立。[2]它貌似歌颂少年得志、大败曹军的周瑜,但是,我们却在早生华发的诗人身上,看到了曹操挥之不去的投影。词以浩浩长江的意象开始,象征着历史时间的洪流:

---

[1]《乐府诗集》作"辍",《文选》作"掇"。
[2]《全宋词》卷一,第282页。这首词有数种不同版本,本书采用的是《东坡乐府笺》版本。

大江东去，浪淘尽、千古风流人物。故垒西边，人道是、三国周郎赤壁。乱石崩云，惊涛裂岸，[1]卷起千堆雪。江山如画，一时多少豪杰。

遥想公瑾当年，小乔初嫁了，雄姿英发，羽扇纶巾，谈笑间，樯橹灰飞烟灭。[2]故国神游，多情应笑我、早生华发。人生如梦，一尊还酹江月。[3]

相对于大江的奔流，人为的结构——已成废墟的"故垒"——却静止不动。东、西有意对置，强化了贯穿上半阕的动静反差：山水描述"乱、崩、惊、裂、卷"，充满动感，回应当年的战争场面；但诗人突然笔锋一转，一句"江山如画"，让一切归于静止。另一方面，那些建造堡垒的人，疆场上为江山而战的武士，"风流人物"，却从江山画景中闪逝，被波浪卷走、淘尽，豪杰只在"一时"。然而正是这些人，为无名的山水赋予了一个身份和名字："人道是"——这是"三国周郎赤壁"。

词的下半阕，仿佛电影中的闪回，周瑜得到镜头特写：他英姿飒爽、充满自信，中间插入"小乔初嫁了"，更衬托出周瑜的年少雄姿，隐然与他的对手——英雄老去的

---

[1] "乱石崩云，惊涛裂岸"一作"乱石穿空，惊涛拍岸"，见《全宋词》卷一，第282页。
[2] 黄州苏轼手书《念奴娇》一词的碑文作"樯橹"。"樯橹"一作"强虏"，见于南宋官员李璧在与金国使者交谈时对此词的引用，这可能是李璧有意为之。见《东坡乐府编年》，第210页。
[3] "酹"一作"醉"。

曹孟德——形成了对比。这首词无疑表现了对周瑜的赞美，但是，在年轻有为的周郎和"早生华发"、饮酒酹月的"多情"诗人之间有着很大距离：这位感叹人生如梦的诗人，倒是让人想起《前赤壁赋》中那个"酾酒临江，横槊赋诗"的曹操。

苏轼在向前辈诗人致敬，除了曹操之外，还有杜牧，是杜牧首次使二乔进入诗歌视野，还把一个垂钓衰翁的形象镶嵌在赤壁之战的背景中。这个形象在《后赤壁赋》中被移置为得鱼以供舟饮的"客"，而在这首词里则被移置为谪居黄州的早衰的诗人，他虽蒙耻辱却不失风流，依旧"多情"。

"多情"的出现值得注意，它一般用来形容男女之间的浪漫感情。苏轼在这里借用此词强调一往情深的气质，几乎可以作为词这一文体在他笔下从爱情描写转入更广阔的表现空间的寓言。在中国文学史中，称苏轼"以诗为词"已是老生常谈，[1]但他选择用词的形式写赤壁怀古而不是用诗，还是值得思考。[2]也许诚如傅君劢所言，诗具有比兴寄托的解读潜能，苏轼刚刚因诗作而遭受一场文字狱，这可能促使他转

---

[1] 陈师道（1053—1102）《后山诗话》："退之以文为诗，子瞻以诗为词。"《历代诗话》，第185页。
[2] 傅君劢对苏轼在黄州的作品文体和数量做过很有意思的统计。据统计，苏轼在黄州时较少作诗。比如说1082年，也就是赤壁之游那年，苏轼只写了39首诗，而他离开黄州的那年写了111首诗；但在同一年中，他却写了23首词，包括《念奴娇·赤壁怀古》。见傅君劢的著作 The Road to East Slope，pp.262-263。

向词与赋这些似乎比较安全的表达形式。[1]在苏轼生活的时代，诗当然要比词或赋更被视为是亲密透明的自传性表述，在当时的发展阶段词主要还是在表演性场合以角色（persona）口吻写作的歌辞，而赋也经常用虚构场景作为赋文主体的叙述框架。在《前赤壁赋》的主客问答和《念奴娇》的多情表现中，文体差别自然是重要的因素；在赋与词里，作者通过他创造的角色（persona），使自己与作品拉开距离。

词的发展总难免会受到诗的影响，影响既是直接的，而且，作为诗的否定和反面，也是间接的。同时，面对词的压力，诗也不得发生新变。苏轼之弟苏辙写过一首《赤壁怀古》：[2]

> 新破荆州得水军，鼓行夏口气如云。
> 千艘已共长江崄，百胜安知赤壁焚。
> 觜距方强要一斗，君臣已定势三分。
> 古来伐国须观衅，意突成功所未闻。

比起乃兄曲折有味的词，苏辙此诗呈献给读者的，是直线性的铺陈和散文化的议论，这两种文体特征在后代诗歌写作中不幸日益鲜明。文体的差别，以及更重要的，作者有限的才力，导致了这首诗好比曹操虎头蛇尾的水军舰队：虽

---

[1] Michael Fuller（傅君劢），*The Road to East Slope*，p. 287.
[2] 《全宋诗》卷八五八，第 9948—9949 页。

以"气如云"开始,最终却化为一场空。

东坡赤壁

苏轼的前后《赤壁赋》和《念奴娇》对赤壁文学产生了深远的影响,苏轼泛舟赤壁形成了悠久的文学与绘画传统。[1]诗人们写诗描写对苏轼《赤壁赋》的读后感、对《赤壁赋图》的观后感,甚至就连写到赤壁之战本身都很难不提到苏轼。[2]"周郎赤壁"变成了"东坡赤壁",苏轼对赤壁的所有权也牢牢建立了起来。他的《念奴娇》至少间接地导致了《念奴娇》词牌的流行,其别名包括《酹江月》《大江词》《大江东去》,或者更直接的《赤壁词》,全部源于苏词。此外,唐圭璋按词人时代先后排序的《全宋词》共收《念奴娇》词五百余首,但第一册里收录的《念奴娇》词却只有

---

[1] 这一传统极为博大,在此只能做初步简要的介绍。《东坡赤壁艺文志》(1922年出版)可以作为一个起点,《黄州赤壁集》(1932年出版)收录了自宋至清数百篇关于赤壁的诗赋,书名由蒋介石题写。1984年出版的《东坡赤壁诗词选》较为精简,便于阅读。宋以来的书画作品也很丰富,北宋末年乔仲常《赤壁图》描绘了《后赤壁赋》的情节,现藏于美国纳尔逊-艾特金斯艺术博物馆(Nelson-Atkins Museum of Art),是早期赤壁画作中最有名的一幅,中西学界多有探讨,笔者《影子与水文》中列有简短的研究文献目录。此外,衣若芬《剧作家笔下的东坡赤壁之游》探讨了"东坡赤壁"在戏剧作品中的表现。

[2] 如释宝昙(1129—1197)《为李方舟题东坡赤壁图》、辛弃疾(1140—1207)《霜天晓角·赤壁》、白玉蟾(1194—?)《武昌怀古十咏·赤壁》、方一夔(1253—1314)《读赤壁赋》、郑思肖(1241—1318)《苏东坡前赤壁赋图》都值得一读。

十二首，还不到总数的百分之一（此册截止于生活在11世纪末至12世纪初的词人，如张耒、侯蒙等）。就算考虑到文本传播中的佚失，《念奴娇》词作在11世纪后的数量骤增也是相当引人注目的，应当和苏词的影响有关。

《全宋词》第一册收录的《念奴娇》词，其中八首都系于苏门四学士之一的秦观（1049—1100）名下。[1]有一首题为《赤壁舟中咏雪》[2]，堪能代表"东坡赤壁"的诗歌传统。这首词几乎可以肯定出自后人之手，但作者身份在此似乎无关紧要：

中流鼓楫，浪花舞、正见江天飞雪。远水长空连一色，使我吟怀逸发。寒峭千峰，光摇万象，四野人踪灭。孤舟垂钓，渔蓑真个清绝。

遥想溪上风流，悠然乘兴，独棹山阴月。[3]争似楚江帆影净，一曲浩歌空阔。禁体词成，[4]过眉酒热，把唾壶敲缺。[5]冯夷惊道，坡翁无此赤壁。

---

[1]《全宋词》卷一，第474页。
[2]《全宋词》卷一，第481页。
[3] 此句用王徽之（？—386）雪夜访戴事："王子猷居山阴，夜大雪……忽忆戴逵安道。时戴在剡，即便夜乘小船就之。经宿方至，造门不前而返。人问其故，王曰：'吾本乘兴而行，兴尽而返，何必见戴？'"《世说新语笺疏》卷二十三，第893页。
[4] 禁体词是遵守特定禁例写作的词，一般是禁用与词作主题相关的常见意象与字眼。
[5] 此句用另一东晋典故：王敦（266—324）酒后，"辄咏'老骥伏枥，志在千里；烈士暮年，壮心不已'。以如意打唾壶，壶口尽缺"，《世说新语笺疏》卷十三，第703页。

东坡词中比喻性的雪在此变成了真正的雪。但这首词的主题，其实是词的创作，即苏轼和文本传统本身。周瑜的"雄姿英发"被转化为"吟怀逸发"，连韵字都完全相同。上半阕的最后几句是对柳宗元（773—819）《江雪》的重写："千山鸟飞绝，万径人踪灭。孤舟蓑笠翁，独钓寒江雪。"[1]唯一的不同之处，就是加入了口语化的"真个"。如此一来，把柳宗元的诗变成了自觉的"文学典故"，用极端口语化的用词来强调"现实的确如此"，认证属于更高雅层次的古典诗歌中的"真理"。

这位孤舟垂钓的蓑笠翁，就是杜牧诗中在"赤壁争雄渡"垂钓的蓑翁。杜牧虽然把战争移置于垂钓后，但诗人毕竟明确地提到赤壁之战。相比之下，我们在这首词中只听到回响的回响，赤壁之战被淡入一个看不见的背景。如果说苏轼的《前赤壁赋》明确提及曹操并引用到他的诗，那么这首词对曹操却是通过王敦醉吟曹诗的典故而间接提及的；如果苏轼能想见周瑜的风采，那么这位词人所想见的却是苏轼。下阕以"遥想"开始，明显是在模仿苏轼；但诗人却用另一种"风流"代替了苏词中的风流，也就是那位"何必见戴"也不曾见戴的王徽之的"溪上风流"。"不见"是雪夜访戴故事的关键，也是这首词的关键：过去已被越来越远地移置到多层文本后面。

有些诗人试图通过回归源头文本来追寻历史，比如王

---

[1]《全唐诗》卷三五二，第3948页。

质（1135—1189）的《八声甘州·读周公瑾传》[1]，但就算在这里，苏轼还是出人意料地介入了。

> 事茫茫，赤壁半帆风，四海忽三分。想苍烟金虎，碧云铜爵，[2]恨满乾坤。郁郁秣陵王气，传到第三孙。[3]风虎云龙会，自有其人。
> 朱颜二十有四，[4]正锦帏秋梦，玉帐春声。望吴江楚汉，明月伴英魂。浥浥小桥红浪湿，[5]抚虚弦、何处得郎闻？[6]雪堂老，[7]千年一瞬，再击空明。

词的上半阕充满气体：赤壁的风，弥漫邺城的苍烟与碧云，还有郁郁葱葱的秣陵王气。就连周瑜自己都以伴随龙虎的风云形象出现：他与孙权的君臣际会，代替了曹操与二乔未能实现的云雨之会——在包围铜雀台的碧云里是江淹所

---

[1] 《全宋词》，第1646页。
[2] 江淹《休上人怨别》："日暮碧云合，佳人殊未来。"《先秦汉魏晋南北朝诗·梁诗》卷四，第1580页。
[3] "第三孙"指孙权，排在父孙坚、兄孙策之后。
[4] 周瑜二十四岁时始事孙策，时人以周郎称之。见《三国志》卷五十四，第1260页。
[5] 小乔，《三国志》周瑜本传作小桥，桥通乔。红浪指眼泪。东晋王嘉《拾遗记》载曹丕宫人薛灵芸在辞别父母时以壶承泪，"及至京师，壶中泪凝如血"，遂以"红泪"称美人泪。见王嘉，《拾遗记》，第159页。
[6] 周瑜精通音乐，据说即使在饮酒后，如果乐人演奏有误，"瑜必知之，知之必顾，故时人谣曰：'曲有误，周郎顾。'"见《三国志》卷五十四，第1265页。
[7] 苏轼在黄州立"雪堂"。

感叹的缺席的佳人。这一切都笼罩在首句的"茫茫"之中。

历史的茫茫在词的下半阕中得到解决,一开始就是一个清晰的特写镜头:二十四岁的周瑜的"朱颜"。这里有相当多的性暗示:锦帏中的"秋梦",将军玉帐之"春声",红浪沾湿的"小桥"。就连描写音乐的句子——"抚虚弦"——都相当暧昧:当然可理解为周瑜去世后小乔抚琴亦无人欣赏,但"虚弦"一词常被用来指无箭的空弦。因周瑜早逝而夭折的云雨之会被移置于其他形式的液体:眼泪,雪,月下长江的"空明"。"雪堂老"指苏轼,"空明"则指向"苏子"歌中对"美人"的渴望:"桂棹兮兰桨,击空明兮溯流光。渺渺兮予怀,望美人兮天一方。"

王质词的下半阕与上半阕构成完美的对仗:正如君臣之风虎云龙会代替了男女之云雨会,男子之间的社会性同性焊接(homosocial bond)——词人与雪堂老——再次代替了被架空的男女之情。我们不由得要感到好奇:王质在他的文本/性幻想中凝望的"美人(们)"究竟是谁?小乔的琴声与"雪堂老"的歌声在这首词中被奇异地纠缠在一起,在诗人心醉神迷的目光里共同指向一个失落的中心——所谓"自有其人"者的周郎。

另一位南宋词人戴复古(1167—约1247)断定追寻过去的最佳方式不是阅读史传,而是亲临其地。下面是他写的《满江红·赤壁怀古》:[1]

---

[1]《全宋词》,第 2302—2303 页。

> 赤壁矶头，一番过、一番怀古。想当时，周郎年少，气吞区宇。万骑临江貔虎噪，千艘列炬鱼龙怒。卷长波，一鼓困曹瞒——今如许。
>
> 江上渡，江边路。形胜地，兴亡处。览遗踪，胜读史书言语。几度东风吹世换，千年往事随潮去。问道傍、杨柳为谁春？摇金缕。[1]

年年岁岁，春天复归，东风如故，自然界充满了重复。人的"怀古"也同样重复而令人厌倦，因为诗人每次经过赤壁，都不得不凭吊，不得不重复苏轼对周郎的"遥想"——"一番……一番……"的句式听起来简直厌烦到懊恼了。只有周瑜与曹操的那场战争是唯一充满新意的原创，而且是不可重复的。其实苏轼本人也有过类似经历：某次游庐山，他发誓绝不写诗，结果被僧人和居士们认出是著名诗人，频频索诗，不得已写下一首，之后就不知不觉一首又一首地写了下去。[2]但苏轼把这段经历写成了一篇妙趣横生的文章，其中包含很多自嘲和自觉的反讽；戴复古却是在认真严肃地"复古"——回到/重复古人。

词的下半阕宣称探访遗踪"胜读史书言语"，但是，这一宣告在类型化的"如许"山河面前显得苍白无力。"今如

---

[1] 早春的柳枝常被形容为金缕。《金缕衣》是以及时行乐为主题的歌曲，杜牧在《杜秋娘诗》中提到："劝君莫惜金缕衣，劝君须惜少年时。花开堪折直须折，莫待无花空折枝。"（《全唐诗》卷五二〇，第5938页）
[2] 苏轼《记游庐山》，见《东坡志林》，第8页。

许"三个字很是奇特,它既有效,又无力,因为诗人根本没有语言来描绘眼中的风景——它看起来平淡乏味,"形胜地,兴亡处"完全可以用来形容任何历史遗迹。"金缕"是这首词里唯一属于"今日"景色的具体意象,但它非常类型化和普遍化,更何况它本身就让人想到前人的作品——杜牧诗中的《金缕衣》。这首词最终体现了"言语"的失败,不仅仅是史书的言语,更是它本身的。

戴复古还写过一首题为《赤壁》的诗。[1]与《满江红》一词相比,更是乏善可陈:

> 千载周公瑾,如其在目前。
> 英风挥羽扇,烈火破楼船。
> 白鸟沧波上,[2]黄州赤壁边。[3]
> 长江醉明月,更忆老坡仙。

散文体的开篇平平无奇(第二句不得不以"其"来凑字),虽有第三句的双关语"英风"(英武气概/了不起的东风),第五、六句白鸟/黄州的对仗,依然无济于事。反之,第三联的颜色太多太杂,让这首诗再无药可医。在诗的末联,诗

---

[1] 《全宋诗》卷二八一七,第 33552 页。
[2] 沧波是诗歌中常见的表现自由自在的意象,这里用来形容诗人肉眼所见实景与心眼所见的暴烈战争场面之迥异。
[3] 这句平板异常的诗表示了黄州因赤壁而闻名("黄州是赤壁所在",而非"赤壁在黄州")。

人不得不想到苏轼,试图复制苏轼的"一尊还酹江月",这几乎已成为人人在此地必做之事。苏轼完全控制了这个地方,离彻底摧毁周郎赤壁已不过一步之遥。

自宋至清的无数赤壁诗词里,也许会有几首被埋没的佳作,但这有待学者去努力发掘。在杜牧和苏轼之后,再没有任何赤壁诗词是广为人知的,要想找到有影响的赤壁书写,我们必须把目光转向别处。

小说家的眼光

《三国演义》对赤壁之战的描写前后一共八回,属于这部小说最有名也最有神采的几个章回。[1]这八回可以说集中体现了小说家对前朝正史有意识的操控,有删除,有增加,而且恐怕更重要的,是移植嫁接。比如第四十六回的草船借箭,原本是孙权的妙计,但在小说中却被移植到了诸葛亮身上。[2]其后,毛纶、毛宗岗父子又对小说的早期版本做了无数修改,有些出于美学考量,但很多都是涉及意识形态方面

---

[1] 本书使用的《三国演义》版本是17世纪的毛评本,在众多版本中,这版一直最受欢迎。毛评本有不少17、18世纪的印本,笔者参考的较早印本之一种,是致远堂/启盛堂刻印的《官板大字绣像批评三国志》(1734年序)。《三国演义》现代版本多而易得,其中之一是《毛批三国演义》(天津人民出版社2010年)。在下面对各回的讨论里,一般情况下将不再注出页数,以免繁琐。

[2] 见《三国志》裴松之注引《魏略》(卷四十七,第1119页)。在至治年间(1321—1323)刻印的《三国志平话》中,"草船借箭"的主人公是周瑜,见《至治新刊》第七十九回。

的。[1]在层层迭迭的历史重写中,最引人注目的改变,是反映了历史评价之变迁的人物描摹。小说中赤壁之战的故事基本上是从蜀国的角度讲述的,因为蜀国被视为唯一的正统。如此一来,诸葛亮自然而然被塑造成了对赤壁之战起到决定性作用的真正英雄,而周瑜却被描绘成充满偏见、气量狭小的人物,因嫉妒诸葛亮而三番五次地试图加害于他。鲁肃则被降低为一个出于情节需要而设置的喜剧配角和捧哏人物,在周瑜和诸葛亮之间传递消息,但又对二人的筹谋懵然无知。在第四十三回著名的"舌战群儒"情节中,诸葛亮舌辩纵横,击败了所有主降的东吴群臣,诸如张昭、薛综等在中古时代被视为吴国栋梁之材的朝士,在明清时期却被丑化为"腐儒"或"小人之儒"。

然而,赤壁八回之所以成功,和小说的意识形态倾向或传统道德观念并无多大关系。作者的高明之处,在于把散于史料之中的无数生动人物和细节串联起来,创作出情节复杂而又结构紧密、引人入胜的故事,从开始直到高潮,都能紧紧抓住读者的注意力。作者运用的手法之一,就是以魏蜀吴三方之间多重层次的冲突为切入点来结构叙事。这些冲突与较量,从诸葛亮的"舌战群儒"开始,是一系列的微型战役,或斗勇,或斗智,相当于一曲繁复的前奏,预示并逐渐带引读者到达最后的高潮。

这八回中反复出现的主题是欺骗。小说对赤壁之战的

---

[1] 参见何满子,《论毛宗岗》,第59—63页。

描写有无数诡计与欺诈,这在史料中却仅仅出现过一次,在诗歌传统中更是引人注目地缺席。比如说,敌对双方都互派间谍与诈降者。在第四十五回,曹操派蒋干向周瑜劝降,蒋干却带回周瑜伪造的假消息,引得曹操怒杀水军都督蔡瑁、张允,事后才醒悟上当。曹操随即派蔡瑁的弟弟蔡和、蔡中诈降东吴,周瑜假装不知,利用二人向曹营传递假情报。同时,吴国老将黄盖成功地骗得曹操相信自己的诈降——这其实是赤壁之战史料记载中的唯一一次诈降。[1]

与此相关,在这些章回中一个重复出现的关键字就是"瞒"。在第四十七回前半,阚泽带着黄盖的诈降信渡江,曹操一开始半信半疑:"只好瞒别人,如何瞒得我!"同回后半写庞统劝曹操用铁索连接战船,庞统的计划却被徐庶看穿,本回最后以徐庶的话作结:"只好瞒曹操,也须瞒我不得!"曹操和徐庶的两句话针锋相对,堪称完美的对仗。

长江南北的两军对峙,被吴蜀盟军之间的竞争变得更为错综复杂和鲜明生动。诸葛亮和周瑜被描写成激烈的竞争对手,以至于好像是一对难分难舍的情侣,鲁肃成为斡旋于二者之间的、一派天真的中介人,他们的三角关系模仿了魏蜀吴三权鼎立的局面。[2] 第四十六回是一个绝好的例子。此回以鲁肃拜访诸葛亮开始:周瑜派鲁肃去试探诸葛亮,看他是否知道曹操中了周瑜之计而错杀蔡瑁、张允。诸葛亮表示

---

[1] 《三国志》卷五十四,第1262—1263页。
[2] 诸葛亮、周瑜之间充满张力的同性焊接(male bonding),也是电影《赤壁》的主题之一,但是以友好竞争的形式出现,而不是小说中的敌意。

自己完全知道个中就里，但切嘱鲁肃不要让周瑜知道，否则"公瑾心怀妒忌，又要寻事害亮"。鲁肃同意了，但一回去就向周瑜吐露真相。后来，鲁肃劝周瑜不要轻信蔡氏兄弟的诈降，但被周瑜叱退。鲁肃告诉诸葛亮自己的担忧，诸葛亮向他解释说那全是周瑜的将计就计。此回最后，描写黄盖行苦肉计，被蒙在鼓里的鲁肃目睹黄盖受刑，大为震撼，向诸葛亮抱怨，诸葛亮再次向鲁肃解释个中奥妙，并再次吩咐鲁肃："见公瑾时，切勿言亮先知其事，只说亮也埋怨都督便了。"这次鲁肃果然没有向周瑜透露底细，周瑜大为得意，笑道："今番须瞒过他也。"却不知被瞒的乃是自己。这一回，是完全围绕着知识与信息的流通传播和保留扣压而组织结构的。

　　欺骗，这个在诗歌传统中找不到位置的主题，却可谓赤壁八回的组织原则。小说家向我们揭示：对于战争的胜败来说，欺骗手段是否高明比军事力量重要得多；而在另一方面，这也是明清白话小说与戏剧的重要母题之一。但归根结底，小说家的赤壁之所以成功，正是要归功于诗歌传统和小说传统的相互渗透、大众文学想象与古典文学想象的完美结合。在第四十七回，阚泽秘密潜入曹营，他扮作渔翁，在一个"寒星满天"的夜晚驾一叶扁舟渡江。执行危险任务的谋士，披着诗意的渔翁的蓑衣，是一个富有象征性的意象，可谓叙事与抒情的完美融合。

　　第四十九回描写赤壁之战当夜的情景。那天晚上的月光"照耀江水，如万道金蛇翻波戏浪"，但是，在曹操的战船着火之后，很快就变成了"三江面上，火逐风飞，一派通红，漫天彻地"的场面。下一回，描写曹操败走华容道，一路迤逦点缀着无数吴蜀联军所放的小火，曹操穿过"火林"逃跑，俨然一幅地狱景象。随着叙事发展，小说家允许虚构之火被逐渐熄灭，模仿现实中的大火缓慢熄灭的过程，直到最后曹操派残兵寻觅"火种"准备造饭，却碰上"大雨倾盆，湿透衣甲"，直到此时火才被完全扑灭，只剩下小路山边，还有"数处烟起"。这里的叙事充满诗意。

小说中最能把高雅文化与通俗文化连接在一起、把建安诗歌与三国故事连接在一起的，无过于第四十八回，"宴长江曹操赋诗，锁战船北军用武"。叙事明显受到苏轼《前赤壁赋》的启发：[1]

> 时建安十二年冬十一月十五日，天气晴明，平风静浪。操令："置酒设乐于大船之上，吾今夕欲会诸将。"天色向晚，东山月上，皎皎如同白日。长江一带，如横素练。操坐大船之上，左右侍御者数百人，皆锦衣绣袄，荷戈执戟。文武众官，各依次而坐。操见南屏山色如昼，东视柴桑之境，西观夏口之江，南望樊山，北觑乌林，四顾空阔，心中欢喜。

---

[1] 在更早的《三国演义》印本中，这一回题目的前半是"曹孟德横槊赋诗"，受苏轼《前赤壁赋》影响更为明显。见《续修四库全书》第1790册，1522年嘉靖影印本，第341页。

段落开始对年月日的正式宣告，还有东山月出、长江如练的景象，与苏轼的《前赤壁赋》严丝合缝，针锋相对。曹操之四顾，直接源自《前赤壁赋》中的"西望夏口，东望武昌"。而赋中的"酾酒临江，横槊赋诗"，亦在小说虚构中被发挥得淋漓尽致。

小说家对古典文学传统的执着，在与最著名的赤壁诗的关系中继续得到体现。随着夜色加深，曹操酒意渐浓，顾谓左右：

> "吾今新构铜雀台于漳水之上，如得江南，当娶二乔，置之台上，以娱暮年，吾愿足矣。"言罢大笑。唐人杜牧之有诗曰："折戟沈沙铁未消，自将磨洗认前朝。东风不与周郎便，铜雀春深锁二乔。"曹操正笑谈间，忽闻鸦声望南飞鸣而去。

此前，在第四十四回，诸葛亮告诉周瑜，曹操征吴只为二乔。他引曹植《登台赋》为证，在其中巧妙地插入了"揽二桥于东南"等句。[1]这是小说中诸葛亮第一次引发周瑜之怒。如果读者认为这是诸葛亮的编造，那么小说家在这里通过曹操的自白"证明"了杜牧的诗。中国古典白话小说中喜用"有诗为证"的说法，但在这里，小说家为了成全诗人的

---

[1] 吴地处东南，故云。对曹植此赋，见本书第四章中的讨论。在原文"望众果之滋荣"后，小说中的诸葛亮加了下面四句："立双台于左右兮，有玉龙与金凤。揽二桥于东南兮，乐朝夕之与共。"

想象而凭空捏造出了一个故事。

曹操的"笑谈间",是对苏词充满反讽意味的回应,因为在词中是周瑜在"谈笑间"令"樯橹灰飞烟灭"。这一精心刻画的场景继续下去:

> 操问曰:"此鸦缘何夜鸣?"左右答曰:"鸦见月明,疑是天晓,故离树而鸣也。"操又大笑。时操已醉,乃取槊立于船上,以酒奠于江中,满饮三爵,横槊谓诸将曰:"我持此槊破黄巾,擒吕布,灭袁术,收袁绍,深入塞北,直抵辽东,纵横天下,颇不负大丈夫之志也。今对此景,甚有慷慨。吾当作歌,汝等和之。"歌曰……歌罢,众和之,共皆欢笑。

但在这时,有一位官员提出异议,认为此歌"不吉"。小说家告诉读者:这位官员是刘馥,一位长期追随曹操的能臣。

> 当下操横槊问曰:"吾言有何不吉?"馥曰:"'月明星稀,乌鹊南飞,绕树三匝,无枝可依。'〔1〕此不吉之言。"操大怒曰:"汝安敢败吾兴!"手起一槊,刺死刘馥。众皆惊骇,遂罢宴。

---

〔1〕 这最后一句,《短歌行》的所有早期版本都作"何枝可依"。对这个问题,诗人在诗的末章给予解答:只有曹操才能为众鸟/贤臣提供真正的庇护之所。但《三国演义》对此直接予以否认,"无枝可依"显然比"何枝可依"要黑暗沉重。

据《三国志》本传，刘馥任扬州刺史，治理有方，卒于建安十三年（208）。[1]至于在赤壁之战前夕被曹操所杀云云，纯属小说家的想象。但他碰巧在赤壁之战那一年去世，又是一名能吏，这使他在小说家眼里成为一个出色的道具，因为曹操刚在《短歌行》中说自己像周公那样爱才，转眼之间就刺死贤臣，没有什么比这样的安排更能表现曹操的虚伪了。建安时代的公宴，如第二章所论，是凝聚人心、创造群落的重要社会机制，但是，这在明清时代的小说中被表现为一个空洞的把戏，不过只是一个供曹操展示其残忍与荒淫的机会而已，是小说家对"好德不如好色"的寓言。

在中国古典文学传统里，小说家采取的是一个熟悉的手法，实际上也是最古老的诗歌解读策略之一：在《毛诗注疏》里，每首诗前都加了一个"小序"，交代推断/假定的创作语境与历史背景，这往往被视为正确理解一首诗的关键。苏轼的赋，在把某首具体的曹诗与某一具体语境联系起来的方面，仅仅是做了一个含糊的手势而已，但在小说中，诗与创作语境的联系却被明确化，而且是为曹操堪称最著名的作品安排了一个至为具体的创作日期，换句话说，也就是为一首经典作品捏造了一个莫须有的本事。曹诗被赋予完整的创作背景，大自即将发生的战役，小至鸦鸣的细节——小说家不但要创造出一个"真景"来坐实诗中的乌鹊，而且，虽然鸟夜啼是早期古典诗歌中最常见的意象之一，还是

---

[1]《三国志》卷十五，第463页。

要构造出曹操与侍从的对话来解释夜半乌鹊的鸣飞，好像是村塾先生在回答学生对文本提出的问题。创作语境还被加上后续：曹操在歌咏"我有嘉宾"之后，立刻手起槊落，刺死一位"嘉宾"。小说家就这样一步步向我们揭露诗歌的"虚伪"，旨在教训小说读者：你要是不知道一首诗的历史创作背景，就无法真正理解诗作——谁管背景故事是完全捏造出来的！

小说家把《短歌行》解读为暴露了诗人与其作品之间存在的天渊之别，这在很多方面是受了南宋以降评论传统的影响。在这种解读下是道学家强调的"诚"：片时片刻都容不得丝毫偏差的一致性。譬如朱熹（1130—1200）曾说："诗见得人。如曹操虽作酒令，亦说从周公上去，可见是贼。若曹丕诗，但说饮酒。"[1]刘克庄也说："曹公《短歌行》末云：'山不厌高，海不厌深，周公吐哺，天下归心。'且孔融、杨修俱毙其手，操之高深安在？身为汉相，而时人目以汉贼，乃以周公自拟，谬矣。"[2]这种论调一直持续到明清时期，杨慎（1488—1559）一方面赞美曹操的某些篇章，一方面又称他为"文奸"；谢榛（1495—1575）论"周公吐哺"二句时说："老瞒如此欺人。"[3]就连吴淇和陈祚明（1623—1674），两个对早期中古诗歌不乏精彩见解的论者，在评论

---

[1]《朱子语类》卷一四〇，第3324页。
[2]《后村诗话》，见《宋诗话全编》卷八，第8354页。
[3] 杨慎《升庵诗话》卷三，《明诗话全编》卷三，第2581页；谢榛《四溟诗话》，《明诗话全编》卷三，第3133页。

曹操此诗时，也不免落入了诚/伪二元对立说。[1]

从一个角度来看，历史小说中引用一首诗，服务于小说家对人物角色性格的刻画；但从另一个角度来看，环绕此诗的小说叙事可以视为这首诗的本事，以及对其诗的最权威的解读。《短歌行》的叙事框架，在某种意义上，体现了叙事与诗歌之间的永恒较量：叙事将诗歌纳入一个创作情境，使之附着于历史、历史作者和他们的故事，希望借此使诗歌就范；可是，诗歌——至少某些诗歌——总是得以挣脱其束缚，保持着诱人的自由，从而吸引了更多安置和固定它们的尝试。

曹操在扬子江上的宴会标志了赤壁数回的高潮，背景浮现出一句古老的谚语——乐极生悲。刘馥之死成为伏笔，预兆了八十三万将士的覆没，小说家只允许其中二十七人生还。在第五十回，曹操脱险之后，毛评本加入了一个细节：

曹仁置酒与操解闷，众谋士俱在座。[2]

这一细节有意识地回应几日前的江上盛宴，在波澜壮阔的史诗最后画上了一个具有讽刺意味的句号。这把我们又带回到建安诗歌，曹操的《短歌行》；这首典型的公宴诗，是它最诱人的中心。一千余年间发生的巨大变化，至此已无须多言。

---

[1] 吴淇，《六朝选诗》，第 101 页；陈祚明，《采菽堂古诗选》，第 128 页。
[2] 1522 年嘉靖本无此句，只说曹操等人"坐至半夜"。

比起很多早期的三国讲史,毛评本对通俗文学构成了更为丰富与复杂的表现,在其中,我们看到诗歌传统与叙事传统的结合。自问世以来,这一版本就支配了阅读市场,直至今日依然是汉语读者所喜闻乐见的三国读本。其中原因之一,或许就在于它对经典诗歌进行了巧妙的操纵,赋予其新的框架(framing),做出新的解读。16世纪以降,人们对曹操的诗歌再度重视,评价日高,应该不是偶然的。对曹操的重视,很有可能缘自明代中叶后对魏晋诗歌的普遍兴趣,但通俗文学中曹操富有魅力的人物形象想必也起到了不小的作用,而通俗文学又反过来吸纳了当代文学思潮的影响。所谓的雅俗传统之间其实并不存在绝对的和清楚的界线,它们相互作用,相互渗透,存在着复杂的互动。

银屏赤壁[1]

吴宇森导演的电影《赤壁》是赤壁之战在近年的重现。电影分上下两部,片长288分钟,分别于2008年和2009年在中国以及多个亚洲国家和地区上映;2009年又在亚洲之外发行了149分钟的版本。[2] 从亚洲内外的影评和票房两方面来看,这部电影都算是相当成功的。

一部历史电影总是使用着两种语言:第一种是电影语

---

[1] 译者注:标题原文 The Reel Red Cliff 与 The Real Red Cliff 谐音双关。
[2] 2010年在美国和加拿大发行了DVD影碟和蓝光光碟的288分钟"国际版",为本书分析所据。

言,也即在屏幕上讲述故事的电影意义言说系统;第二种是历史语言,也即观众对之有不同程度了解的历史事件和人物。吴宇森娴熟地穿梭于两者之间,它们的完美结合在电影片头有出色表现。首先,他使用了欧美中世纪题材电影中常用的"烟雾图像符号"("iconography of mist")来象征时间的重重迷雾。当镜头穿越烟雾缭绕的山河,我们逐渐看到"赤壁"二字的特写,它充满自我指涉地镌刻在赤褐色的峭壁上,令人想到赤壁之战真正(?)发生地蒲圻的题刻。接着,我们的视线被镜头带领着以加快的速度洞穿石壁,似乎是在做出一次进入历史深处的旅行("时间旅行"正好被叫作"穿越")。最后,一柄宝剑在雾中出现,一柄铁锈剥蚀的宝剑,随着片头字幕的出现而逐渐除锈,一如诗人之手"自将磨洗",直至再次呈现锐利的锋芒。如果一个观众熟悉中世纪题材的欧美电影,则必然会想到亚瑟王的神剑和以其为片名的电影(*Excalibur*);然而宝剑的磨洗却又是非常中国的,来自杜牧的千古名作。《赤壁》的片头就这样以一系列经过时间考验的视觉速写符号,同时吸引了各种各样的观众。

虽然电影本身未能与其出色的片头百分之百地相衬,但它确实为三国想象提供了一些崭新的视角,因此值得一书。首先,它为一个普通士兵作传,这在整个三国故事的历史上大概属于破天荒第一回。这个普通士兵名叫孙叔财,绰号"饭桶",是一个完全虚构的人物。他在魏军里本是一介小兵,只因善于蹴鞠而被提拔为一个小军官,然而却和女扮男装潜入敌营的孙尚香——孙权之妹——结下了一段意想不到的友谊。[1]诚然，他基本上是中国精英人士心目中一个被理想化和浪漫化的"老百姓"：善良淳朴，毫无野心，只希望战争早日结束，他好回家种田；但尽管如此，他还是被赋予了一个名字、一个人格，还有一个战场牺牲的场面——他的死得到了充足的荧幕时间，从音乐到台词，淋漓尽致地表现出个体生命的尊严。把个性和尊严给予一个普通士兵，代表了一种现代价值观，前现代的赤壁之战书写只把注意力集中在领袖和英雄人物上，从来未曾探索过这样的角度。

女性在这部电影里也扮演了醒目和突出的角色。孙尚香和小乔都是主要人物，出镜率很高；她们都被描写为智勇双全，虽然二者也都相当刻板类型化：孙尚香是个武艺高强的"假小子"，而小乔则极为阴柔，甚至还有诱惑曹操以拖延战机的离奇情节。2010年中国大陆电视剧新《三国》的编剧朱苏进曾在一次访谈中提到他迫于制片人和导演的压力不得不加入女性角色，而制片人和导演又是为了顾及观众的品味和喜好。[2]但在对赤壁之战的描写中，电影和电视剧对女性角色的处理却截然不同。在电视剧中，无论小乔还是孙权的妹妹都是突然从故事里/屏幕上消失的，没有什么体面和尊严。在小乔的情况里，电视剧也设计了一个相当离奇的

---

[1] 孙权确有一妹，嫁给了刘备，据说是一位刚烈的女子。她在电影中的角色当然纯属虚构，在本书余论中会有更详细的讨论。

[2] 见《我要让〈三国〉枝繁叶茂》，即王小峰对编剧朱苏进所做的访谈，刊于《三联生活周刊》2008年第17期。

情节：小乔在赤壁之战后救了周瑜的死敌诸葛亮，周瑜得知后大怒，立即驱逐小乔，她的退场就这样突然而又屈辱，后来就连在周瑜生病、去世、安葬的所有漫长场面中都再没有于屏幕上重现。在诸葛亮和周瑜之间的爱恨情仇里，小乔不过是个多余的第三者而已，电视剧对她的处置很能满足男性对处理多事妻子的幻想：赶走了之。至于孙权的妹妹，在电视剧里甚至没有个人的名字，只被称为"孙小妹"。虽然她被塑造成了一个让观众关心的角色，但编导没有给她一个死亡场面：她的青春早逝是通过孙权之口向观众交代出来的。这些比较，让我们看到电影、电视编剧和导演对三国女性角色的意义有着大相径庭的态度。

除了社会阶级与性别方面的新角度，电影《赤壁》最引人注目的一点在于它的南方视角。明代小说对蜀汉和诸葛亮的重点强调如今被转移到吴国。电影里选择巨星饰演的周瑜，在各种意义上都是领军人物，而这在晚唐五代之后就非常少见。曹操依然是反面角色，他统一天下的梦想——须知在 2002 年的电影《英雄》里，统一天下的野心是足以为一个暴君开脱的——注定要失败。但既然电影的重心已从蜀汉和诸葛亮身上转移，电影的真正问题就不再是汉室与曹魏的对立和政治正统，而是帝国与地方主义之间的张力。《赤壁》隐含了一个与帝国话语相对立的地方视角。

电影《赤壁》和电视剧新《三国》对赤壁之战一个关键时刻——曹操在江上夜宴时吟咏《短歌行》——不同的视觉处理，是二者迥然不同的意识形态重心的最好表现之一。

电视剧里的曹操一反传统的负面形象，是一个被塑造得非常复杂而富有层次感的人物，充满魅力、野心，高瞻远瞩。曹操赋《短歌行》在第四十一集，和《三国演义》里一样，他在赋诗之前有一段独白，缕述生平功业（"破黄巾，擒吕布"云云），最后感叹道："此生如此，夫复何求！"在独白时，摄影机在主观镜头和曹操的正面特写镜头之间相互切换，主观镜头令观众看到曹操面前两厢对坐的文官武将，正面特写又模拟了众文武的视线，逐渐拉近到曹操本人的面部，创造出正反打镜头的效果。有意思的是，他在独白的整个过程中都闭着双眼，拒看僚佐与观众，完全沉浸于自己的内心世界中。这两种镜头的并置交叉，有力地把观众带入了曹操的主观世界，使我们对他产生共鸣。接下来，缓慢的鼓声和号角声似乎惊醒了曹操，他睁开双眼，从座位上起身，走向他的战士，举起手中酒杯，仿佛是在给整个军队敬酒，此时他才开始吟诗。

在第一句"对酒当歌"之后，镜头又切换到曹操的座位，这样一来，在第二句"人生几何"的伴随下，我们观众就和他的文臣武将一样，看到的是曹操的后背，一个身着深红色战袍、高大而无法透视的形象；摆在他座位前面矮脚桌上的一盘盘食物出现在前景，好像是供祀祖先或神明的祭品一样。这个"主观镜头"来自餐桌后的空座位，其妙处在于，它不仅展示了众文武百官的视角，更让我们看到了曹操本人的视角——更确切地说，是他的灵魂神位的视角，因为前景的餐桌犹如祭桌，而"人生几何"的诗句在背景中回响,恍若对他的朝露人生之后不朽声名的赞歌。桌上的食物全然未动,让人想到因礼贤而吐哺的周公。[1]

在曹操吟到第三章时,我们在背景中听到一阵低沉的和声,仿佛战士们也都加入进来了。镜头紧随曹操举步向前、继续赋诗,步伐和节奏逐渐加快,两边是熊熊燃烧的火把和身穿铠甲的武士。"明明如月"一章伴随着军营的远景镜头,暗示着诗人具有广大包容的深忧。吟咏著名的"乌鹊南飞"一章时,镜头再次显示出曹操的正面,他渐渐走近,越来越高大,直到占据了景框的正中心。他就这样伫立在中心位置直到最后一章,镜头从一个低下的角度向上拍摄,迫使我们对他仰望,而他则凝望远方——一个高瞻远瞩的领袖,被徘徊低回的镜头理想化。演员在吟出"天下"二字之后停顿了很久,最后,并没有以高亢的声调结束,而是明显地放低了声音,以沉思的、近乎温柔的调子吐出了最后两个字,"归心",从而完成了对这位魅力人物的刻画。

电视剧对《短歌行》的处理,似乎有意和吴宇森的电影做出黑白分明的对照。在电影《赤壁》中,酒宴笼罩着一层死亡的阴影。曹营中瘟疫横行,曹操下令把病死将士的尸体运到长江对岸,企图把疫病传染给吴蜀联军。诸葛亮的对策是举行火葬。吴蜀联军搭起柴堆,上自将领下至战士都参加了葬礼。安葬死者,尤其是战死者,在中国传统中一直是一个衡量君主仁义之心的标准。曹操对将士尸体缺乏尊重与

---

[1] 感谢宇文所安提醒此点。

人性的处置,被编导用作一个充满讽刺性的语境,带出了曹操感叹人生苦短的诗篇。

当剧中的曹操在吟咏第一句"对酒当歌"时,没有曹操本人的镜头,只让观众看到燃烧的火葬柴堆。[1]接下来,在曹操吟咏"人生几何"时,电影中出现的是曹操的后背,就像是在电视剧中一样,但是导演对这一镜头做出的视觉处理却与电视剧截然不同:这里,曹操身着一袭黑袍,面前有一片相当大的空间,铺着一块巨大的红色地毯,与他的将军谋士隔得很远,因此显得孤独而渺小;而"人生几何"的诗句,与将军和侍女饮酒大笑的面孔形成了鲜明的反差:这些人既不回味诗句中蕴含的真理,也对战死者或战争的残酷丝毫没有哀矜与同情。电视剧中让观众得以进入曹操内心世界的主观镜头,此处用在周瑜身上:曹操吟诵"慨当以慷"一句的画外音,配合的是周瑜站在那里凝视燃烧柴堆的镜头;这一章的其余三句,则完全用来配合对吴蜀将领的面部特写,他们看上去非常严肃、愤慨、悲痛。

此后,镜头一直在双方军营之间来回切换:曹营饮酒作乐,显得冷漠而残忍;相反,吴蜀联军安葬并哀悼了敌军的死者,给他们体面与尊严。曹操的诗被编导拿来服务于双重目的:它一方面表现了曹操的残忍和虚伪,但在另一方面,当这些诗句迭映在吴蜀联军将领们严肃的面孔上和火葬

---

[1] 此处原英文版使用的《短歌行》英译是作者采取的英译文而不是原电影字幕的英译。原电影字幕对此诗的译文与原文多有出入,颇有"翻译的政治"意味。

的尸体上的时候，却显得异常有力，异常感人。熊熊燃烧的柴堆意象预兆了即将把曹操庞大的水军舰队烧得灰飞烟灭的烈火，对于已经知道故事结局的中国观众来说，曹操的这首公宴诗同时也是他在不知不觉中创作的挽歌。

有意思的是，电影省略了"越陌度阡"一章——这一章描写了对贤士的追求。接下来对"乌鹊南飞"一句的视觉处理也很耐人寻味：曹操快速走向镜头，但因为是一个全景镜头，所以他显得渺小而模糊，飘动的黑衣让他看起来有点像诗中的乌鸦。之后，镜头切换到一个转瞬即逝的特写，曹操先从屏幕右边移向左边，之后又移向右边。但观众看到的并非曹操的正面：他的脸其实有点出镜，他的双目注视着屏幕的右下角，如此一来，当他吟诵"绕树三匝"的时候，屏幕上的视觉形象给观众造成的总体感受是动荡不安、缺乏稳定，再次使诗中无法安栖的乌鹊成为他本人的写照。这与电视剧里身体占据了景框中心、安稳不动、双目直视前方的曹操形象迥然不同：在那里，他是乌鹊可依的大树。

《短歌行》最后一章的"山不厌高，海不厌深"，分别对应曹操和周瑜的面部特写，这印证了他们一反一正的主角身份：既是互相较量的敌手，又是彼此的镜像。曹操的背景色彩黑暗，他眯起眼睛向右瞥视；周瑜则表情坚毅，注视左上方，面部被正前方的火焰照亮：这两个特写镜头的视觉语言黑白分明，犹如诗中的对仗。曹操在吟诵"周公吐哺"一句时，非常戏剧化地急转过身面对镜头，黑衣再次飘动有如乌鸦的双翼，接着他说出"天下"二字，并将酒杯狠狠摔在地上。之后他停顿了很久——就像在电视剧中一样——镜头又切换到燃烧的柴堆和周瑜；曹操最后说"归心"时，终于得到一个正面镜头特写，但只有短短一瞬，就切换到诸将的疯狂欢呼，他们都已烂醉，面部表情扭曲。[1]在这里，镜头移动变换得非常迅速，与电视剧中安稳可靠犹如丰碑的曹操形象构成了鲜明对比。

对曹操赋诗情景的刻画，体现了影视作品背后不同的理念：电视剧里的曹操被塑造为理想远大的英雄，他不惜任何代价，一心要统一分崩离析的天下；与此相反，电影宣扬反战思想和对个人生命的尊重，也展现出强烈的地方意识与自豪感，拒绝被纳入帝国视野中。然而，为实现其目的，电影必须想出一个妥善的办法处理曹操的诗，因为他的横槊赋诗早就成为三国想象和赤壁传说中最负盛名的场面之一。和古典小说一样，电影也为《短歌行》营造出一个使诗带上负面意义的创作场景，但是，在诗的文字里，却有某种超出了它的叙事语境的东西。这些文字令人感动和振奋，它们具有自己独立的生命，拒绝被纳入叙事的体系。为了制服这首诗，电影把它放在瘟疫、死亡和葬礼的情境里，以展示诗人的虚伪、无情、贪图功名。然而，但凡曹操吟到那些感情深沉慷慨的诗句，镜头就不得不切换到哀伤的、人性的、英雄主义的一面，还不得不删除原诗的一章。电影中的曹操无法

---

[1] 这里英文字幕对最后两句诗的译文"Sages rush when guests call, / So at their feet, the empire does fall!"叙述的不是归心，而是在脚下倾倒，和画面气氛更吻合。

控制，甚至无法理解从他口中吟诵出来的诗句的奇妙力量，而这又何尝不是想把《短歌行》在历史中予以"定位"的导演、小说家或者评论家的写照？在赤壁之战前夜，叙事和诗歌也打了一仗，在这一仗里，诗是赢家。

结　语

本书第一章探讨了疫情，死亡，对建安作为"诗歌时代"的怀旧建构。巧合的是，第五章，亦即本书的最后一章，也以诗歌与疫情结束。208年冬，曹操的水军中瘟疫大起，[1]后来，在一封写给孙权的信中，曹操做出了他自己对赤壁之战的陈述：

> 赤壁之役，值有疾病，孤烧船自退，横使周瑜虚获此名。[2]

两个世纪后，裴松之力求做出公允的分析：

> 至于赤壁之败，盖有运数，实由疾疫大兴，以损凌厉之锋；凯风自南，用成焚如之势。天实为之，岂人事哉？[3]

---

[1]《三国志》卷一，第31页。
[2]《三国志》卷五十四，第1265页，裴松之注。
[3]《三国志》卷十，第330页，裴松之注。

虽说裴松之赞成曹操的说法，也认为曹操的赤壁之败是"天实为之"，但曹操对事件的叙述，就像大多数的战败者叙述一样，没有什么分量，"人事"才能带来引人入胜的故事和电影。

我们经常听到电影观众甚至经验丰富的影评家对一部历史电影的"真实性"做出讨论，这些观众和影评家把忠于历史当成了判断一部历史电影是否成功的重要标准。但通过在前文探讨赤壁在不同影视作品中的艺术性表现，我们应该看到，想在历史电影中寻找透明的真实，这本身就是一个误区。如索林（Pierre Sorlin）所言，作为艺术形式之一种，历史电影必然具有虚构性；[1] 同理，所有对历史的诗歌再现，甚至所有对历史的历史再现，作为延宕、迟后的书写，以其对资料来源的操纵和变动不居的视角而言，都是具有虚构性的。这些书写如果说有历史性的话，那么其历史性仅仅在于一点：也就是体现了它们自己的历史语境，体现了它们的生产者的个人语境和条件。在这一章，通过探讨赤壁如何成为中国文化和文学地图上一个恒久长在的地点，如何被人们以变动不居的方式"遥想"，我试图勾勒出一些深层历史变化的轨迹。

也许是因为14世纪小说《三国演义》的缘故，离三国时代更近且被纳入正史的《三国志》向来被尊视为"真正的历史"，被当成衡量后世一切三国作品的标尺，尽管裴松

---

[1] Pierre Sorlin, "The Film in History," p. 21.

之注引用的资料和视角往往互相矛盾,这本身已足以说明,《三国志》的可信度并不比其他官方历史记载或野史演义要更高。现在的情况更复杂,因为有三国题材的影视作品存在,就连《三国演义》这样的历史小说都俨然带上"历史真相"的光环了。就像那首赤壁雪舟词一样,过去离我们越来越远,遥不可及。我们只能了解支离破碎的过去之零星残片,就像杜牧诗中主人公那样,于折戟辨认前朝;而且,就算是将历史的残片拿在手里,它还是需要一个人类的声音来给它一个身份、一个故事,告诉我们它究为何物,又来自何方。

余论　被压抑者的复归

在历史上，三国想象不断以变貌呈现，直到今天。除了影视媒介之外，三国题材的电子游戏也是值得注意的现象。日本光荣公司出品的战略游戏《三国志》和动作游戏《三国无双》在东亚以至全球都很流行，促成了新系列和无数衍生产品的出现。它们不但开创了新的三国迷文化，而且分别于1988年和1997年在北美上市，又把三国知识传播到了北美，既为熟悉三国的玩家创造了重演历史的机会，又把三国时代的事件和人物介绍给新粉丝们。《三国无双》尤其成功地开发了三国女性人物的潜能，游戏中的女性角色个个具有力量、技巧和谋略。三国世界中女性地位的突出，是现代三国想象中最值得注意的新元素：她们首先作为人物角色，后来则以女性作者的身份出现。

在历史上的三国时期，上层女性在政治生活中曾经扮演重要的角色，这一点在后世的史传或者文学作品中并未得到充分的体现。如第二章所言，曹丕曾于222年下诏，禁止百官向卞太后奏事，清楚地显示出太后的政治影响力。[1]曹

---

[1] 参见第二章注。在另一个例子里，曹丕曾梦摩钱文，欲令文灭，（转下页）

丕的第二任妻子郭皇后"有智数",在曹丕、曹植争位过程中对曹丕多有助力。[1]孙权的母亲吴夫人亦曾积极参与政事,尤其是在年轻的孙权刚刚接替孙策的时期。[2]孙权长女鲁班,因嫁与全琮而号称全公主,是个相当有声有色的人物,在孙权晚年以及孙权去世后复杂险恶的东吴政局里扮演了举足轻重的角色。[3]孙权那位嫁与刘备的妹妹,是孙氏家族又一位令人生畏的女性。《三国志》描写她"才捷刚猛,有诸兄之风,侍婢百余人,皆亲执刀侍立,先主每入,衷心常凛凛"。[4]同时期史料称她在荆州时甚为"骄豪",手下有众多吴国兵吏。[5]

然而,这些意志强悍的女性,在史书中从无详细记载,她们在政治与社会生活中的影响常常是间接揭示的。大概在史家看来,把她们尽量描写成谦柔和顺的贤妻良母,是对她们的美化,更是对本朝利益的服务。在三国题材的文学作品

(接上页)而愈磨愈明。他向周宣(?—239)咨询,周宣说:"此自陛下家事,虽意欲尔而太后不听。"《三国志》卷二十九,第810—811页。可见母子之间并不和谐。

[1]《三国志》卷五,第164页。
[2]《三国志》卷五十,第1196页。
[3]《三国志》卷五十,第1198页。在孙权废太子孙和(224—253)、改立少子孙亮(243—260)的决定中,全公主起到了关键作用(《三国志》卷四十八,第1151页;卷五十九,第1369页)。孙亮在位期间,全公主与权臣孙峻(219—256)私通,又与孙亮密谋杀害孙綝未果,孙亮由此被废,全公主也于258年被流放。《三国志》卷六十四,第1444—1449页。
[4]《三国志》卷三十七,第960页。
[5]《三国志》卷三十六,第949页,裴松之注引《赵云别传》。

中，女性也同样被边缘化。《三国演义》里的女性角色塑造得非常粗糙，没有被赋予丰满的性格，相反都被刻板地性别类型化，充当男性角色的陪衬或媒介。2010年新《三国》电视剧的编剧甚至称小说中只有"两个半女性"而已："半个女性"指孙权的母亲吴夫人，她的年龄使她的性别变得不再重要，就中可见"女性"被性化（sexualized）的程度。[1]其他两个女性则分别指孙夫人与貂蝉，后者并无史料记载，是根据《三国志》中一句话"布与卓侍婢私通"而虚构出来的人物。[2]两位女性都牵涉所谓的美人计，服务于男性政治目的。如胡缨所言："女性美是小说中的诱饵，但作为诱饵，自身没有重要性。叙事的和道德的'鱼'一旦到手，她们随时可以被牺牲。"[3]

与史传中对她的记载相比，孙夫人在《三国演义》中的形象柔和了许多。她不再对刘备构成威胁，而是成为刘备的忠诚配偶，情愿抛弃娘家的利益。第五十五回的大婚之夜是充满象征性的一幕：刘备进入洞房，看到"两边枪刀森列，侍婢皆佩剑，不觉失色"。孙夫人遂下令撤去兵器，笑道："厮杀半生，尚惧兵器乎？"这里撤去兵器既是实际发生的，也是比喻性的。是夜，夫妇二人"两情欢洽"。

---

[1] 见王小峰对朱苏进所作访谈《我要让〈三国〉枝繁叶茂》，《三联生活周刊》2008年6月2日。编剧本人并未对女性角色的缺乏做出任何改善，因他声称不能过于挑战观众的承受限度，虽然他在挑战其他极限的方面表现得相当大胆。
[2]《三国志》卷七，第219页。
[3] 胡缨，《美人计》（Hu Ying, "Angling with Beauty"），第112页。

在元杂剧《隔江斗智》中，孙夫人的形象有很大不同。这部作品在晚明杂剧选中保存下来，作者已不可考。[1]在杂剧里，所有曲子都由正旦或正末一人主唱。在现存的大量三国剧目中，"像《隔江斗智》这样由正旦主唱的作品少之又少"。[2]作者不同寻常的选择也许仅仅是因为当时的戏班中正好有一个正旦名角，但无论如何，这意味着观众有机会从孙夫人的角度看待事情的经过。她不只是一个旁观者和评论者，而在发生的事件中扮演了积极主动的角色。[3]如果小说中的孙夫人是被孙权、周瑜、诸葛亮等人摆布的棋子，那么这出杂剧里的孙夫人就要独立自主得多了，而且她还有一个名字，叫作孙安。当然，她仍然夹在周瑜和诸葛亮这两位隔江斗智的军师之间，她也仍然要奉孙权之命嫁与刘备；但是，她做出了一个自己的选择：违背命令，不杀刘备。虽然剧中的诸葛亮能够预测周瑜的所有行动，让孙夫人担任刺客的"备用方案"却是他的盲点，他万全计划中的一个漏洞。

---

[1] 此剧全名《两军师隔江斗智》，收入臧懋循的《元曲选》，于17世纪初付刻。孟称舜《酹江集》也收录此剧，《酹江集》见《古今名剧合选》，1633年印行。本书所用底本是臧懋循《元曲选校注》第四册上卷，第3269—3324页。

[2] Wilt Idema（伊维德），Stephen H. West（奚如谷），*Battles, Betrayals, and Brotherhood*, p. xx.

[3] 剧中孙夫人充满主动的性格与《关云长千里独行》中的刘备夫人甘氏有很大不同。作为被关羽拯救与护送的刘备之妻，甘夫人的作用是见证关羽的高尚人品，她自己没有什么行为故事可言。《隔江斗智》的情节与《三国志平话》中的刘备、孙夫人故事有相似之处，但后者非常粗糙，孙夫人谈不上什么性格发展和形象塑造，有时连叙事本身都令人费解。

孙安是一个出其不意的元素，而且，虽然观众知道她的所思所想，但剧中的其他角色却都蒙在鼓里，为大家耳熟能详的故事增添了一份悬念。

在剧中，除了充当媒人的鲁肃之外，孙安是唯一一个不止一次往返渡江的人物。这种踏上征途、穿越边界的自由是有象征意义的。在杂剧开始，我们第一次见到她的时候，她是深闺中的淑女，阅读《女诫》，刺绣，题诗。但她和梅香的一段对话，让我们得知孙安最近莫名其妙地"清减"不少。在明清戏剧中，这是青年女子觉醒的性欲受到压抑的惯常表现，比起史传中弄枪舞剑的孙夫人，孙安倒更像是《牡丹亭》中纤柔敏感的杜丽娘。

但是，这一切很快就变了。在第二折中，孙安首次离家，远赴荆州嫁与刘备。她在船上看到的广大风景，与闺中所能看到的迥然不同：

> 荡洪波不分一个天地，
> 望前程尚隔着雾锁烟迷。

而她自己也是前途未卜，不知道未来等待着她的将会是什么样的命运。接下来，她终于看到了荆州。她的反应很像简·奥斯丁小说的女主角第一次看到单身适婚对象的豪华庄园：

> 是好一座城池也呵！（唱）：
> 你看那桑麻映日稠，

禾黍接天齐。

护送她的吴国将军甘宁说:"皆因荆州九郡,地广民富,俺主公以此不能弃舍。"孙安回答:

> 这荆州我亲身、
> 亲身可便到这里,
> 你看那地方宽,
> 民富实,
> 端的是锦绣城池,
> 无福的难存济。

颇有反讽意味的是,孙安就像剧中的那些男子汉一样,也开始贪图荆州了!从此,未来在她的眼里变得越来越清晰。见到刘备和他手下的谋臣武将时,她对他们一个一个地仔细端详:先是诸葛亮,接着是众将军,最后是刘备本人。她以前"从来不出闺门里,羞答答怎便将男儿细窥?",但现在,荆州,和荆州的男人们,都成了她的凝视对象,她的欲望对象。她与诸葛亮的对话与互相敬酒尤其显得缠绵(引得梅香说,"你两个再一会儿不吃,我便吃了也"),而刘备在一旁的不适也有跃跃欲动之势。如此一来,孙安的水上之旅,悬浮在两个地点和两种既定角色(女儿/妻子)之间,给了她一个过渡和变化的机会。从一个模式化的"怀春少女",她变成了一个具有洞见的青年女性,能做出自己的决定,她的决定超越了孙权的严厉管制,也超越了诸葛亮令人倍感压抑的全面操控。诚如她自己所言,"也是我妇人家自为终身计"——作为一个女子,她必须给自己拿主意。

这出剧的另一值得注意之处,就是四折中有三折包括了宴会场面。第二折中有孙安与刘备的婚宴:孙安渡江入城具有象征性意义,于她个人而言是开启了人生新阶段的成人仪式。在第三折,孙权设宴款待新婚燕尔、归吴省亲的孙安和刘备,欢宴背后充满敌意与阴谋。第四折,夫妇二人安全返回荆州,诸葛亮智胜周瑜,安排盛宴庆祝,一切矛盾与张力至此冰释。在宴席上,诸葛亮与诸将纷纷向孙安敬酒表示感激,孙安也一一回敬。在孙安经过种种考验之后,这次宴会是一个仪式,确认她从此真正融入一个新的家庭,证实她完成了从一个少女到女性的转变。从这个角度来看,这出杂剧与其说描写了周瑜、诸葛亮的斗智,还不如说描写了一个少女的成人。如果戏剧理论认为戏剧本身乃是一种仪式,那么戏剧演出更是强化了剧中舞台上的仪式表演。

* * *

在 21 世纪,三国写作传统揭开了新的一页。网络空间出现了一批作品,包括同人小说(fanfic)和同人音乐视频(fan MVs),它们的生产制作者大多是年轻女性三国迷。同人音乐视频指粉丝剪辑影视作品片段再配以流行歌曲;广义上的同人小说,指粉丝根据现有的小说、电影、电视剧等所谓原典("canon")里面的人物、情节和背景进行的创作。在西方同人小说研究里,狭义的同人小说的起源通常被追溯到20世纪60年代末70年代初《星际旅行》(Star Trek)媒体迷文化和"爱好者杂志"("fanzine")文化的兴起。[1]从以男性为主的科幻文学迷传统中,出现了一个以女性粉丝为主的群落,它最值得注意的特色是耽美同人小说("slash"),也即男子同性之爱小说的写作。[2]同人创作包括了各种各样的艺术形式,但小说一直是特受欢迎的体裁。对中国网络同人小说最直接的影响来自日本,所谓耽美同人小说尤其受到日本BL小说亚文化的启迪。[3]耽美同人小说意谓着把原著中的两名男性角色搭配在一起,让他们分享浪漫性爱关系,而三国世界则为女性三国迷提供了丰富的想象空间。当然,并非所有的三国迷文化创作都是耽美作品,但耽美同人无疑构成了当代三国文学与媒体迷文化的一个重要元素。[4]

三国耽美中存在着各种各样的配对(CP或"couple"),如"云亮"(赵云/诸葛亮)、"策瑜"(孙策/周瑜)、"曹关"(曹操/关羽)等。名字的先后次序是有意义的,在前者为"攻"(日文 seme,正好与"主公"之"公"谐音)、后者为

---

[1] Karen Hellekson and Kristina Busse, *The Fan Fiction Studies Reader*, p.16.
[2] "Slash"("斜线")的名称起源于《星际旅行》迷文化:柯克(Kirk)和斯波克(Spock)被写成一对情侣,二人名字中间加上斜线(Kirk/Spock或K/S),表示其浪漫关系。
[3] 见王铮,《同人的世界》,第7—12、53—54页。又见冯进,《网络浪漫》(Jin Feng, *Romancing the Internet*, pp. 55—56)。
[4] 详见笔者《耽美三国》一文,第224—277页。

"受"（日文 uke）。不难想象，最受欢迎的配对之一就是"玄亮"（刘玄德/诸葛亮）："玄"有黑暗之意，与"亮"形成了很好的对比。耽美同人作品取材于多种多样的文学与媒体形式，从《三国志》和《三国演义》，到影视作品、电子游戏，以及《三国杀》之类的卡牌游戏等。其发表渠道包括同人小说网站、论坛和贴吧，有些粉丝还会把作品以及与其他粉丝的互动内容发表在自己的博客与微博上。

关于耽美同人的创作动机，中西学者已多有讨论。其中一个原因特别适用于三国耽美创作，也就是三国世界里女性的边缘化，和情感强烈的男子同性关系，后者无论在古典白话小说里还是在当代影视作品里都得到浓墨重彩的刻画。同人小说，尤其是耽美同人，是从"原典"的裂缝中产生的。原著中清晰可见但又受到压抑的潜文本构成了这些裂缝，指向存在于一个平行宇宙中的可能性，而耽美作者就根据它们来创造自己的作品。

虽说耽美是全球同人创作中的普遍现象，但三国耽美自有其"中国特色"。中国文学传统中历史最悠久的阐释范式之一，就是对情爱关系做出政治托喻的解读。这种解读从东汉王逸的《楚辞章句》就开始了。在《离骚》中，诗人不断转换性别，时而是后宫中被其他妃嫔所嫉妒中伤的女子，时而又是寻求理想配偶的男性；无论何种情况，我们都可以看到，是完全可能用性爱的和私人的语言来设置政治和公共领域关系的。后来，在性别角色逐渐稳定之后，用女性和妻子比喻臣、用男性和丈夫来比喻君，则变得更为常见。换言之,男权文化中男/女关系的等级差异,与君/臣关系的等级差异是有重叠之处的。

在前现代书写中,政治的和性爱的解读常常可以并行,不是一定要非彼即此。无论是对情人还是对主上的欲望,欲望的语言是共通的;情人的话语具有深刻的暧昧模糊性,可以同时是政治的和性爱的。不过,虽然这样的暧昧话语为同人作者提供了丰富的语言资源,令人瞩目的是,同人作者却把模糊性全然剔除了。在她们笔下,欲望被坐实,而不再是一个象喻。同人写作与传统的另一重要分歧在于,在古典作品里,政治解读是被饥渴不得满足的欲望之语言所激发的;换句话说,一个可以做出政治诠释的性文本只能产生于分离的空间,文本中不可以有真正的云雨。但是这一定律不适用于当代耽美创作。在玄亮耽美同人作品中,正如在其他的耽美同人作品中,"初次"是一个很受欢迎的题材:耽美作者特别喜欢描写两个有情人突破心理障碍初次做出爱之告白的时刻;其写作方式多种多样,有的只是略带情色氛围,有的则是直白的性爱描写。总而言之,如果传统阅读范式明显地偏向精英男性主体性,把充满渴望的女子理解为男性作者的文本投影,那么耽美作家就完全颠覆了这一范式:在她们笔下,传统男性诗人的性渴望不再是象喻性的,而是实际存在的,而且终于得到了一直以来被拒绝给予的满足。

同人小说研究者莎拉·格文连·琼斯(Sara Gwenllian Jones)提出,耽美小说不能被视为具有颠覆性,因为原著中对男子同性情谊的强调本身就包含了某种同性情爱解读的可能。[1]这一看法当然适用于三国文学文本与媒体文本。但是，我认为，把中国古代文化话语中建立在社会纽带焊接之上的象喻性关系，转化成一个被坐实的、满足身体欲望的关系，这其中的颠覆性是不容忽视的。而且，我希望把这一论点更推进一步，指出颠覆性其实还不完全在于转化本身，而在于女性从转化的行为中获得的乐趣，以及更重要的，女性粉丝们对性幻想的集体生产和消费。虽然大多数三国耽美文本在表现情色方面相当含蓄，但也有一些故事带有露骨的性爱描写，题目往往以"肉"为标志，方便读者辨识。由女性创作、供女性阅读的关于男性的情色作品在因特网上传播，这本身就是中国文化传统中的一个新现象。[2]我们看到一个基本上由女性构成的群落，她们在消费女性作者明确为女性乐趣而创作的男子同性情爱作品；因特网对这一群落的形成起到了关键作用。

数年前，河南郑州民警在破获色情小说网站时大吃一惊地发现作者多是年轻女性而不是预期中的男性，最好地展

---

[1] Sara Gwenllian Jones, "The Sex Lives of Cult Television Characters," pp.79-90.

[2] 由于中国文学传统的悠久绵长，再加上不少学者热衷于寻根溯源，称某某现象具有"创新性"总是一桩冒险的事。然而，尽管明清时期出现了大量情色小说，但很难说有哪部作品，包括男子同性爱题材的作品，是女性作者为女性而创作的。事实上，在因特网存在以前，我们根本无从知道甚至无从猜测这种现象的存在。晚清女作者程慧英（1868左右在世）的男子同性爱题材弹词作品《凤双飞》是一个足以证名普遍性的例外。感谢帕奥拉·赞蒲里尼（Paola Zamperini）教授让我注意到这部作品。

示了这一现象有多么惊世骇俗。[1]此外还需强调的是,粉丝们在文本之外对于男性美的集体讨论,特别是和媒体迷文化联系在一起的讨论,与耽美小说中的情色幻想同等重要。这些网上讨论,既包括对某某男演员容貌体态的详细分析,也包括对三国人物在不同影视作品中的不同饰演者进行品头题足的排行榜。在某种程度上,这与明清时期男性对女性的"品花"行为颇为相似。[2]女性对性乐趣的公开也是集体群落的表达,颠覆了所谓女性更重心灵不重身体的模式化性别观念,为女性以非常规的方式参与充满大男子气的三国世界创造出一个独特的空间。

耽美同人是一个复杂的多方面的文化现象,需要研究者做出具有层次感的处理。虽然女性三国迷的乐趣带来权力感,但颠覆常常只会再度肯定被颠覆的对象,更何况三国耽美同人小说的热点,往往集中于那些奇特地带有异性恋本位色彩的男子同性爱关系。虽然同人作者大大复杂化了三国故事以男性为中心的父权传统,但她们的作品明确提倡的道德

---

[1] 民警以为,既然小说内容描写的都是男同志之间的恋情,作者应该是男性(消息来源:腾讯新闻"社会万象"2011年3月21日)。这里要强调的是,耽美文学不应与同志文学混为一谈。首先,耽美配对里的情人只爱恋彼此,没有普遍意义上的同性爱恋倾向,女性耽美作者对同性恋现象没有探索的兴趣,更不见得在下网之后支持现实生活中的同性恋现象。耽美同人的重点是女性的性幻想,虽然针对男性,但与现实中的男子同性恋关系甚微。

[2] 在19世纪,虽然品花行为已从妓女延及男旦,但男性美的欣赏者依然以男性为主。见吴存存,《同性情爱研究》(Wu Cuncun, *Homoerotic Sensibilities in Late Imperial China*, pp. 116—158)。

价值观，归根结底，还是相当保守的。忠于汉室、忠于主公、忠于兄弟情义，都被视为毋庸置疑的道德原则，甚至可以激发情欲。女性三国迷和男性三国迷一样，也对文化过去有很深的怀旧感，有时表现为踏上朝圣旅程，前往国家政府提倡认可、地方政府苦心打造的文化旅游点，这些景点既能培养一个公民对国家历史文化的自豪感，也为地方创造经济利益。[1]

然而，且不论这些具有政治正确性的情感，被压抑的女性在三国耽美作品中的回归尽可以被视为缺乏虔敬，与得到官方首肯的制度化怀旧（institutionalized nostalgia）形成充满张力的共生体系。三国传统的重心——政治、权力、朝代兴亡——过于宏伟严肃，它必然会吸引讽刺与嘲弄的戏仿，也激发了对不同价值的追求：与统一大业针锋相对的私人生活和私人情趣，与男子同性情谊针锋相对的异性恋爱与家庭，与超级英雄针锋相对的平凡人性。2010年出品的香港电影《越光宝盒》就是这样一个颠覆权威的恶搞型喜剧片。电影讲述一个神女爱上凡间男子，对他穷追不舍，结果两人都穿越回了三国时代，但电影中的三国，完全出之以英国巨蟒剧团恶搞亚瑟传奇的喜剧风格。在电影的开头，神女把一介山贼视为真爱，只因为她误以为山贼从剑鞘中拔出了一把神剑，这显然是对亚瑟王神剑传说的戏仿：如果从岩石中拔出神剑象征了亚瑟王的正统权力与权威，那么在这里，政治

---

[1] 详见笔者《耽美三国》一文，第257—259页。

话语则完全被爱情话语所取代。三国世界特别是古典白话小说中的计策与权谋，全部被转移到爱情的角逐之中。电影中点缀了无数讽刺性的细节，来调侃三国故事中一切夸张与传奇的因素：从以一当百杀出曹军重围的赵云，到去性化的雄武忠义之化身关羽，再到复兴汉室、统一天下的宏图大业，无一不成为嘲戏的对象。笑声既接受也抵制既定秩序；它化解张力以促进容忍，但是又以嬉笑怒骂之姿，嘲弄一切压迫与专制。

就这样，三国想象仍在继续。

引用书目

班固,《汉书》,北京:中华书局,1962。
北京大学古文献研究所 编,《全宋诗》,北京:北京大学出版社,1991。
曹丕,《曹丕集校注》,魏宏灿 校注,合肥:安徽大学出版社,2009。
曹丕,《魏文帝集全译(修订版)》,易健贤 译注,贵州:贵州人民出版社,2009。
曹植,《曹子建诗注》,黄节 注,叶菊生 校,北京:人民文学出版社,1957。
陈奇猷,《韩非子集释补》,北京:中华书局,1958。
陈寿,《三国志》,北京:中华书局,1959。
陈振孙,《直斋书录解题》,上海:上海古籍出版社,1987。
陈祚明,《采菽堂古诗选》,李金松 点校,上海:上海古籍出版社,2008。
崔豹,《古今注》,见《汉魏六朝笔记小说大观》,上海:上海古籍出版社,1999。
丁福保 编,《历代诗话续编》,北京:中华书局,1983。
丁永淮、吴闻章 选注,《东坡赤壁诗词选》,武昌:湖北人民出版社,1984。
董诰等,《全唐文》,北京:中华书局,1987。
范晔,《后汉书》,北京:中华书局,1965。
房玄龄等,《晋书》,北京:中华书局,1974。
高楠顺次郎、渡边海旭 主编,《大正新修大藏经》,台北:世桦印刷企业有限公司,1990。
葛洪,《抱朴子外篇校笺》,杨明照 校笺,北京:中华书局,1997。
故宫博物院编辑委员会 编,《赤壁赋书画特展》,台北:故宫博物馆,

1984。

郭茂倩 编,《乐府诗集》,北京:中华书局,1979。

郭庆藩,《庄子集释》,北京:中华书局,1961。

韩格平 校注,《建安七子诗文集校注译析》,长春:吉林文史出版社,1991。

韩婴,《韩诗外传》,台北:商务印书馆,1986。

何清谷 校注,《三辅黄图校释》,北京:中华书局,2005。

何蓮,《春渚纪闻》,见《宋元笔记小说大观》第三册,上海:上海古籍出版社,2001。

何文焕 编,《历代诗话》,台北:艺文印书馆,1983。

何逊,《何逊集校注》,李伯齐 校注,北京:中华书局,2010。

何逊,《何逊集注》,刘畅 注,天津:天津古籍出版社,1988。

贺铸,《庆湖遗老诗集校注》,王梦隐、张家顺 校注,开封:河南大学出版社,2008。

洪兴祖,《楚辞补注》,台北:天工书局,1989。

桓宽,《盐铁论校注》,王利器 注,北京:中华书局,1992。

黄庭坚,《黄庭坚全集》,刘琳、李勇先、王蓉贵 校注,成都:四川大学出版社,2001。

李百药,《北齐书》,北京:中华书局,1972。

李昉等,《太平御览》,台北:商务印书馆,1975。

李贺,《昌谷集》,曾益 校注,见《李贺诗注》,台北:世界书局,1964。

李贺,《李贺集》,王友胜、李德辉 校注,长沙:岳麓书社,2003。

李贺,《李贺诗集》,叶葱奇 校注,北京:人民文学出版社,1980。

李贺,《李长吉歌诗》,王琦 校注,见《李贺诗注》,台北:世界书局,1964。

李延寿,《南史》,北京:中华书局,1975。

郦道元,《水经注校释》,陈桥驿 校注,杭州:杭州大学出版社,1999。

刘文典,《淮南鸿烈集解》,北京:中华书局,1989。

刘向,《说苑》,卢元骏 校注,台北:商务印书馆,1988。

刘勰，《文心雕龙义证》，詹锳校 义证，上海：上海古籍出版社，1989。

刘昫等，《旧唐书》，北京：中华书局，1975。

刘义庆，《世说新语笺疏》，刘孝标 注，余嘉锡 笺疏，北京：中华书局，2007。

陆翙，《邺中记》，见《景印文渊阁四库全书》，台北：商务印书馆，1983。

陆机，《陆机集》，北京：中华书局，1982。

陆机，《陆士衡文集校注》，刘运好 校注，南京：凤凰出版社，2007。

陆贾，《新语校注》，王利器 校注，北京：中华书局，1986。

陆云，《陆士龙文集校注》，刘运好 校注，南京：凤凰出版社，2010。

逯钦立 辑校，《先秦汉魏晋南北朝诗》(全三册)，北京：中华书局，1983。

罗贯中，《官版大字绣像批评三国志》，1734年序，致远堂/启盛堂刊本。

罗贯中，《毛评三国演义》，毛纶、毛宗岗 评点，天津：天津古籍出版社，2006。

罗贯中，《三国志通俗演义》，1522年嘉靖影印本，《续修四库全书》第1789—1791册，上海：上海古籍出版社，1995。

梅尧臣，《梅尧臣编年校注》，朱东润 校注，上海：上海古籍出版社，1980。

欧阳修，《欧阳修全集》，台北：世界书局，1963。

欧阳修、宋祁，《新唐书》，北京：中华书局，1975。

欧阳询等，《艺文类聚》，台北：文光出版社，1974。

彭定求等 编，《全唐诗》，北京：中华书局，1960。

阮元 校刻，《十三经注疏》，台北：艺文印书馆，1955。

上海古籍出版社 编，《宋元笔记小说大观》，上海：上海古籍出版社，2001。

沈约，《宋书》，北京：中华书局，1974。

司马光，《资治通鉴》，北京：古籍出版社，1956。

司马迁，《史记》，北京：中华书局，1959。

苏轼，《东坡乐府编年笺注》，石声淮、唐玲玲 笺注，武汉：华中师范大学出版社，1990。

苏轼，《东坡乐府笺》，龙榆生 笺注，香港：中华书局，1979。

苏轼，《东坡志林》，上海：华东师范大学出版社，1983。

苏轼，《苏东坡全集》，台北：世界书局，1969。

苏轼，《苏轼诗集》，北京：中华书局，1982。

苏辙，《栾城集》，曾枣庄、马德福 校点，上海：上海古籍出版社，1987。

唐圭璋 编，《全宋词》，北京：中华书局，1965。

王粲，《王粲集注》，吴云、唐绍忠 校注，河南：中州书画社，1984。

王充，《论衡校释》，黄晖 校释，北京：中华书局，1990。

王嘉，《拾遗记》，北京：中华书局，1981。

王钦若等，《册府元龟》，北京：中华书局，1994。

王士禛，《池北偶谈》，北京：中华书局，1982。

魏收，《魏书》，北京：中华书局，1974。

魏征等，《隋书》，北京：中华书局，1973。

吴均，《续齐谐记》，见《汉魏六朝笔记小说大观》，上海：上海古籍出版社，1999。

吴淇，《六朝选诗定论》，汪俊、黄进德 校注，扬州：广陵书社，2009。

吴文治 主编，《明诗话全编》，南京：江苏古籍出版社，1997。

吴文治 主编，《宋诗话全编》，南京：江苏古籍出版社，1998。

萧统，《宋本六臣文选》，台北：广文书局，1964。

萧统，《文选》，李善 注，上海：上海古籍出版社，1986。

谢功肃，《东坡赤壁艺文志》，武昌：正信印务馆，1922。

谢灵运，《谢灵运集校注》，顾绍柏 校注，郑州：中州古籍出版社，1987。

谢灵运，《谢灵运全集》，李运福 校注，长沙：岳麓书社，1999。

辛文房，《唐才子传校笺》，傅璇琮 校笺，北京：中华书局，1987。

徐幹，《徐幹集校注》，成其圣 校注，见吴云主编，《建安七子集校注》，天津：天津古籍出版社，2005。

徐幹，《中论解诂》，孙启治 整理，北京：中华书局，2013。

徐坚，《初学记》，北京：中华书局，1962。

徐锴，《说文解字系传》，北京：中华书局，1987。

徐陵，《明小宛堂覆宋本玉台新咏》，北京：人民文学出版社，2010。

徐陵，《玉台新咏汇校》，吴冠文、谭蓓芳、章培恒 汇校，上海：上海古籍出版社，2014。

荀悦，《前汉纪》，台北：商务印书馆，1971。

严可均，《全上古三代秦汉三国六朝文》（全四册），北京：中华书局，1987。

扬雄，《法言义疏》，汪荣宝 义疏，北京：中华书局，1996。

杨伯峻，《列子集释》，北京：中华书局，1979。

杨万里，《杨万里集笺校》，辛更儒 笺校，北京：中华书局，2007。

杨亿，《杨文公谈苑》，李裕民 辑，见《宋元笔记小说大观》，上海：上海古籍出版社，2001。

姚察、姚思廉，《梁书》，北京：中华书局，1973。

姚思廉，《陈书》，北京：中华书局，1994。

虞世南，《北堂书钞》，陈禹谟万历二十八年刊本，北京：学苑出版社，1998。

庾信，《庾子山集注》，倪璠 校注，北京：中华书局，1980。

臧懋循 编，《元曲选校注》，王学奇 校注，石家庄：河北教育出版社，1994。

中华书局编辑部 编，《宋元方志丛刊》，北京：中华书局，1990。

周生春 辑，《吴越春秋辑校汇考》，上海：上海古籍出版社，1997。

《至治新刊新全相三国志平话》，见《古本小说集成丛刊》，上海：上海古籍出版社，1990。

朱谦之，《老子校释》，北京：中华书局，1984。

朱熹，《朱子语类》，北京：中华书局，1986。

刘知渐，《建安文学编年史》，重庆：重庆出版社，1985。

王琳祥，《赤壁之战战地研究史》，武汉：华中师范大学出版社，2010。

王铮,《同人的世界:对一种网络小众文化的研究》,北京:新华出版社,2008。

张靖龙,《赤壁之战研究》,郑州:中州古籍出版社,2004。

邓仕梁,《论谢灵运拟魏太子邺中集诗》,《科学委员会研究汇刊:人文及社会科学卷》4.1(1994)。

樊志宾,《关于曹寅〈题启南先生"莫斫铜雀砚图"〉及相关问题》,《红楼梦学刊》(6)2012。

何满子,《论毛宗岗对三国志演义的评改》,《文学遗产》4(1986)。

林文月,《潘岳陆机诗中的南方意识》,《台大中文学报》5(1992)。

史为乐,《陆机洛阳记的流传过程与历史价值》,《殷都学刊》4(1991)。

唐长孺,《读抱朴子推论南北学风的异同》,载《魏晋南北朝史论丛》,石家庄:河北教育出版社,2000。

田晓菲,《影子与水文:关于前后赤壁赋与两幅赤壁图》,载《翰墨荟萃:细读美国藏中国五代宋元书昼珍品》,北京:北京大学出版社,2012。收入《影子与水文:秋水堂自选集》,南京:南京大学出版社,2020。

衣若芬,《剧作家笔下的东坡赤壁之游》,《中国苏轼研究》第二册,北京:学苑出版社,2005。

张保见,《宋敏求河南志考》,《河南图书馆学刊》23.5(2003)。

朱苏进访谈,《我要让〈三国〉枝繁叶茂》,王小峰 采访,《三联生活周刊》2008年6月2日。

Adamson, John, ed. *The Princely Courts of Europe: Ritual, Politics and Culture under the Ancient Regime 1500–1750*. London: Weidenfeld & Nicolson, 1999.

Besio, Kimberly, and Constantine Tung, eds. *Three Kingdoms and Chinese Culture*. Albany, NY: State University of New York Press, 2007.

Cicero, Marcus Tullius. *Academica*. Translated by C. D. Yonge. London: George

Bell and Sons, 1880.

Cutter, Robert Joe, and William Gordon Crowell, trans., with annotations and introduction. *Empresses and Consorts: Selections from Chen Shou's Records of the Three States with Pei Songzhi's Commentary.* Honolulu: University of Hawai'i Press, 1999.

Derrida, Jacques. *Archive Fever: A Freudian Impression.* Translated by Eric Prenowitz. Chicago: University of Chicago Press, 1995.

Egan, Ronald. *Word, Image, and Deed in the Life of Su Shi.* Cambridge, MA: Harvard University Asia Center, 1994.

Farmer, J. Michael. *The Talent of Shu: Qiao Zhou and the Intellectual World of Early Medieval Sichuan.* Albany, NY: State University of New York Press, 2007.

Feng, Jin. *Romancing the Internet: Producing and Consuming Chinese Web Romance.* Leiden: Brill, 2013.

Frodsham, J. D. *Goddesses, Ghosts, and Demons: The Collected Poems of Li He (790–816).* San Francisco, CA: North Point Press, 1983.

Fuller, Michael. *Drifting among Rivers and Lakes: Southern Song Dynasty Poetry and the Problem of Literary History.* Cambridge, MA: Harvard University Asia Center, 2014.

——. *The Road to East Slope: The Development of Su Shi's Poetic Voice.* Stanford, CA: Stanford University Press, 1990.

Gibbon, Edward. *The Autobiographies of Edward Gibbon: Printed Verbatim from Hitherto Unpublished Mss., with an Introduction by Earl of Sheffield.* Edited by John Murray. London: John Murray, 1897.

Gurevich, A. J. *Categories of Medieval Culture.* Translated by G. L. Campbell. London: Routledge, 1985.

Hanson, Marta E. *Speaking of Epidemics in Chinese Medicine: Disease and Geographical Imagination in Late Imperial China.* New York: Routledge, 2011.

Hellekson, Karen, and Kristina Busse, eds. *The Fan Fiction Studies Reader.* Iowa City: University of Iowa Press, 2014.

Idema, Wilt L., and Stephen H. West, trans. *Battles, Betrayals, and Brotherhood: Early Chinese Plays on the Three Kingdoms.* Indianapolis, IN: Hackett, 2012.

Jeanneret, Michel. A *Feast of Words: Banquets and Table Talk in the Renaissance.* Translated by Jeremy Whitely and Emma Hughes. Chicago: University of Chicago Press, 1991.

Knechtges, David R. *Wen xuan or Selections of Refined Literature.* Vols. 1 and 2. Princeton, NJ: Princeton University Press, 1982, 1987.

Kroll, Paul W. *Portraits of Ts'ao Ts'ao: Literary Studies on the Man and the Myth.* Ph.D. diss., University of Michigan, 1973.

Müller, Shing. *Yezhongji: Eine Quelle zur materiellen Kultur in der Stadt Ye im 4. Jahrhundert.* Stuttgart: Franz Steiner Verlag, 1993.

Owen, Stephen. *The Late Tang: Chinese Poetry of the Mid–Ninth Century (827–860)* [晚唐]. Cambridge, MA: Harvard University Asia Center, 2006.

——. *The Making of Early Chinese Classical Poetry* [中国早期古典诗歌的生成]. Cambridge, MA: Harvard University Asia Center, 2006.

——. *Readings in Chinese Literary Thought.* Cambridge, MA: Harvard University Asia Center, 1992.

——. *Remembrances: The Experience of the Past in Classical Chinese Literature.* Cambridge, MA: Harvard University Press, 1986.

——, ed. and trans. *An Anthology of Chinese Literature: Beginnings to 1911.* New York: W. W. Norton, 1996.

——, ed. *The Cambridge History of Chinese Literature, Vol. 1: To 1375.* Cambridge, UK: Cambridge University Press, 2010.

Petrarch, Francesco. *Rerum familiarum libri (Letters on Familiar Matters).* Translated by Aldo S. Bernardo. Albany, NY: State University of New York Press, 1975.

———. *Letters and Epistolary Culture in Early Medieval China.* Seattle: University of Washington Press, 2013.

Rouzer, Paul F. *Articulated Ladies: Gender and the Male Community in Early Chinese Texts.* Cambridge, MA: Harvard University Asia Center, 2001.

Satō, Toshiyuki [佐藤利行]. *Seishin bungaku kenkyū: Riku Ki o chūshin to shite.* Tokyo: Hakuteisha, 1995.

Simmel, Georg. *On Individuality and Social Forms: Selected Writings*, Translated by Donald Levine. Chicago: University of Chicago Press, 1971.

Soothill, William Edward, and Louis Hodous, comps. *A Dictionary of Chinese Buddhist Terms.* Taibei: Ch'eng-wen Publishing Co., 1969.

Sorlin, Pierre. *The Film in History: Restaging the Past.* Oxford: Basil Blackwell, 1980.

Tian, Xiaofei [田晓菲]. *Beacon Fire and Shooting Star: The Literary Culture of the Liang (502-557)* [烽火与流星：萧梁王朝的文学与文化]. Cambridge, MA: Harvard University Asia Center, 2007.

———. *Visionary Journeys: Travel Writings from Early Medieval and Nineteenth-Century China* [神游：早期中古时代与十九世纪的行旅写作]. Cambridge, MA: Harvard University Asia Center, 2011.

Wu, Cuncun [吴存存]. *Homoerotic Sensibilities in Late Imperial China.* London: Routledge, 2004.

Wu, Fusheng [吴伏生]. *The Poetics of Decadence: Chinese Poetry of the Southern Dynasties and Late Tang Periods.* Albany, NY: State University of New York Press, 1998.

Boardman, John. "Symposium Furniture." In *Sympotica: A Symposium on the Symposion*, edited by Oswyn Murray. Oxford: Oxford University Press, 1990.

Curta, Florin. "Merovingian and Carolingian Gift Giving." *Speculum* 81.3 (2006).

Cutter, Robert Joe. "Cao Zhi's Symposium Poems." *Chinese Literature: Essays, Articles, Reviews* 6.1-2 (July 1984).

Derecho, Abigail. "Archontic Literature: A Definition, a History, and Several Theories of Fan Fiction." In *Fan Fiction and Fan Communities in the Age of the Internet*, edited by Karen Hellekson and Kristina Busse. Jefferson, NC: McFarland & Company, 2006.

Doran, Rebecca. "Perspective and Appreciation in Xie Lingyun's 'Imitations of the Crown Prince of Wei's Gatherings in Ye.'" *Early Medieval China* 17 (2011).

Hartman, Charles. "Poetry and Politics in 1079: The Crow Terrace Poetry Case of Su Shih." *Chinese Literature: Essays, Articles, Reviews* 12 (December 1990).

Hegel, Robert. "The Sights and Sounds of Red Cliffs: On Reading Su Shi." *Chinese Literature: Essays, Articles, Reviews* 20 (December 1998).

Hu, Ying. "Angling with Beauty: Two Stories of Women as Narrative Bait in *Sanguozhi yanyi*." *Chinese Literature: Essays, Articles, Reviews* 15 (December 1993).

Jones, Sara Gwenllian. "The Sex Lives of Cult Television Characters." *Screen* 43.1 (2002).

Knechtges, David R. "Gradually Entering the Realm of Delight: Food and Drink in Early Medieval China." *Journal of the American Oriental Society* 117, no. 2 (April–June 1997).

———. "Southern Metal and Feather Fan: The 'Southern Consciousness' of Lu Ji." In *Southern Identity and Southern Estrangement in Medieval Chinese Poetry*, edited by Ping Wang and Nicholas Morrow Williams. Hong Kong: Hong Kong University Press, 2015

———. "Sweet-peel Orange or Southern Gold? Regional Identity in Western Jin Literature." In *Studies in Early Medieval Chinese Literature and Cultural History: In Honor of Richard B. Mather and Donald Holzman*, edited by Paul W. Kroll and David R. Knechtges. Provo, UT: T'ang Studies Society, 2003.

Lai, C. M. "The Craft of Original Imitation: Lu Ji s Imitations of Han Old Poems." In *Studies in Early Medieval Chinese Literature and Cultural History*, edited by Paul W. Kroll and David R. Knechtges. Provo, UT: T'ang Studies Society,

2003.

Murray, Oswyn. "War and the Symposium." In *Dining in a Classical Context*, edited by William Slater. Ann Arbor, MI: University of Michigan Press, 1991.

Owen, Stephen. "Key Concepts of Literature." In *Oxford Handbook of Classical Chinese Literature (1000 BCE–900 CE)*, edited by Wiebke Denecke, Wai-yee Li, and Xiaofei Tian. Oxford, UK: Oxford University Press, 2017.

Reade, J. E. "The *Symposion* in Ancient Mesopotamia: Archeological Evidence." In *In Vino Veritas*, edited by Oswyn Murray and Manuela Tecusan. London: The British School at Rome, 1995.

Richter, Antje. "Letter or Essay? How the Genre Shapes the Message." Paper presented at the Medieval Workshop at Rutgers University on May 3, 2014.

Schafer, Edward H. "The 'Yeh chung chi.'" *T'oung Pao*. 76, nos. 4–5 (1990).

Smith, Brian K., and Wendy Doniger. "Sacrifice and Substitution: Ritual Mystification and Mythical Demystification." *Numen: International Review for the History of Religion* 36 (1989).

Tian, Xiaofei. "Fan Writing: Lu Ji, Lu Yun, and the Cultural Transactions between North and South." In *Southern Identity and Southern Estrangement*, edited by Ping Wang and Nicholas Morrow Williams. Hong Kong: Hong Kong University Press, 2015.

——. "Material and Symbolic Economies: Letters and Gifts in Early Medieval China." In *A History of Chinese Letters and Epistolary Culture*, edited by Antje Richter. Leiden: Brill, 2015.

——. "Remaking History: The Shu and Wu Perspectives in the Three Kingdoms Period." *Journal of American Oriental Studies*. 136.4 (2016).

——. "Representing Kingship and Imagining Empire in Southern Dynasties Court Poetry." *T'oung Pao* 102, nos. 1–3 (2016).

——. "Slashing Three Kingdoms: A Case Study in Fan Production on the Chinese Web." *Modern Chinese Literature and Culture* 27.1 (2015).

——. "Twilight of the Masters: Masters Literature (*zishu*) in Early Medieval

China." *Journal of the American Oriental Society* 126.4 (2006).

Tillman, Hoyt Cleveland. "Reassessing Du Fu's Line on Zhuge Liang." *Monumenta Serica* 50 (2002).

Wu, Fusheng. "'I Rambled and Roamed Together with You': Liu Zhen's (d. 217) Four Poems to Cao Pi." *Journal of American Oriental Studies* 129.4 (2009).